ANITA SHREVE

KU-736-204

Étrange Passion

TRADUIT DE L'AMÉRICAIN PAR MARIE-CLAUDE PEUGEOT

BELFOND

Titre original :

STRANGE FITS OF PASSION
publié par Harcourt Brace Jovanovich, New York

Une fois de plus,
pour John

J'ai connu des moments d'étrange passion,
Et j'oserai les dire...

William Wordsworth

Au cours des tournées de présentation de mes livres, on me pose souvent un certain nombre de questions : Il est vraiment allé jusque-là ? Qu'est-ce que j'en pense, elle avait de bonnes raisons ? Ils ont fait ça par amour, ou pour l'argent ?

Et puis, forcément, on en arrive à des questions me concernant. On veut savoir pourquoi j'écris ce genre de livres. Pourquoi je suis devenue journaliste.

Mes livres sont des histoires de meurtres — actes commis en traître et de sang-froid, ou sombres crimes passionnels — et on trouvera parfois bizarre qu'une femme s'intéresse tellement à la violence. Ou bien on se demandera pourquoi j'ai choisi un métier qui m'oblige à passer la majeure partie de mon temps à l'affût de faits qui n'ont rien d'agréable, posant aux gens des questions auxquelles ils préféreraient ne pas répondre.

Il m'arrive de dire que mon travail est un peu celui d'un détective privé, mais je m'en tiens généralement à ma réponse classique, courante : si je suis devenue journaliste c'est sans doute parce que j'avais un père journaliste.

Il était rédacteur en chef d'un journal dans une petite ville de l'ouest du Massachusetts. Le journal s'appelait l'*East Whatley Eagle*, et, même à l'époque glorieuse, au début des années 60, ce n'était guère qu'une feuille de chou. Mais en ce temps-là, en fille comme toutes les autres, je me figurais que mon père était très calé dans sa partie, ou plutôt dans son métier, pour employer le terme dont il usait plus volontiers.

« L'histoire est là avant même qu'on apprenne qu'il s'est passé quelque chose », me disait-il, à moi, sa fille unique, encore adolescente, avant de m'envoyer faire un reportage sur un vol dans un magasin de la ville, ou sur l'incendie d'une grange dans une ferme. « Le travail du journaliste consiste simplement à lui trouver une forme. »

Mon père m'a presque tout appris sur le métier : la rédaction des articles, la composition, les annonces et la publicité, les reportages sur les assemblées locales. Il espérait, je le sais bien, que je resterais à East Whatley et qu'un jour je reprendrais la direction de son journal. Mais je l'ai déçu. J'ai quitté le Massachusetts pour New York, je suis entrée à la fac, et j'ai fait des études de journalisme. Et puis j'ai commencé à travailler pour un magazine hebdomadaire.

Mais je n'ai oublié ni mon père ni ses paroles. Et, tout au long de ces années qui ont suivi mon installation à New York — années pendant lesquelles j'ai écrit pour un magazine d'actualités, et tiré d'un de mes articles un livre qui m'a valu à la fois un certain prestige et pas mal d'argent, faisant ensuite carrière comme écrivain dans le genre non romanesque avec des livres qui tournent presque toujours autour d'une enquête détaillée sur une affaire de crime complexe —, il a bien fallu que je m'interroge sur la raison véritable qui me faisait suivre les traces de mon père. Pourquoi n'avais-je pas choisi, par exemple, l'architecture, la médecine ou l'enseignement supérieur ?

Car j'ai compris qu'il ne s'agit pas simplement du journaliste face aux faits, comme le croyait mon père, comme il voulait me le faire croire pour la pratique du métier, mais plutôt de l'auteur face à l'histoire qu'il raconte — le dilemme n'est pas nouveau.

C'est précisément là qu'est la difficulté.

Une fois que l'auteur a trouvé les éléments de son histoire, que ceux-ci lui aient été rapportés ou qu'ils soient le fruit de ses propres investigations, que fait-elle de ce matériau ?

C'est une question à laquelle j'ai réfléchi longuement et profondément. Au point d'être, par moments, obsédée par ce problème. Rien de bien étonnant donc, si c'est justement ce qui m'occupait l'esprit tandis que j'étais là, assise en face de la jeune fille qui était perchée au bord de son lit étroit.

Il y avait des années que je n'étais pas entrée dans une chambre d'étudiante sur un campus — cela remontait à la fin de mes études à Barnard, en 1965. Bien sûr, les posters affichés aux murs étaient ceux de groupes de rock dont je n'avais jamais entendu parler, et, sur une étagère, il y avait un téléphone et un Walkman Sony, mais, pour l'essentiel, cette chambre ne différait guère de celle que j'avais connue pendant mes études : un bureau, une chaise unique, une étagère à livres, un lit, une brique de jus d'orange mise au frais sur le rebord de la fenêtre.

On était en février de la première année d'une nouvelle décennie, et, au-dehors, la neige tombait doucement — une averse de neige grise qui ne serait pas bien méchante. Pourtant, m'avait-on dit à la station-service un peu plus tôt, dans cette ville universitaire en plein centre du Maine, on n'avait pas vu l'herbe depuis le début de novembre.

La jeune fille était assise les bras croisés sur la poitrine, ses baskets campées par terre bien symétriquement. Sans arrogance, me suis-je dit, mais sur ses gardes. Elle était en jeans (des Levi's, pas des jeans fantaisie) et en sweater gris, avec un T-shirt blanc à manches longues par-dessous.

Je n'avais rencontré sa mère que deux fois, dont une à une grande occasion, et j'avais dû, pour des raisons professionnelles, garder de son visage un souvenir précis. La fille avait les cheveux de sa mère — d'un roux foncé, doré. Mais les yeux étaient sans conteste ceux du père — sombres et très enfoncés. En fait, elle avait peut-être les yeux noirs, mais comme il ne faisait pas très clair, je n'en étais pas sûre.

Si elle avait hérité de ses parents des attributs et des traits de caractère dont je n'aurais jamais connaissance, elle avait en tout cas hérité d'une extraordinaire beauté. Cette beauté résidait dans la blancheur de la peau juxtaposée aux cheveux roux et aux yeux noirs — combinaison sans doute assez rare, me disais-je.

Elle était plus jolie que je ne l'avais jamais été, aussi jolie que sa mère avait pu l'être. J'ai moi-même ce qu'il est convenu d'appeler un beau visage, mais qui, avec la quarantaine, est devenu assez banal. Moi aussi j'ai eu les cheveux longs autrefois, quand j'étais étudiante, mais maintenant j'ai adopté une coiffure courte et pratique.

J'ai été surprise de voir que, malgré sa beauté naturelle, elle ne se maquillait pas du tout et qu'elle avait les cheveux tirés en arrière en une queue de cheval sévère, comme si elle refusait de mettre en valeur les charmes qu'elle pouvait avoir. Elle était assise sur le lit avec un air circonspect. J'étais à peu près sûre qu'elle saurait qui j'étais, bien que nous ne nous soyons jamais rencontrées auparavant.

Elle m'avait offert l'unique chaise de sa chambre. J'étais embarrassée par le paquet que j'avais apporté et qui pesait sur mes genoux. Ce poids, je le ressentais par intermittence depuis des années, et c'était pour m'en décharger que j'étais venue en voiture de très loin.

« Merci de m'avoir reçue », ai-je dit, profondément conscente de l'écart de génération entre nous.

Elle avait dix-neuf ans, j'en avais quarante-six. J'aurais pu être sa mère. Je regrettais d'avoir mis mes bijoux d'or et un manteau de prix, tout en sachant que l'âge et l'argent n'étaient pas ce qui nous séparait le plus.

« Pour votre mère, j'ai appris la nouvelle par la presse », ai-je dit, faisant une nouvelle tentative pour engager la conversation, mais elle a tout de suite secoué la tête, me signifiant par là, je l'ai compris, de ne pas continuer.

« Il y a longtemps que je sais qui vous êtes, a-t-elle dit d'un ton hésitant, d'une voix douce, mais je ne pensais pas... »

J'ai attendu qu'elle termine sa phrase, mais, comme rien ne venait, j'ai rompu le silence.

« Il y a des années, j'ai écrit un article sur votre mère, à une époque où vous étiez encore bébé. »

Elle a fait un signe de tête.

« Vous êtes au courant.

— Oui, je l'ai su, a-t-elle répondu évasivement. Vous travaillez toujours pour le magazine ?

— Non, il n'existe plus. »

J'aurais pu lui dire, mais je me suis abstenue, que le magazine n'existait plus parce que la façon dont il fonctionnait impliquait des dépenses ridicules : les journalistes, installés à New York, se rendaient chaque semaine aux quatre coins du monde pour faire leurs propres reportages et écrire de longs articles sur les événements les plus pressants. Contrairement aux hebdomadaires à succès d'aujourd'hui, le magazine ne faisait pas appel à des agences à l'étranger, il envoyait ses journalistes sur le terrain. Ses dépenses excessives étaient devenues légendaires et l'avaient finalement mené à la faillite, en 1979. Mais à cette date-là, j'en étais déjà partie.

Derrière la porte, dans le couloir, j'ai entendu des rires, et un cri. La jeune fille a jeté un coup d'œil vers la porte, puis son regard s'est de nouveau posé sur moi.

« J'ai un cours », a-t-elle dit.

Malgré leur couleur foncée, je trouvais maintenant que ses yeux n'étaient pas tout à fait ceux de son père. Lui avait un regard impénétrable, tandis que le sien, s'il était grave, plus grave que je ne l'aurais cru possible chez une fille de dix-neuf ans, était limpide et obligeant.

Je me demandais si elle avait un petit ami, des amies filles, si elle était sportive, si elle réussissait bien dans ses études. Je me demandais si elle aussi tenait un journal, si elle avait hérité des talents de sa mère, ou de son père.

« Ceci vous revient », ai-je dit en montrant le paquet.

Elle a regardé le colis que j'avais sur les genoux.

« Qu'est-ce que c'est ? a-t-elle demandé.

— C'est ce que j'ai utilisé pour écrire l'article. Des notes, le texte des enregistrements, des choses comme ça.

— Ah », puis elle a ajouté : « Pourquoi ? »

Il y a eu un silence.

« Pourquoi maintenant, pourquoi à moi ?

— Je sais bien que votre mère a dû vous dire ce qui s'était passé, ai-je répliqué aussitôt, mais ceci contient autre chose... Votre mère y parle de la version de l'histoire qu'elle raconterait un jour à son enfant, et je me suis dit que si elle n'avait pas eu l'occasion de le faire, eh bien, la voici. »

Toute la semaine, j'avais répété ma phrase, tellement souvent que j'avais fini par y croire. Mais maintenant que les mots étaient là entre nous, je savais bien que j'avais dit cela pour me retenir d'expliquer que ça n'était pas du tout pour cette raison-là que j'étais venue.

« Je ne sais pas, a-t-elle dit, en regardant fixement le paquet.

— Ceci vous revient. Je n'en ai plus besoin. »

Je me suis levée pour franchir le petit espace qui nous séparait. Mes talons ont claqué sur le plancher. J'ai posé le paquet sur ses genoux et je suis revenue m'asseoir sur ma chaise.

Je me disais que j'allais bientôt pouvoir me retirer, regagner ma voiture et rentrer à Manhattan. J'étais copropriétaire, dans l'Upper West Side, d'un appartement assez spacieux avec une belle vue sur l'Hudson. J'avais mon travail, un nouveau livre en chantier, et mes amis. Je ne m'étais jamais mariée, je n'avais pas d'enfants, mais j'avais un amant, rédacteur au *Times*, qui habitait chez moi de temps en temps.

Mes amis me disent que je suis le genre de femme qui vit pour son travail, mais je ne crois pas que ce soit tout à fait vrai. Je suis assez fanatique d'exercice physique et d'opéra, à part égale, et j'ai toujours aimé la compagnie des hommes. Mais comme j'ai décidé depuis longtemps de ne pas avoir d'enfants, je ne vois pas vraiment de raison de me marier.

J'avais fait le paquet avec du papier d'emballage et je l'avais fermé avec du Scotch. J'observais la jeune fille tandis qu'elle défaisait le Scotch et ouvrait le paquet. J'avais mis ma note de service en premier. Tout y était.

« Ce ne sont pas les notes manuscrites de votre mère, je ne les ai pas, dis-je. Ce sont les transcriptions que j'en ai faites à la machine. Il m'est toujours plus facile de travailler à partir de documents tapés à la machine qu'à partir de manuscrits, même si c'est ma propre écriture. Quant au reste, tout y est, c'est exactement ce que j'ai entendu. »

Mais elle ne m'écoutait plus. Je l'ai regardée lire la première page, puis la deuxième. Elle avait légèrement changé de position, prenant appui sur une main. J'ai ouvert mon manteau. J'espérais sans doute qu'elle allait jeter un coup d'œil à une ou deux phrases, feuilleter quelques pages, et puis lever les yeux pour me remercier d'être venue ou pour me dire une seconde fois qu'elle avait un cours. Mais j'étais assise là, et elle continuait à lire et à tourner tranquillement les pages.

Je me demandais si je n'aurais pas dû lui rappeler qu'elle avait un cours.

J'ai entendu de nouveau du vacarme dans le couloir, puis plus rien.

Je suis restée là une dizaine de minutes, et j'ai enfin compris qu'elle allait lire la liasse entière de notes, jusqu'au bout, là, tout de suite.

J'ai promené mon regard dans la chambre et j'ai regardé par la fenêtre. Il neigeait toujours.

Je me suis levée.

« Je vais faire un petit tour, lui ai-je dit sans parvenir à la distraire de sa lecture. Je vais prendre un café. »

J'ai marqué un temps d'arrêt.

« Est-ce que... ?»

Je me suis tue.

Cela n'avait pas de sens de lui demander si elle voulait que je revienne. J'avais compris à présent qu'il eût été irresponsable de ma part de ne pas être là pour assister à sa réaction, pour répondre à ses questions. Et puis soudain, j'ai eu un instant de panique.

Je n'aurais peut-être pas dû venir, me disais-je désespérément. Je n'aurais peut-être pas dû lui apporter ce paquet.

Mais depuis longtemps je m'étais entraînée à maîtriser mes accès de panique et mes doutes. C'était tout simple. Il suffisait que je m'oblige à penser à autre chose. C'est ce que j'ai fait. Il fallait que je me trouve une chambre dans un motel, et après cela un endroit pour dîner.

Elle a levé les yeux vers moi, avec un regard que la lecture rendait momentanément un peu terne. J'ai vu sa main tourner une page en tremblant.

Elle m'a regardée comme si elle ne savait pas qui j'étais, comme si je n'avais pas encore pénétré dans sa chambre. Je ne pouvais que deviner ce qu'elle pensait, ce qu'elle entendait, ce qu'elle redoutait.

Pourtant, cette histoire, et celle qui la racontait, je les connaissais mieux que quiconque, non ?

Et je n'ignorais rien de celle qui l'avait racontée ensuite...

NOTES ET TEXTE
DES ENREGISTREMENTS

Helen Scofield
à : Edward Hargreaves
Objet : article sur Maureen English
Le 2 août 1971

Je crois qu'on peut se lancer dans cet article sur l'affaire English à présent, et je voudrais ton feu vert. Si tu te rappelles, la dernière fois que j'en ai parlé, il y a un mois, je pensais qu'on allait devoir abandonner parce que je n'arrivais pas à tirer quoi que ce soit de Maureen English, alias Mary Amesbury, comme elle s'appelle maintenant. J'étais montée dans le Maine avec l'intention de l'interviewer pour mon papier. Je suis allée à Saint-Hilaire où j'ai interviewé un certain nombre de gens du lieu et trouvé des éléments intéressants. Après quoi je suis allée à South Windham pour voir Maureen. Je ne l'avais rencontrée qu'une seule fois auparavant. Elle avait quitté le magazine juste avant que je ne fasse vraiment partie de l'équipe. Je voyais un peu Harrold à la rédaction, bien sûr. On échangeait quelques mots à l'occasion, mais ça n'allait guère plus loin.

Maureen m'a reçue, mais elle a refusé de me parler. J'ai tout essayé pour la convaincre de le faire, mais je n'ai pas réussi à lui tirer le moindre mot. Je suis rentrée plutôt déçue. Je croyais tenir un article formidable, mais, sans elle, il y avait vraiment trop de trous dans mon histoire.

J'ai commencé à travailler à l'article sur Juan Corona et j'ai essayé de ne plus penser à ce papier sur English. Et puis, la semaine dernière, j'ai reçu un paquet par la poste. C'est une série de notes écrites par Mary Amesbury. Certaines sont brèves, et d'autres plus longues. On pourrait voir ça, je crois, comme une sorte de journal adressé à elle-même et rédigé pour elle-même, encore que par moments c'est à moi qu'elle écrive. Apparemment, c'est le magnétophone qui l'avait déconcertée, ou ma présence dans le parloir ; mais, quand elle s'est retrouvée dans la solitude de sa cellule, elle a été capable de raconter son histoire par écrit. Je devais lui rappeler sa vie d'autrefois, et cela aussi a dû la troubler.

En fait, ce qu'elle m'a envoyé, je ne sais pas très bien ce que c'est. Mais il me semble que j'ai là l'essentiel des faits, et je suis à peu près sûre qu'avec ça, et les interviews des autres que j'ai déjà, je peux rédiger mon papier. Je sais que ça n'est pas très orthodoxe, mais j'ai envie d'essayer. Pour l'instant je n'ai reçu que ce paquet-là, mais elle me dit qu'elle va m'en envoyer d'autres.

Cette histoire m'intéresse vraiment. Je ne sais pas très bien pourquoi, à part les raisons évidentes. C'est très fort et très cru par bien des côtés, mais je crois qu'en traitant les choses sobrement ça peut donner un papier fantastique. En plus, je ne crois pas que les problèmes soulevés par cette histoire aient déjà été abordés dans les médias. Rien que cela me paraît une raison suffisante pour s'attaquer au sujet. Je trouve aussi particulièrement intéressant que ça ait pu leur arriver à eux. Je sais que nous avons tous été stupéfaits quand nous avons découvert ce qui s'était passé. Et puis, naturellement, il y a un intérêt interne — le fait qu'ils ont tous les deux travaillé pour le magazine. Je prévois un papier de 5 000 mots environ, si tu peux m'accorder assez de place.

22

Je dois te prévenir tout de suite que je n'ai pas pu voir Jack Strout. Il a absolument refusé de me parler. Mais je crois que l'article est faisable sans une interview de lui.

Fais-moi savoir ce que tu en penses. Je voudrais m'y mettre tout de suite.

3 et 4 décembre 1970

Je roulais vers le nord et l'est. Je ne pouvais pas aller plus à l'est. J'avais dans la tête une image qui me soutenait : je me voyais arriver tout au bord et sauter — mais ce n'était qu'une image, je n'avais pas cette intention. Vers la fin, le long de la route, par endroits, il y avait des maisons. C'étaient des maisons anciennes, abîmées par les intempéries, et souvent la peinture s'écaillait. Elles se dressaient, d'un air majestueux, avec leur toit pointu, et elles avaient des étais à l'arrière, qui parfois penchaient ou s'affaissaient. Autour de ces belles maisons, il y avait des objets utiles, ou dont on pouvait encore avoir besoin : une seconde voiture, sur cales ; un rouleau argenté de revêtement calorifuge ; une lame de chasse-neige rouillée détachée de l'avant d'une camionnette, gisant sur une pelouse enneigée comme une sculpture placée là par mégarde. Les maisons récentes n'étaient pas belles — des balafres roses ou bleu-vert sur le flanc des coteaux —, mais on voyait bien, en passant, qu'elles étaient habitées par une génération plus prospère (qui possédait des snowmobiles et des breaks). Ces maisons-là devaient être mieux chauffées et avoir des cuisines mieux installées.

Le village où j'avais choisi d'aller était au bout de la route. Je me suis retrouvée là comme on tombe soudain sur un poteau indicateur au milieu d'une tempête. Il y avait un pré communal ovale, un port, une église blanche en bois. Il y avait aussi une épicerie, un bureau de poste, une bibliothèque construite en pierre. A l'extrémité est du communal, tournant le dos au port, se dressaient quatre hautes maisons blanches plus ou moins délabrées. Dans le port il y avait des langoustiers et, au bout de la jetée, j'ai vu une construction basse en ciment qui avait l'air d'un bâtiment commercial. Ça m'a paru plutôt bon signe qu'on puisse avoir une vue d'ensemble de la localité d'un seul coup d'œil.

Je me suis garée devant l'épicerie, de l'autre côté de la route. Sur l'enseigne, on lisait *Shedd's*, au-dessus d'un logo Pepsi-Cola. Dans la vitrine, il y avait un panneau avec cette liste : Cuissardes, Râteaux à airelles, Sirop d'érable, Journaux, Matériel de bateau. Et à droite, il y avait un autre panneau, vestige décoloré d'une élection locale : Votez pour Rowley. Devant le magasin, dans une camionnette bleue garée près de la pompe Mobil, un jeune homme a porté un gobelet de café à ses lèvres, il a soufflé dessus et il m'a regardée. Je me suis détournée et j'ai posé la main sur la carte, qui était soigneusement pliée sur le siège du passager. J'ai mis le doigt sur le point. Il m'a bien semblé que j'étais dans un lieu qui s'appelait Saint-Hilaire.

A ma droite, le pré communal était sous un linceul de neige. Les rayons du soleil de décembre à quatre heures de l'après-midi donnaient à cette étendue blanche une vague teinte rose saumoné. Derrière le clocher de l'église, au bout de la place, une bande de rouge barrait le ciel entre l'horizon et une couverture de nuages qui s'amincissait. Cette lumière rougeoyante se réfléchissait dans les vitres des fenêtres sur le côté est du communal et donnait à ces maisons-là un lustre soudain, un éclat hivernal. Mais, au-dessus de la porte en bois de l'église, j'ai été frappée par une note discordante : une croix illuminée par des ampoules électriques bleues.

La tempête était passée, me semblait-il, et se déplaçait vers l'est, au-dessus de la mer. Devant l'épicerie Shedd, la neige avait été déblayée, mais pas jusqu'au trottoir. J'avais l'impression de voir le froid, littéralement.

J'ai déplié la carte et je l'ai étalée sur le siège, avec le Maine tout en haut sur le dossier. J'ai suivi du doigt le chemin que j'avais parcouru : j'étais partie de mon parking au croisement de la 80e rue et de West End Avenue, j'avais remonté le Henry Hudson Parkway pour sortir de New York, j'avais pris les routes qui mènent aux autoroutes, puis des autoroutes pour traverser plusieurs Etats, et finalement j'avais roulé vers le nord et vers l'est pour atteindre la côte du Maine. En dix heures, j'avais mis entre New York et moi une distance de presque 750 kilomètres. J'ai pensé que cela suffisait peut-être. Et puis je me suis dit : *Il faudra bien que ça suffise.*

Je me suis retournée pour voir mon bébé. Il dormait dans son couffin sur le siège arrière. J'ai regardé son visage, ses cils pâles, les quelques mèches rousses et bouclées qui dépassaient de son bonnet de laine, ses joues rondes — et même à ce moment-là, je n'ai pas pu m'empêcher de me retourner pour caresser ma petite Caroline, si bien qu'elle a bougé un peu en continuant à rêver.

Dans la voiture, la chaleur étouffante du chauffage a faibli. J'ai senti le froid dans les jambes et j'ai resserré mon manteau de lainage autour de moi. A présent l'horizon ressemblait à un incendie. Des nuages gris qui tourbillonnaient au-dessus du couchant imitaient la fumée s'élevant des flammes. Le long du communal, les maisons se sont éclairées une à une et, à l'intérieur de l'épicerie, quelqu'un a allumé près de la porte une lumière engageante.

Appuyée au dossier de mon siège, j'ai examiné les

habitations. Les fenêtres sur la façade étaient de grands rectangles aux vitres déformantes qui allaient du plancher au plafond. Celles qui étaient éclairées me rappelaient les fenêtres de mon enfance, au travers desquelles je jetais des regards indiscrets en rentrant chez moi à la nuit tombée. Là-bas, dans ma petite ville, ces cadres de lumière blonde et chaude offraient un aperçu des rituels familiaux invisibles pendant le jour. Les gens dînaient ou préparaient le repas, et je les voyais rassemblés autour d'une table, ou bien j'observais une femme, dans une cuisine, qui traversait un des cadres, et je restais dans le noir sur le trottoir, à les regarder et à me délecter de ces scènes. Je me projetais dans ces tableaux — j'étais une enfant à la table familiale, une petite fille avec son père près de la cheminée. Et j'avais beau savoir à présent que ces familles aperçues dans l'encadrement d'une fenêtre sont trompeuses, comme des photos tronquées (car je n'ai jamais vu, au cours de ces promenades de mon enfance, un mari chapitrer son épouse ou frapper un enfant, ni une femme pleurer à la cuisine), je me disais en regardant de l'autre côté de la place : Si j'étais dans une de ces maisons-là en ce moment, je serais assise à la cuisine sur une chaise de bois. J'aurais un verre de vin à côté de moi, et j'écouterais distraitement les informations de la soirée. Caroline serait à table dans sa chaise de bébé. J'entendrais mon mari à la porte et je le regarderais enlever la neige sous ses semelles. Il arriverait à pied... d'où viendrait-il, au fait, me suis-je demandé en observant la rue. Du bâtiment sur la jetée ? de la bibliothèque ? du magasin ? Il se baisserait pour caresser un chat au pelage doré, il se pencherait pour câliner le bébé à table, il se verserait un verre de vin, et il passerait sa main autour de mon épaule en buvant sa première gorgée.

Je me suis arrêtée là. Cette image, pleine de dangereux mensonges, était comme un ballon qui se dégonfle. Me regardant dans le rétroviseur, je me suis vite détournée. J'ai mis une paire de grosses lunettes noires pour cacher mes yeux. J'ai posé mon écharpe sur ma tête et je me la suis enroulée autour du cou en dissimulant le bas de mon visage.

De nouveau j'ai regardé les maisons blanches toutes simples qui bordaient le communal. Il y avait de la neige sur les vérandas. Je me disais : *Je suis un colon à rebours.*

Je sais que vous êtes surprise de recevoir de mes nouvelles. Je n'ai pas été très aimable avec vous quand vous êtes venue me voir. C'était peut-être à cause du magnétophone — cette boîte noire indiscrète sur la table entre nous. Je n'ai jamais aimé le magnétophone. Ça déconcerte les gens, c'est comme un détecteur de mensonges. Quand je travaillais, je me servais d'un carnet et d'un crayon, et même comme ça, les gens étaient parfois déroutés. Ils regardaient ce qu'on écrivait, au lieu de nous regarder en face, dans les yeux.

A moins que ça n'ait été votre présence dans ce parloir glacial et impersonnel. Et puis vous avez fait quelque chose qui m'a rappelé Harrold. Quelquefois, il s'asseyait comme vous hier, les jambes croisées, le visage impassible, tapotant la table avec la mine du crayon qu'il tenait entre les doigts, tranquillement, comme un batteur tapote son instrument.

Vous n'avez pourtant rien de Harrold. Vous n'êtes qu'une journaliste, comme moi autrefois — les cheveux tirés derrière les oreilles, le tailleur froissé aux genoux —, vous essayez juste de faire votre travail.

Ou alors c'était peut-être simplement le processus en soi. On pourrait penser que je suis rodée maintenant. Mais le problème c'est que je sais trop bien comment ça fonctionne. Pendant que je vous aurais parlé, vous auriez eu l'air de me regarder, mais j'aurais parfaitement compris qu'en réalité vous

31

pensiez à votre article en première page du magazine, que vous étiez à l'affût de citations. Je l'aurais vu sur votre visage. Vous auriez été affreusement tendue tant que vous n'auriez pas trouvé comment écrire votre histoire, tant que vous n'en auriez pas vu le centre. Vous auriez eu l'espoir d'apparaître en couverture, vous auriez réfléchi à la longueur de votre papier. Et je me serais dit qu'à coup sûr l'histoire que vous alliez écrire ne serait pas celle que je vous aurais racontée. Exactement comme celle que je vais vous raconter ici sera différente de celle que j'ai racontée à mon avocat ou au tribunal. Ou de celle que je raconterai un jour à mon enfant.

Mon bébé, mon orpheline, ma fille chérie...

J'ai pris le nom de Mary, comme une religieuse, une religieuse sans la grâce ; mais ça, vous le savez, comme vous savez que j'ai maintenant vingt-six ans. Vous avez vu les flashes, vous avez lu les dossiers.

Dans votre papier, vous allez faire une description de moi. Je voudrais bien qu'on puisse se passer de ça, car je ne peux pas m'empêcher de me voir telle que vous avez dû me voir l'autre jour quand vous êtes venue ici. Vous allez dire que je fais plus vieux que mon âge, que j'ai le teint blême, délavé, comme quelqu'un qui n'a pas vu le soleil depuis des semaines. Et puis à présent j'ai un corps informe, dans cette combinaison réglementaire ; et parmi tous ceux qui liront votre article, il n'y en aura guère que deux ou trois qui sauront comment j'étais autrefois. Je ne crois pas qu'un homme reverra jamais mon corps. Mais maintenant ça n'a plus guère d'importance.

Je sais que vous devez vous demander pourquoi j'ai décidé de vous écrire, pourquoi j'accepte de raconter mon histoire. Je me suis posé la question à moi-même. Je pourrais dire que si je le fais, c'est que je ne veux pas qu'une autre femme ait jamais à subir ce que j'ai enduré. Ou bien je pourrais vous expliquer que, ayant moi-même été journaliste, j'ai besoin, en tant que journaliste, de raconter ma propre histoire. Mais ces raisons-là ne seraient pas justes, ou elles ne le seraient qu'en partie. La vraie réponse est plus simple, mais aussi plus complexe.

C'est pour moi que j'écris. C'est tout.

Quand j'ai vécu tout cela, je n'y voyais pas très clair. Je comprenais sans comprendre. Je ne pouvais raconter cela à personne, pas plus que je n'ai pu répondre à vos questions quand vous êtes venue me voir. Mais quand vous êtes partie, je suis allée chercher du papier et un stylo. Après tout, vous êtes peut-être une bonne journaliste.

Si vous parvenez à retrouver les faits parmi mes souvenirs, dans ces pages décousues et incohérentes, faites-en ce que vous pourrez. Et si je raconte mal cette histoire, si les dialogues ne sont pas tout à fait justes, ou si je rapporte les choses dans le désordre, vous saurez bien, j'en suis sûre, aller à l'essentiel.

Quand j'ai ouvert la porte pour entrer dans l'épicerie, une sonnette a retenti. Tous ceux qui étaient là — deux ou trois hommes, une femme, l'épicier derrière son comptoir —, tout le monde a levé les yeux vers moi. Je tenais Caroline dans mes bras, mais j'étais troublée par la lumière aveuglante des tubes fluorescents et la chaleur soudaine à l'intérieur du magasin. Les lumières se sont mises à brasiller, et puis à tourner. La femme qui était près du comptoir à l'entrée a fait un pas en avant, comme si elle allait dire quelque chose.

J'ai tourné la tête et je me suis dirigée vers les allées.

Ils étaient en train de parler au moment où j'étais entrée, et ils ont repris leur conversation. J'entendais des voix d'homme et la voix de la femme. Il était question d'un brusque coup de vent et d'un bateau en perdition, d'un enfant qui avait une grosse grippe et qui ne se plaignait pas. C'était la première fois que j'entendais les intonations de cet accent du Maine, les voyelles très ouvertes, les r qu'on ne prononce pas, des monosyllabes étirées en deux syllabes. Le rythme et la cadence des mots et des phrases avaient un certain charme. On finit par aimer l'accent local comme on aime un air ancien.

Ce magasin rendait claustrophobe — vous devez comprendre ce que je veux dire. Vous y êtes peut-être entrée quand vous êtes allée à Saint-Hilaire. On avait casé un panier de chips et de bretzels à côté d'un banc frigorifique pour produits frais. Il y avait deux longues rangées de boîtes de céréales et de conserves, mais une bonne moitié du magasin semblait occupée par du matériel de pêche. Je suis allée au fond et j'ai pris un litre de lait. Je tenais le bébé et le lait dans un bras et, au rayon boulangerie, j'ai attrapé un gâteau en paquet avec ma main libre. En revenant à l'avant du magasin, je suis passée devant un frigo plein de packs de bière. J'ai vite saisi un pack de six avec un doigt.

Quand je suis revenue vers l'entrée du magasin, il y avait un homme au comptoir, un homme à peu près du même âge et de la même taille que moi. Il avait une moustache en guidon de vélo et il portait une veste en jean et une casquette de base-ball des Red Sox. La veste était étroite d'épaules et je me suis demandé s'il pouvait la boutonner à la taille. On avait l'impression qu'il la portait depuis des années — elle avait l'air usée et avachie — et maintenant qu'il avait pris un peu de ventre elle était devenue trop petite. Il avait un pull bleu marine, et il n'arrêtait pas de bouger les pieds sur place. Il paraissait excité, énervé, dans un état d'agitation perpétuelle. Il battait la mesure sur le comptoir, où il avait déposé un paquet de croquettes de poisson, une boîte de haricots blancs, un pack de bière et une cartouche de cigarettes. Je me suis dit qu'il devait avoir froid avec une veste si légère.

De l'autre côté du comptoir se trouvait l'épicier,

plus âgé — la cinquantaine peut-être. Il avait les dents décolorées par les cigarettes ou le café, et il portait une chemise couleur chamois avec une tache d'encre sur la poche — on aurait dit un test de Rorschach. Il a enregistré mes achats en regardant sa caisse d'un seul œil, car l'autre était un œil de verre qui avait l'air de me dévisager. Mon écharpe glissait sur ma tête, mais j'avais les bras chargés et je ne pouvais pas la remettre en place.

La seule femme présente dans le magasin était debout à côté de la machine à café en train de lire le *Boston Globe*. Elle portait un pull vert tricoté à la main et une parka gris taupe. C'était une femme imposante, pas grosse, mais grande et charpentée, et je me suis dit qu'elle avait beau être bien proportionnée, si elle était montée sur une balance, on se serait peut-être aperçu qu'elle pesait plus lourd que l'épicier. Elle avait les yeux d'un certain bleu très pâle, et des sourcils à peu près inexistants, dans un visage buriné et hâlé. Ses dents étaient grandes et très blanches, et les deux de devant légèrement écartées — une caractéristique que j'allais retrouver souvent chez les gens de cet endroit. Vous l'avez peut-être remarqué vous aussi. Elle avait les cheveux grisonnants, courts — une coupe pratique, disons. Je lui donnais la cinquantaine, mais j'imaginais qu'elle était ainsi depuis longtemps déjà et qu'elle ne changerait plus guère. En tournant les pages de son journal, elle a levé les yeux vers moi.

« Ça fait 582 dollars », a dit l'épicier.

L'homme à la moustache a sorti son portefeuille de sa poche arrière en souriant de cette plaisanterie pas très fine. Il a tendu à l'épicier un billet de 10 dollars et il s'est mis à lui parler. Le dialogue que je vous rapporte n'est peut-être pas tout à fait exact, mais c'est le souvenir que j'en ai.

« Tu vas me ruiner, Everett Shedd.

— Viens pas bougonner auprès de moi, Willis. C'est pas à cause de moi si t'es pas riche.

— Tu l'as dit. Quelle saloperie de saison ! Bon Dieu. On se fait pas un sou ici à cette époque de l'année.

— T'as rentré ton bateau ?

— Non, je vais le rentrer le 15, comme tous les ans. J'essaie de tirer encore deux foutues semaines, mais on ramasse une misère.

— Tourne pas ta hargne contre moi, Willis. T'es trop jeune pour être hargneux.

— J'suis né comme ça.

— C'est bien vrai », a répliqué l'épicier en s'étranglant de rire.

L'homme à la moustache a ramassé sa monnaie sur le comptoir et il a attrapé le sac en papier qui contenait son épicerie. Je me suis avancée avec mon lait, mon gâteau et ma bière et je les ai posés devant moi. J'ai vite resserré mon écharpe autour de ma tête avec ma main libre. L'homme à la moustache a hésité un instant, et puis il m'a dit : « Comment ça va, la Rouquine ? »

J'ai fait un signe de tête. J'avais l'habitude.

« Qu'est-ce que ce sera pour vous ? » m'a demandé l'épicier. Son œil de verre me regardait. Il était bleu ; l'autre œil était gris-vert.

« Je vais prendre ça, ai-je dit, et puis je voulais vous demander si vous connaîtriez un motel où je pourrais passer la nuit, avec mon bébé. »

Tout ça est sorti d'un trait, comme si je m'étais exercée avant.

« De passage ? » a demandé l'épicier.

J'ai montré les articles sur le comptoir, et j'ai pris mon porte-monnaie dans mon sac. La bandoulière de mon sac a glissé de mon épaule et j'ai été obligée de changer le bébé de position.

« Je ne sais pas très bien. Il se pourrait que je reste », ai-je dit. J'ai baissé les yeux vers le comptoir — un rectangle de Formica gris tout égratigné avec, d'un côté, des lamelles de bœuf séché dans une boîte en fer et, de l'autre, un assortiment de sucres d'orge. Je savais que l'épicier devait se demander pourquoi une femme seule avec un bébé pouvait bien vouloir une chambre dans un motel sur la côte nord du Maine, pour plus d'une nuit peut-être, la première semaine de décembre.

« C'est-à-dire que, malheureusement, il n'y a rien à Saint-Hilaire, m'a-t-il dit, comme s'il regrettait sincèrement de me décevoir. Il faut aller jusqu'à Machias pour trouver un motel.

— Il y a le Gateway, à mi-chemin sur la route de Machias », a dit l'homme à la moustache, qui tournait autour du présentoir à journaux. J'ai regardé les magazines — *Yankee, Rod and Gun, Family Circle*, et d'autres. Et puis j'ai vu celui que je connaissais bien, et mon regard s'est arrêté dessus, comme si je venais d'apercevoir mon visage dans une glace, ou le visage de quelqu'un à qui je n'avais pas envie de penser.

« Muriel a une douzaine de chambres. Elle demandera pas mieux.

— C'est vrai, a approuvé l'épicier. Ça vous évitera d'aller jusqu'à Machias proprement dit. Le motel paie pas de mine, mais c'est propre. »

Caroline s'est mise à pleurnicher. Je l'ai fait sauter sur mon bras pour la calmer.

Ça fait 3 dollars 13 », a dit l'épicier en traînant sur le mot *treize*, et c'est toujours ce son-là qui me revient quand je pense à l'accent du Maine.

J'ai payé et j'ai déboutonné mon manteau. J'étais en sueur dans la chaleur du magasin.

« Vous êtes d'où ? » m'a demandé l'épicier.

J'ai peut-être hésité une fraction de seconde. « De l'Etat de New York », ai-je dit. Les deux hommes ont échangé un regard.

« Vous pourriez m'indiquer le chemin ? » ai-je demandé.

L'épicier a mis ce que j'avais acheté dans un sac en papier, il m'a rendu ma monnaie. « Vous prenez la route de la côte vers le nord jusqu'à ce que vous tombiez sur la Route 1. Tournez à droite en direction de Machias. Le Gateway est à une dizaine de kilomètres, sur la gauche. Vous pouvez pas le manquer, y a une grande enseigne verte. »

J'ai pris le sac sur mon bras gauche, j'avais le bébé sur le bras droit. L'homme à la moustache s'est avancé pour m'ouvrir la porte. Quand il l'a ouverte, la sonnette a retenti de nouveau. Le bruit m'a fait sursauter.

L'horizon avait englouti le soleil. Un froid sec et mordant m'a frappée au visage. Mes chaussures ont crissé dans la neige quand je me suis précipitée jusqu'à la voiture. Derrière moi, en haut des marches, dans le silence glacé de la nuit, j'ai entendu des voix, déjà familières, qui disaient simplement et sans malveillance :

« Elle est toute seule avec le bébé.

— Elle a laissé le père.

— Possible.

— Possible. »

Sitôt qu'elle a passé la porte, on a bien vu qu'elle était dans une situation pas normale. Elle avait une écharpe grise enroulée autour de la tête, et puis des lunettes de soleil, alors j'ai compris qu'elle voulait pas se montrer, seulement faut dire qu'elle avait un air tellement bizarre, comprenez, avec ses lunettes noires à la tombée de la nuit, qu'on pouvait pas s'empêcher de la regarder. Vous voyez ce que je veux dire ? Elle voulait pas se montrer, on avait l'impression, et au lieu de ça, elle attirait l'attention, vous me suivez ? Surtout de la façon qu'elle gardait ses lunettes à l'intérieur du magasin ; c'était sûr qu'elle avait un problème. Et fallait la voir tenir le bébé, serré contre elle, comme si elle avait peur de le perdre, ou comme si on allait lui prendre. Et puis après, son écharpe est tombée de sa tête, et on a vu sa figure, et je me suis tout de suite dit qu'elle avait eu un accident de voiture. C'était comme une pati-noire dehors — et ça avait été comme ça tout l'après-midi. Toutes les routes avaient pas encore été dégagées, surtout la route de la côte, et je m'ima-ginais qu'elle allait nous dire qu'elle avait eu un accident, sauf qu'on avait pas l'impression que ça venait d'arriver, comprenez, je veux dire pas tout

39

récemment. Et puis y avait le fait qu'elle avait essayé de pas montrer sa figure. Quand on a un accident de voiture, on essaie pas de cacher ses gnons. En tout cas j'ai encore jamais vu faire ça. Et pourtant j'ai déjà vu pas mal de choses. Je suppose que vous savez : je suis le seul représentant de la loi pour cette localité, sauf quand on m'autorise à députer quelqu'un d'autre. Avec ma femme, on tient l'épicerie, mais quand y a du grabuge, c'est moi qui fais rentrer les choses dans l'ordre en principe. Et si j'y arrive pas, j'appelle Machias et ils envoient une voiture de police. Maintenant je vais vous dire une chose : je crois que j'ai encore jamais vu une figure dans un pareil état. Ça veut pas dire qu'on a pas nos bagarres nous aussi. On a des gars ici qui se mettent à boire et qui perdent la boule, et ça m'arrive de voir des yeux au beurre noir, et même un bras cassé de temps en temps, mais là, c'était pas pareil. Elle avait la lèvre inférieure enflée et toute noire du côté droit, et une bosse de la taille d'un citron et couleur de framboise en haut de la pommette, et sans doute que si elle avait retiré ses lunettes on aurait vu deux yeux pochés comme on en voit pas souvent, et Muriel, qui l'a vue le lendemain, et Julia aussi, elles disent que c'était pas beau. C'est important, comprenez, ce qu'on a vu ce jour-là, et il a fallu qu'on le dise au tribunal. Je crois qu'en entrant Julia lui a tout de suite demandé si ça allait, et elle a répondu que oui, mais on voyait bien que c'était pas vrai. Elle était tout étourdie. Et il me semble bien qu'elle boitait. J'ai cru qu'elle avait quelque chose à la jambe droite. Alors j'étais là à la caisse à réfléchir : Elle veut pas qu'on l'aide, elle dit qu'elle est de New York. C'est pas souvent qu'on a des gens de New York par ici.

Alors avec Willis et Julia, on se regarde en douce, comme qui dirait, et puis elle s'en va. Tel que je vous le dis.

Je peux vous assurer que je me suis souvent

demandé si j'avais fait mon devoir ce soir-là. J'aurais pu la questionner, voyez. Lui faire dire ce qui se passait. Mais je crois pas qu'elle me l'aurait dit. Ni à personne. Elle était en cavale, si on veut. Et on savait qu'au Gateway elle serait sans doute tranquille, même si j'avais pas très envie de la laisser partir par ce froid avec le bébé. On annonçait un froid de chien cette nuit-là, dans les quarante en dessous de zéro à cause du vent, alors j'ai appelé Muriel pour la prévenir que je lui envoyais quelqu'un. Et après ça, c'est Muriel qui l'a adressée à Julia le lendemain, et je crois qu'on a tous pensé que Julia avait l'œil sur ce qui se passait, qu'elle était maîtresse de la situation — comme si on pouvait être maître d'une situation pareille. Mais une fois qu'elle a été partie, on en a parlé. On est pas restés indifférents, je peux pas dire le contraire.

Elle avait que la peau et les os, comme tous ces mannequins de New York, qui mangent presque rien, et puis en plus — vous allez trouver ça bizarre —, mais j'ai senti que c'était une jolie fille. Ça vous étonne que je vous dise ça. Mais c'est vrai. Même avec ses lunettes noires et sa lèvre esquintée, on voyait que ça devait être un beau brin de fille. Elle avait des cheveux roux ; des cheveux vivants, je l'ai redit depuis : pas orangés, comme on en voit de temps en temps, mais comme de l'or rouge, vraiment beaux, couleur de merisier bien briqué. De merisier, ouais. Une masse de cheveux qui retombait et qui lui encadrait la figure. Faut dire que j'ai un faible pour les cheveux roux. Ma femme était rousse avant ; elle aussi elle avait des beaux cheveux, elle les relevait en arrière avec des épingles. Mais maintenant on n'en parle plus. C'était comme... que j'essaie de vous expliquer. On voit une belle statue antique dans un livre de reproductions, et la statue a été abîmée. Il manque un bras, ou bien y a une partie de la figure qui a disparu. Mais on voit bien en la regardant qu'elle avait quelque chose d'extraordinaire, de parfait. Vous voyez ce que je veux dire ? Eh bien ça faisait la même chose quand on la regardait elle ; on avait l'impression qu'on lui avait abîmé ou cassé quelque chose qui était extraordinaire. Le bébé avait les mêmes cheveux. Ça se voyait à la frange qui dépassait de son bonnet, et puis on a bien vu après naturellement. Vous la connaissez ?

Vous avez déjà vu Mary ? Moi je l'ai revue plusieurs fois depuis... enfin vous le savez bien. Et je peux vous dire que c'est plus la même, elle est plus comme l'hiver dernier quand elle est arrivée chez nous. Mais vous pouvez croire ce que je vous dis, et faudra écrire ça dans votre article. Mary Amesbury était une belle fille.

C'est pas que ça lui a valu grand-chose. Sauf avec Jack. Et ça, c'est une autre histoire.

Faut que vous parliez avec Jack. Si vous savez le prendre, il vous dira des choses. Peut-être. C'est un gars plutôt renfermé notre Jack.

Willis, lui, il vous parlera. Il parle à tout le monde. Ce que je veux dire, c'est qu'il aime parler, et qu'il était là. Il vit dans une caravane rose que vous avez peut-être vue juste à la sortie du bourg vers le sud, avec ses enfants et avec Jeannine, sa femme. A propos de Jeannine, je vais vous dire quelque chose de confidentiel. Vous allez pas répéter ça surtout, et vous mettez pas ça dans votre article, mais vous allez sans doute en entendre parler, alors autant que je vous dise tout de suite pour Willis. Ce qu'on raconte sur Willis... ou plutôt quand on parle de lui — de même que, quand on parle de Julia, on raconte toujours comment Billy est mort de froid avant de mourir noyé —, eh bien on dit que Jeannine, la femme de Willis, elle a trois... comment dire... enfin, trois seins. On dit que le troisième, qu'est tout petit, se trouve du côté droit, dans le creux à la jointure de l'épaule et de la clavicule.

Evidemment je l'ai jamais vu, et je connais personne qui l'a vu, mais je crois que c'est vrai, seulement jamais j'irais embêter Willis avec ça. Et ça empêche pas Jeannine d'être une bonne mère comme les autres. Tout le monde le dit, alors je voudrais pas qu'on aille dire du mal d'elle. En fait, c'est à cause d'un mariage consanguin, mais allez pas répéter ça dans votre article surtout. C'est nos affaires ici, c'est pas pour l'extérieur. Je vous dis ça entre nous, c'est tout.

Alors, vous voulez que je vous parle de Saint-Hilaire. Vous êtes tombée au bon endroit : pour l'histoire locale, je crois qu'on peut dire que je m'y connais un peu, mais je suppose que vous êtes au courant, et c'est pour ça que vous êtes venue chez moi.

Je suis né ici, j'ai vécu ici toute ma vie, comme Julia, Jack, et Willis. Muriel, elle est de Bangor, elle est venue ici après son mariage. Son mari l'a quittée — mais ça, c'est une autre affaire — et elle est restée. Nous, ici, on vit de la pêche, comme vous avez vu, la langouste et le homard surtout, et puis les palourdes, les moules et les crabes quand c'est la saison. L'entreprise principale, c'est la coopé, là sur la jetée. On expédie à Boston. Il y a aussi la culture des airelles, un peu à l'intérieur des terres ; en août, ils expédient dans tout le pays. Mais le principal c'est la pêche à la langouste. Moi, j'ai hérité du magasin de mon père, alors la question s'est même pas posée de savoir ce que j'allais faire. Willis et Jack, eux, ils sont pêcheurs. Et Billy, le mari de Julia, il faisait ça aussi. Ceux-là c'est une race à part, vous voyez, ils sont pas comme tout le monde. Si on veut pas être méchant, on peut dire que c'est des types indépendants. Mais ça peut donner de sacrés numéros. La pêche à la langouste, on a ça dans le sang, ça se transmet de père en fils, comme on est mineur de père en fils dans une ville minière, parce qu'ici on peut pas gagner sa vie autrement.

Mais comprenez-moi bien : il fait tout de même bon vivre ici, en un sens. Je me verrais pas vivre là-bas d'où vous venez. Quand on reste ici, on s'endurcit. Il faut qu'on s'endurcisse, sinon on peut pas survivre.

Parce que, vous voyez, nos pêcheurs, ils rentrent presque tous leur bateau juste avant la Noël, et ils vont pas reposer leurs casiers avant la fin mars, quelque chose comme ça. Willis, par exemple, en janvier et en février, il est chauffeur de camion pour une compagnie de transports routiers. Et puis en mars, il commence à retaper son matériel. Il y en a qui rentrent pas leur bateau avant janvier, comme Jack, en général. Faut dire que lui, il a des problèmes chez lui. Rebecca, sa femme, elle a fait de la dépression — une histoire très grave. Y a des femmes qui sont sujettes à ça l'hiver. C'est un sale truc — elles supportent pas de voir toute cette eau grise pendant des jours et des jours, et elles se mettent à vous tirer une tête toute triste, à pleurer sans arrêt, ou à se couper les cheveux, et puis quand le printemps revient, ça va mieux. Mais Rebecca, elle est déprimée été comme hiver, et c'est vraiment dur pour Jack, mais peut-être aussi que c'est pas le genre d'homme qu'il lui aurait fallu, pour dire la vérité. Jack est un solitaire, il parle pas beaucoup. Peut-être un peu déçu par la vie aussi. Il a été pendant deux ans à l'Université du Maine, vous voyez, y a plus de vingt ans de ça maintenant, il a eu une bourse, mais son père a eu les deux bras cassés sur un bateau de pêche et y avait plus d'argent chez lui, alors Jack est rentré pour s'occuper de son père. Il a repris le métier de pêcheur et il a épousé Rebecca. Il a fait tout ce qu'il pouvait pour ses enfants. Il en a deux, dix-neuf et quinze ans, je crois, des gosses très gentils. Le garçon est à Boston à présent, il fait des études là-bas. A la Northeastern, il me semble. Jack le pousse.

Enfin lui, Jack, il sort dès qu'il y a un redoux, ou si y a pas de vent. Le reste du temps il s'occupe de ses casiers à l'atelier, là-bas à la pointe. C'est là qu'il laisse son bateau — le *Rebecca Strout*. Ils donnent à leur bateau le nom de leur femme, sur cette partie de la côte en tout cas. Ailleurs c'est le nom de leur fils, vous voyez. C'est là qu'elle était, à propos, vers la pointe. Je parle de Mary Amesbury. Vous avez vu le cottage ?

Rendez-vous compte que quand ils sortent, été comme hiver, l'eau est tellement froide que si on tombe dedans, on meurt en moins de dix minutes. C'est ce qui est arrivé à Billy Strout — le mari de Julia, le cousin de Jack, vous voyez. Il s'est pris le pied dans son chanvre à casiers et il est passé par-dessus bord. Ça arrive encore assez souvent, c'est malheureux à dire. C'était en novembre, si je me rappelle bien. Paraît qu'il est mort de froid avant même de mourir noyé. C'est les médecins à Machias qui voient ça quand on leur amène le corps. Des fois on retrouve jamais le corps, mais Billy, lui, il a été rejeté vers Swale's Island. On l'a su le jour même où c'est arrivé. Ça fait un drôle d'effet, je peux vous le dire, de retrouver le bateau, avec personne dedans, le moteur en marche, qui tourne en rond tout doucement. C'est comme ça qu'on s'en aperçoit. C'est vrai que Billy buvait beaucoup, il était à moitié indien par sa mère, vous voyez, c'est peut-être ça qui explique la chose.

A vrai dire, je crois pas que Julia l'a tellement regretté. Mais allez pas écrire ça non plus.

Enfin, pour en revenir à nous ici.

On est environ 400, à quelque chose près. Les jeunes d'une vingtaine d'années, ils partent, il y en a qui reviennent vivre chez eux quelques mois, et puis ils repartent, on sait pas trop où, et finalement ils sont découragés, alors ils rentrent pour s'installer ici définitivement, ou bien ils s'en vont pour de bon. On a quatre jeunes qui sont partis au Vietnam, et on en a perdu deux. Ils ont leur nom sur le monument aux morts là en face. La plupart des jeunes, ils

45

sont déjà pêcheurs et chargés de famille quand ils sont appelés — et y en a beaucoup qui partent pas. On a bien quelques patriotes, mais la plupart des gens ici trouvent que cette guerre-là nous concerne pas vraiment.

Les premiers colons étaient des Français qui sont arrivés de Nouvelle-Ecosse vers 1700, et c'est pour ça qu'on a un nom français — même chose que Calais et Petit Manan un peu plus bas. Au moment de la guerre d'Indépendance, la population était en majorité britannique, c'est malheureux à dire, alors après la guerre, ils ont voulu se débarrasser de tout ce qui était étranger et ils ont débaptisé l'endroit pour l'appeler Hilary, mais ça a pas tenu. Il y a des familles qui arrivent à retrouver leurs ancêtres jusqu'à la guerre d'Indépendance, et d'autres qui viennent de Bangor ou de Calais. On avait aussi des Indiens ici, mais maintenant ils sont dans les réserves du côté d'Eastport. Quand je dis des réserves, je parle de cités en parpaing à vous faire vomir. Le chômage, l'alcool — c'est un crime. Ce qu'on a fait à ces gens-là, j'entends. Enfin c'est pas moi qui vais résoudre le problème.

On a une bibliothèque, ouverte deux jours par semaine. Une école primaire. Pour le collège, les gosses vont à Machias. L'église, la poste, ma boutique. Tom Bonney, il en pouvait plus de pêcher la langouste, alors il a voulu ouvrir un magasin de matériel de pêche, mais ça a pas pris — presque tous les pêcheurs fabriquent leurs casiers eux-mêmes, et ils se repassent le matériel de père en fils. Et puis Elna Coffin voulait monter quelque chose avec la coopé, une dégustation de palourdes, mais, comme je dis, ici c'est le bout de la route — une route qui va nulle part — et la coopé n'a pas marché.

Ces maisons là-bas en face, elles datent du temps des constructeurs de navires. Il y a cent cinquante ans, on était très forts ici pour la construction navale. On avait aussi un hôtel, mais il a brûlé ; il était à l'autre bout du communal. On croirait pas mais, à une époque, on a eu 2 500 habitants. Y a encore des maisons de ce temps-là sur la route de la côte, abandonnées la plupart. Des vieilles maisons coloniales, des fermes. Celles-ci là en face, y en a deux qui sont restées dans la famille, mais les gens qui vivent dedans n'ont plus le sou, alors en hiver ils occupent seulement une ou deux pièces. Ils ferment le reste. Une des deux autres appartient au maître d'école, et la quatrième à Julia. Julia fait ce qu'elle peut pour garder la maison à peu près en état, mais il y aurait des travaux à faire, ça se voit. Elle est d'une famille qui avait de l'argent, Julia, et elle a fait des études. A Bates. C'est sa mère qui l'avait envoyée à l'université, et la pauvre femme s'en est pas remise quand Julia a été épouser Billy Strout. Bref, Julia avait de l'argent avant que Billy lui mange tout, mais elle a tout de même gardé la maison, et elle a les trois cottages. Des estivants, on en voit guère plus d'une vingtaine. L'eau est trop froide et on est trop au nord. Et en juin, les mouches sont une vraie plaie. Et malgré ça, vous pouvez pas vous figurer le prix que les gens sont prêts à payer pour une location en été, juste pour ficher le camp de chez eux. Julia se fait pas mal d'argent avec ses locations de juin à septembre. Elle vit sur cet argent-là pendant le restant de l'année.

Lisez les brochures pour touristes : Saint-Hilaire a toujours le plus petit paragraphe. Et aucune publicité pour quoi que ce soit. D'ailleurs ici, y a rien.

Voilà, c'est à peu près tout pour l'histoire locale. Je vois pas quoi vous dire d'autre. Sinon qu'on avait jamais eu de crime commis ici, aussi loin que je me souvienne. On a eu de la violence, ce qu'on appelle des coups et blessures, et j'ai eu des cas de pêcheurs qui flanquaient des dérouillées à des braconniers. Dennis Kidder s'est fait démolir les deux mains. Et l'année dernière, Phil Gideon s'est pris un coup de fusil au genou. Faut savoir qu'on risque sa peau si on va toucher aux casiers des autres.

Encore une chose : je viens de dire un *crime*, mais vous trouverez pratiquement personne ici qui emploiera ce mot-là pour parler des événements de l'hiver dernier. Ils vous parleront de l'« abominable affaire dans le cottage de Julia », ou bien de la « terrible histoire de la Amesbury », ou même du « meurtre à la pointe ». Mais la plupart des gens hésitent à prononcer le mot *crime*. Et pour vous dire la vérité, je crois bien que moi aussi.

MARY AMESBURY

J'ai pris la route de la côte qui sortait du village. Je ne roulais pas à plus de 40 à l'heure, mais au bout d'un kilomètre j'ai senti les roues arrière qui se dérobaient sous moi, de sorte que pendant un instant la voiture a patiné et s'est mise en travers de la route. Mon cœur a chaviré comme quand on a l'impression que la terre vous abandonne, et j'ai vite tendu la main derrière moi pour maintenir le couffin du bébé en place. J'ai redressé la voiture, je suis passée en première, et je suis repartie encore plus lentement qu'avant au milieu de ce paysage presque silencieux. Les phares qui venaient vers moi avaient l'air de grands bateaux en mer et, quand je les croisais, je roulais tellement au large que la voiture allait presque cogner contre les congères au bord de la route. Je n'avais pas vu une neige pareille depuis mon enfance. Il y en avait sans doute déjà plus d'un mètre, même avant la tempête de ce jour-là, et j'étais étonnée qu'il puisse y en avoir autant si près de la côte. Les pins aux branches surchargées se penchaient avec grâce vers le sol.

Je guettais le croisement de la Route 1 qu'on m'avait recommandé de ne pas manquer. De temps en temps je voyais poindre ou rougeoyer une

49

lumière entre les pins — la seule chose qui laissât soupçonner que le pays était habité. Je regrettais presque la chaleur de l'épicerie, l'éclairage violent au plafond, la présence réconfortante d'objets banals — un journal, une tasse de café, une boîte de soupe — et je comprenais pourquoi l'homme à la moustache s'était attardé près du présentoir à journaux, pourquoi la femme à la parka grise avait voulu lire son journal près du comptoir. Je regardais ces points lumineux comme un marin perdu dans le brouillard aurait essayé de deviner le rivage.

Dans un virage, j'ai trouvé le stop, et la route de Machias qui s'élargissait un peu. J'ai pris à droite comme on me l'avait dit, et j'ai roulé une vingtaine de minutes — ce qui me paraissait trop. J'étais sûre que je m'étais trompée — ou bien j'avais raté un croisement, ou bien je n'avais pas vu le motel —, alors j'ai rebroussé chemin et j'ai refait le parcours en sens inverse. Je m'impatientais ; Caroline s'était mise à pleurer. Je me suis remise à rouler à 40, et puis à 45 et à 50. J'étais courbée en avant sur le volant, comme si cette position empêchait la voiture de décoller de la route. Quand je me suis retrouvée au village — avec l'impression qu'il était trop tôt pour revoir les lumières —, je me suis aperçue qu'en fait je ne m'étais pas trompée. Je suis restée à l'arrêt un instant, lâchant le volant et détendant mes mains comme si elles avaient été tenues par des ressorts, essayant de savoir s'il valait mieux que je retourne à l'épicerie pour avoir des indications plus précises ou pas. Je me suis représenté les gens qui allaient me regarder quand j'entrerais dans le magasin, et j'ai décidé de faire demi-tour et de tenter ma chance une seconde fois. J'ai repris doucement la route de la côte, j'ai tourné à droite sur la Route 1, et j'ai regardé plus attentivement toutes les bâtisses que je trouvais sur mon chemin, au cas où l'enseigne du motel n'aurait pas encore été allumée. De fait, le motel était bien là, à un peu plus d'un

kilomètre de l'endroit où je m'étais arrêtée la première fois, un tube de néon vert-jaune dessinant les
lettres du mot *Gateway*. Le temps que je me gare
sur le parking — la neige n'était pas dégagée et la
voiture a fait un tête-à-queue quand j'ai pris mon
virage —, Caroline s'était mise à pleurer comme une
folle. Je me suis arrêtée près de la seule fenêtre
éclairée.

La patronne du motel était une femme obèse qui,
quand je suis entrée, lisait un magazine féminin.
Elle a écrasé sa cigarette et elle a levé les yeux vers
moi. Il y avait une goutte de ketchup ou de sauce
tomate coagulée sur son pull rose. Ses cheveux, d'un
gris brunâtre, étaient permanentés en petites bou-
cles serrées avec deux macarons retenus aux tem-
pes par des pinces. Face à elle, sur le comptoir, se
trouvaient les restes d'un dîner devant la télévision.
Il m'a semblé entendre un poste qui marchait et des
bruits d'enfants plus loin dans la maison.

La femme respirait la bouche ouverte, comme si
elle avait le nez pris par un rhume. En plus, elle
semblait essoufflée. « Je vous attends depuis un
moment, a-t-elle dit. Everett a appelé pour dire que
vous arriviez. Ça fait bientôt une heure. »

J'étais très surprise. Je me suis mise à expliquer
pourquoi je n'étais pas arrivée plus tôt, mais elle ne
m'a pas laissée finir.

« Je n'ai que des chambres à deux lits », m'a dit la
femme obèse. Elle est retournée à son magazine et
elle s'est plongée dans un article comme si elle
essayait d'autant plus de se concentrer que je l'avais
interrompue.

« Très bien, ai-je dit. C'est combien ?

— 12 dollars. A payer d'avance. »

La patronne m'a flanqué une clef sur le comptoir.
Elle a tourné le registre vers moi avec un stylo, en
disant *Nom et adresse*, comme si ces mots venaient
de très loin.

Le bébé s'est mis à se tortiller en pleurnichant.

En le câlinant contre mon épaule, j'ai pris le stylo et je me suis efforcée de ne pas hésiter, de ne pas me trahir. Je savais qu'il fallait que je décline mon identité ; à présent il fallait que je me choisisse un nom. J'ai posé la plume sur le papier et j'ai commencé à écrire, lentement, au fur et à mesure que j'inventais : *Mary Amesbury, 425 Willard Street, Syracuse, New York.*

J'ai pris le nom de Mary ; c'était le nom de ma tante. Mais en formant le *M*, j'ai pensé à d'autres prénoms possibles. N'avais-je pas envie d'un nom plus fascinant que le mien ? Alexandra ou Noëlle par exemple. Mais la raison en moi, la simple nécessité de ne pas me faire remarquer a coupé court à la possibilité du *A* ou du *N*.

Amesbury m'était venu spontanément. Le trajet en voiture me l'avait soufflé : c'était le nom d'une ville en bordure d'une des autoroutes. Je ne savais pas s'il existait un 425 Willard Street. Je n'étais jamais allée à Syracuse.

J'ai reposé le stylo en regardant les lettres noires sur le registre. Le sort en est jeté, me suis-je dit. Désormais, c'est ainsi que je m'appelle.

« Quel est le nom de l'enfant ? » m'a demandé la femme obèse en retournant le registre pour l'examiner.

La question m'a prise au dépourvu. J'ai ouvert la bouche. Je ne pouvais pas mentir sur ce point, je ne pouvais pas donner à mon enfant un nom qui n'était pas le sien. « Caroline », ai-je répondu en étouffant le mot dans le cou du bébé.

« Joli nom, a dit la patronne. J'ai une sœur qui a donné ce nom-là à sa fille. Elle l'appelait Caro. »

J'ai essayé de sourire. J'ai pris le bébé sur mon autre bras. J'ai posé 12 dollars sur le comptoir.

« La deux, a dit la patronne. J'ai remonté le chauffage dans la deux il y a une heure. J'ai mis des couvertures supplémentaires. Mais venez me trouver si vous avez trop froid. Il paraît qu'il va faire moins quarante cette nuit avec le vent. »

Une fois dans la chambre, j'ai verrouillé la porte. Je me suis assise sur un des deux lits, j'ai déboutonné mon manteau et mon chemisier aussi vite que je le pouvais, et j'ai donné le sein à ma fille. Elle s'est sustentée avec appétit ; on l'entendait téter avidement. J'ai fermé les yeux et j'ai penché la tête en arrière. Personne ne viendrait me chercher ici, me suis-je dit. Cette idée a pris racine en moi, a commencé à m'habiter.

J'ai ouvert les yeux et j'ai regardé Caroline. Elle avait encore sa combinaison matelassée et son bonnet de laine. Il faisait un froid glacial.

Je manquais d'espace et de lumière dans cette chambre, malgré le plafonnier allumé au-dessus de ma tête. Le tissu des dessus-de-lit et des rideaux était un affreux écossais vert et noir. La finition des murs consistait en minces panneaux censés imiter du bois de pin avec ses nœuds. Je trouvais que l'épicier avait peut-être exagéré en disant que la chambre serait propre.

Après la tétée, j'ai changé Caroline, je me suis lavé les mains, j'ai mangé un morceau de gâteau, j'ai avalé le lait presque aussi goulûment qu'elle. Puis, appuyée contre le dosseret du lit, j'ai ouvert une bière et je l'ai bue très vite. A ce moment-là je me suis dit que je ne devrais pas boire pendant que j'allaitais, mais je n'étais guère capable de réfléchir plus avant. Le bébé était sur le dos, repu, agitant les bras et les jambes. Je lui ai ôté son bonnet, je lui ai caressé la tête, prenant plaisir à sentir le duvet tiède au sommet de son crâne. J'ai remarqué que mes mains tremblaient encore. J'ai ouvert une seconde bière et je l'ai bue, moins vite que la première.

J'aimais bien regarder Caroline, parfois cela seul suffisait à mon bonheur. Mais ce soir-là, à mon plaisir se mêlaient des préoccupations que je ne pouvais pas méconnaître. A cette idée, dont j'aurais voulu me défaire, d'autres images venaient se bousculer au bord de ma conscience. J'ai secoué la tête pour essayer de les repousser. J'ai posé ma bière, et j'ai attrapé le bébé pour lui enlever sa combinaison et l'allonger à côté de moi dans le creux de mon bras. J'avais l'impression qu'en le tenant de cette façon j'arriverais à chasser ces images. Le bébé agirait comme un charme, ce serait mon talisman.

Est-ce ainsi que j'ai pu, à un moment cette nuit-là, laisser Caroline bien installée sur le lit pour aller dans la salle de bains me déshabiller entièrement et me regarder des pieds à la tête dans la glace derrière la porte ? Je ne vous infligerai pas la description de ce que j'ai observé, ni le récit de ce que j'ai ressenti en me voyant dans cette salle de bains glaciale et dépouillée où la douche était une simple cabine en métal, je vous dirai seulement que j'avais le corps couvert de fleurs — de fleurs éclatantes qui s'épanouissaient dans toutes les couleurs de l'arc-en-ciel.

Je me suis réveillée, m'apercevant que je m'étais endormie sur le lit avec le bébé, la lumière allumée. J'ai fait rouler Caroline sur le ventre et je l'ai calée avec des oreillers et mon grand sac. Même si elle se réveillait, elle ne pourrait pas aller bien loin — elle avait à peine six mois et elle ne se déplaçait pas encore toute seule. Mais en bougeant, elle pourrait, si elle le voulait, atteindre le bord du lit.

J'ai mis mon manteau, mon écharpe et mes gants, je me suis assurée que j'avais mes clefs, et je suis sortie dans la nuit en fermant la porte derrière moi. Le froid était comme une chape immobile — l'air faisait mal à respirer. La sinistre enseigne de néon vert qui indiquait *Gateway* plus tôt dans la soirée était éteinte. Je n'avais aucune idée de l'heure. Je n'avais pas de montre sur moi. Je suis allée jusqu'à l'entrée du parking, j'ai traversé la route et je suis entrée dans les bois. Il n'y avait que la lumière des étoiles et un maigre croissant de lune pour me permettre de garder l'œil sur ma porte.

J'ai touché les aiguilles piquantes d'un pin quasi invisible. Le froid commençait déjà à pénétrer dans mes chaussures. Dans l'air léger, il me semblait sentir l'océan, ou l'odeur des salants à marée basse. Au loin j'entendais le cri d'une mouette ou d'un animal, un cri qui n'était pas humain.

Je me sentais l'estomac creux. J'avais encore faim malgré le gâteau. Quand j'ai regardé le motel, le bébé m'a paru très loin. La distance m'a saisie par surprise, comme si je m'apercevais tout d'un coup que le bateau sur lequel je me trouvais s'éloignait du quai. Je voyais un visage dur, en furie, et une femme qui heurtait le mur avec son dos et tendait les bras pour se protéger la tête. J'ai entendu un bébé qui pleurait et, l'espace d'un instant, je me suis embrouillée. D'où venait ce cri ? De la chambre du motel ? Ou l'avais-je entendu dans mon rêve éveillé ?

C'est alors que je me suis souvenue d'une femme qui était en travail à côté de moi quand j'avais accouché de Caroline. Elle occupait le box voisin du mien à l'étage des accouchements, et je ne voyais pas son visage, mais je n'ai jamais oublié le cri qui est sorti de sa chambre. Ce cri que j'ai entendu à travers la cloison n'était pas de ce monde, c'était comme le hurlement d'un animal qui craint pour sa vie, et si je n'avais pas su qu'il provenait forcément d'une femme, je n'aurais pas été capable de dire s'il était poussé par une voix masculine ou féminine. Les cris sont devenus plus graves et plus forts, et ont paru faire rouler la femme d'un côté et de l'autre. Les infirmières sont restées calmes. Les autres femmes en travail, qui, jusque-là, gémissaient de douleur dans leur box, se sont tues, par crainte et par respect de ce cri. L'accoucheur, qui semblait s'affoler, a essayé de ramener la patiente à la raison en prononçant son nom d'une voix sèche et mauvaise, mais il était évident que, pour elle, sa présence n'était d'aucun secours, absolument aucun. En entendant ces hurlements, je me suis mise à trembler. J'aurais voulu en parler avec quelqu'un, mais personne ne voulait me répondre, comme si c'était là une chose trop personnelle pour qu'on la partage avec des inconnus.

Pourtant c'était un cri de douleur, de douleur pure, rien de plus. Et je me suis dit alors qu'il donnait une mesure utile pour toute souffrance à venir, c'était l'étalon qui me permettrait toujours de quantifier ma propre souffrance, encore que je ne serais pas capable, je le savais, de hurler avec le même abandon que cette femme-là. Je ne l'ai jamais vue, mais je savais que je n'oublierais jamais son visage tel que je me le suis représenté cette nuit-là.

J'ai tapé des pieds dans la neige et j'ai tenu mon manteau serré autour de moi. Peut-être entendais-je, au bord du silence, le flux et le reflux de l'océan contre les rochers. J'ai regardé le motel et j'ai imaginé mon bébé endormi derrière la cloison aux lambris de pin.

Il y a une chose que je me demande — vous ne m'en voudrez pas de vous poser la question ? — êtes-vous du genre à transformer les citations ? Dans les premiers temps, quand nous parlions ensemble, Harrold et moi, nous avions des discussions sans fin sur ce problème. Je tenais sûrement plus que lui à la littéralité. Il me semblait qu'il fallait rapporter les propos d'une personne exactement tels qu'ils avaient été formulés, même si les termes étaient maladroits, ou s'ils manquaient de rythme, s'ils ne collaient pas bien, ou s'ils n'exprimaient pas exactement ce que l'on savait que la personne voulait dire. Mais Harrold, plus habitué que moi à se donner des droits, pensait qu'il fallait prendre des libertés. Dans le texte d'un enregistrement ou dans un dossier, il cherchait des pépites, des noyaux, qu'il gardait, et autour desquels il brodait, si bien que ses citations, et donc ses articles, avaient de la profondeur, de l'esprit, de l'envolée, et même du brio. Oui, du brio surtout, comme des pierres grossièrement taillées qu'on aurait transformées en gemmes étincelantes. Et il était le seul, en dehors de moi peut-être, et bien sûr de la personne qui faisait l'objet de l'article, à savoir que ce qui était écrit n'avait jamais été prononcé.

Je m'étonnais qu'il ne se fasse jamais prendre. En fait, c'était le contraire qui se passait : plus il prenait de libertés, plus il avait de succès. Ces libertés lui permettaient d'avoir un style, un mordant que d'autres journalistes lui enviaient. Peut-être que les gens qu'il avait interviewés étaient d'abord stupéfaits quand ils voyaient leurs propos déformés dans la presse mais, le premier choc passé, ils en venaient à aimer cette manière de parler attrayante et intéressante que Harrold leur prêtait.

Paradoxalement, c'est moi — qui notais ce qu'on me disait si scrupuleusement — qui recevais des protestations des gens sur qui j'écrivais. Car leurs propos, rapportés avec exactitude, étaient prosaïques, rarement spirituels et, même s'ils étaient d'un intérêt majeur, ils ne captivaient guère. Ces gens-là cherchaient à désavouer ce qu'ils avaient dit. Naturellement j'avais mes notes. Je pouvais leur répliquer : c'est exactement ainsi que les choses ont été formulées ; c'est bien ce mot-là qui a été employé. Mais je savais parfaitement pourquoi ils protestaient. L'article ne reflétait pas du tout ce qu'ils avaient voulu dire.

Et ce dont nous discutions Harrold et moi, c'était ceci : est-ce que sa façon d'écrire occultait la vérité ? Ou bien, avec toutes les libertés qu'il prenait, la faisait-il ressortir bien mieux que moi ?

Quand vous êtes venue me voir, vous m'avez demandé de vous parler de ma famille et de mon milieu. Je ne sais pas bien quoi vous dire qui puisse vous être utile.

Ma mère a été la première de sa famille à aller vivre en banlieue et du même coup à accéder à la classe moyenne — encore que, à y réfléchir maintenant, il me semble que c'était plus une affaire de lieu géographique que de statut économique. Ma mère était mère célibataire, et elle travaillait, alors que toutes les autres mères étaient des femmes au foyer. Elle n'avait jamais eu de mari. Mon père, qui avait à peine vingt ans, l'avait quittée le jour où elle lui avait appris qu'elle était enceinte, et il s'était engagé dans l'armée la même semaine. Je crois qu'elle n'a plus jamais eu de ses nouvelles, et il est mort, en France, avant ma naissance. Les parents de mon père étaient propriétaires d'un bar dans le South Side de Chicago, près du quartier où ma mère avait grandi, et ils lui ont donné de l'argent après la mort de mon père afin qu'elle ne soit pas obligée de travailler pour m'élever. Mais cet argent, elle s'en est servi pour commencer à payer un petit bungalow blanc qu'elle a acheté à une trentaine de kilomètres au sud de Chicago. Et elle s'est remise à travailler, comme secrétaire du président d'une société de distribution de matériel de bureau. Jusqu'à ce que j'aie l'âge d'aller à l'école, c'est une voisine qui s'est occupée de moi dans la journée, chez elle. Ma mère avait décidé que, quoi que ça puisse lui coûter, son enfant ne grandirait pas comme elle, exposée à tous les périls de la grande ville.

Tous les soirs à cinq heures dix, je descendais la rue étroite dans laquelle nous habitions pour aller tout en bas à la petite gare de bois austère attendre ma mère, qui, avec son chapeau et son long manteau de lainage, descendait du marchepied du deuxième wagon. Elle avait à la main son sac et un cartable dans lequel elle emportait son déjeuner ; elle arrivait de son bureau, qui se trouvait dans un grand immeuble de Chicago, après quarante-sept minutes de trajet. Notre banlieue, qui méritait à peine ce nom, était un petit ensemble de bungalows d'avant-guerre, tous semblables, si bien que les rues donnaient une impression d'ordre et d'harmonie dont était totalement dépourvue la grande ville que ma mère avait fuie si récemment. Remonter avec elle notre rue, bordée des deux côtés de maisons aux couleurs pastel, c'était là mon moment préféré de la journée, un moment hors du temps, où j'avais ma mère pour moi toute seule, et où elle m'avait aussi toute à elle, sans rien pour nous distraire l'une de l'autre. Ma mère était pleine d'entrain, souriante ; elle avait même quelquefois une surprise pour moi — des boules de gomme enveloppées dans de la Cellophane, une bande d'amorces —, et si elle était fatiguée, ou si sa journée s'était mal passée, elle ne m'en disait rien. Elle gardait pour elle toutes les difficultés qu'elle avait eu à surmonter en ville, ou bien alors l'idée de retrouver sa fille à la descente du train qui la ramenait chez elle avait effacé tout souci d'ordre professionnel.

Pendant que nous remontions chez nous — elle marchait lentement pour que nous soyons plus longtemps ensemble ; je marchais à reculons, ou je tournais autour d'elle, ou bien, quand elle me parlait de choses sérieuses, je mettais mes mains dans mes poches et j'essayais de marcher à son pas —, elle me posait des questions sur mon travail scolaire, ou sur mes amis, ou elle me racontait une de ses « aventures », comme elle disait, et j'étais censée trouver la leçon qu'il fallait en tirer. Elle avait aussi tendance à me faire des sermons sincères sur certaines conduites essentielles à tenir dans la vie, et je l'écoutais comme s'il s'était agi de la parole de Dieu. Il y avait une hiérarchie dans l'univers, me disait-elle, et je ne serais heureuse que si je trouvais ma place. Il vous arrivait des choses dans la vie ; il fallait apprendre à les accepter. Il ne fallait pas trop se rebeller contre l'ordre naturel ; le prix à payer serait trop lourd — de quoi se sentir coupable et seul toute sa vie.

Je savourais le petit quart d'heure où nous étions ensemble chaque soir de la gare jusqu'à la maison, car je savais que dès que ma mère aurait franchi le seuil du bungalow elle serait accablée par ses tâches domestiques. Elle ne se plaignait pas, mais elle parlait de moins en moins au fur et à mesure que la soirée s'écoulait, comme un vieux phono au bout du rouleau, et puis il était l'heure que j'aille me coucher. Alors elle venait dans ma chambre — une toute petite chambre qui communiquait avec la sienne par la salle de bains — et elle me brossait les cheveux. Nous avions, ma mère et moi, la même nature et la même couleur de cheveux, et cette habitude régulière des cent coups de brosse, parfois suivis de cent autres si elle s'était lancée dans quelque histoire ou quelque anecdote, était un rituel que nous n'avons jamais manqué d'observer, même quand je suis devenue plus grande et parfaitement capable de me brosser les cheveux toute seule.

Après m'avoir bordée dans mon lit, elle allait s'asseoir dans la salle de séjour, sur le canapé, et elle cousait, ou regardait la télé, ou elle écoutait la radio. Quelquefois elle lisait, mais souvent, quand je me relevais pour aller chercher un verre d'eau ou pour lui dire que je n'arrivais pas à dormir, je la trouvais avec son livre ou sa couture sur les genoux, fixant des yeux un point sur le mur. Je ne sais pas à quoi elle rêvait.

Quand elle avait ôté son grand manteau et son chapeau, et qu'elle avait enlevé son tailleur ou sa robe pour mettre quelque chose de plus confortable, je la trouvais belle — je n'insisterai pas sur la tristesse de tout cela, car lorsque j'étais petite je ne trouvais pas ça triste, c'est seulement à présent que cette tristesse m'apparaît. Peut-être qu'une fille trouve toujours que sa mère est belle, je ne sais pas. Il y avait ses cheveux, et la couleur de ses yeux, un vert clair dont je n'ai pas hérité, et un teint qu'elle a conservé, même avec l'âge. C'était les soirs de grosse chaleur que je la trouvais la plus belle, quand elle s'arrêtait un moment au milieu de son travail pour venir se reposer sur une chaise d'aluminium et de plastique sur la petite véranda tendue d'une moustiquaire, à l'arrière du bungalow. Elle était en robe bain de soleil, et elle avait la peau légèrement moite à cause de la chaleur. La masse désordonnée mais voluptueuse de ses cheveux n'était plus retenue par ses épingles, et je la faisais sourire en lui racontant des potins savoureux sur notre voisine pendant qu'elle sirotait une limonade. Elle aimait bien que je daube sur notre voisine, je le savais ; cela calmait sa jalousie, sa crainte qu'une autre ait pris sa place de mère auprès de son enfant.

Je lui donnais bien du mal à cette voisine, et je le faisais exprès, je crois. Ayant déjà trois enfants à elle, des enfants difficiles, cette femme, qui s'appelait Hazel, ne m'aimait guère. Je le lui rendais bien, peut-être parce que je n'avais pas envie de passer mon enfance dans une autre maison que la mienne. Dès que j'ai été assez grande, j'ai supplié ma mère de me laisser rester chez nous après l'école, et elle m'a accordé ce privilège, me faisant confiance et espérant que je ne boirais pas, que je ne fumerais pas et que je m'abstiendrais de ces autres expériences auxquelles se livraient les filles de mon âge, comme elle l'entendait dire parfois. Bien sûr, j'ai fini par donner dans ces bêtises avec les autres, chez moi et ailleurs — j'ai fumé, j'ai bu un peu de bière —, mais elle avait tort de croire que ces distractions innocentes seraient le piège auquel je me laisserais prendre.

Il arrivait que ma mère invite des hommes à la maison. Je ne pouvais pas imaginer que c'étaient ses amoureux. Je ne le peux toujours pas. C'étaient des hommes qui étaient devenus amis avec elle d'une façon ou d'une autre — des célibataires ou des hommes libres qui passaient le chasse-neige dans l'allée alors que nous n'avions pas de voiture, ou qui réparaient les vitres brisées ; ou bien des hommes dont elle avait fait la connaissance en ville et qu'elle invitait à prendre un repas à la maison le dimanche. Mais une fois il y a eu un homme dont je crois que ma mère était amoureuse. Il était contrôleur dans la société où elle était employée, et elle avait fini par bien le connaître à son travail, car elle parlait de lui quelquefois, en passant, au cours d'une histoire, et je remarquais quel plaisir elle prenait à le mentionner même pour très peu de chose. Il s'appelait Philip, il avait les cheveux bruns et une moustache, et il roulait en Lincoln noire. Pendant un certain temps, il venait régulièrement le week-end. Il déjeunait avec nous, après quoi il nous emmenait faire un tour en voiture. Je montais à l'arrière, et ma mère à côté de lui. De temps en temps, il tendait le bras pour lui prendre la main, et je ne manquais jamais de remarquer ce geste. On allait manger une glace, même en plein cœur de l'hiver. Au retour de ces promenades en voiture, je jouais dans ma chambre ou bien je rejoignais des camarades dehors. J'avais huit ou neuf ans à l'époque. Philip et ma mère restaient seuls dans la salle de séjour. Une fois je suis entrée : Philip embrassait ma mère sur le canapé. Il m'a semblé qu'il avait la main sur son sein, mais, quand elle m'a entendue, elle s'est écartée de lui si brusquement que l'image est brouillée et à présent je ne suis plus très sûre de ce que j'ai vu. Elle a rougi et il s'est levé, comme si c'était moi le parent qui les prenait en faute. J'ai fait semblant de n'avoir rien vu, j'ai posé la question que je voulais poser en entrant dans la pièce par mégarde. Mais ça a été un moment affreux, et maintenant encore j'ai envie de rentrer sous terre quand j'y pense. Ce que je trouvais affreux, ça n'était pas que Philip l'ait embrassée — j'étais heureuse qu'elle ait quelqu'un à aimer après toutes ces années. C'était moi qui me faisais horreur, ma présence était un vrai boulet.

Mais en fait Philip aussi a quitté ma mère au bout d'un moment. Pendant des mois, j'ai cru que c'était à cause de moi qu'il l'avait laissée, parce qu'il ne voulait pas être l'amant d'une femme qui avait un enfant « sur les bras », comme on disait. Après cela, quand il venait un homme à la maison — et, après Philip, ils n'ont pas été très nombreux —, j'allais dans ma chambre et je n'en sortais pas.

Ma mère était irlandaise et catholique et elle avait été élevée dans un logement bien exigu pour une famille de sept enfants. Elle était dévote et toute sa vie elle est allée à la messe chaque dimanche. Je suis certaine qu'elle considérait que ma naissance, en dehors des liens du mariage, constituait la faute morale la plus grave de son existence. Toute petite déjà, j'ai manifesté une résistance à accepter l'église de tout mon cœur comme elle, et je sais que cette rébellion sans gravité l'exaspérait. Quand nous nous bagarrions — ce qui, je crois me souvenir, arrivait très rarement —, c'était à cause de cela, parce que je n'allais pas à l'église régulièrement. Mais beaucoup plus tard, quand je travaillais à New York et que j'avais déjà des problèmes, chaque matin, en me rendant au bureau, je passais devant une église catholique en brique, noircie par le temps, qui s'appelait Saint-Augustin, et parfois j'étais envahie par le désir d'y entrer et de me mettre à genoux. Mais je ne l'ai jamais fait. J'étais gênée par l'idée que je ne méritais pas le réconfort d'une religion que j'avais méprisée, et d'ailleurs, j'étais presque toujours en retard pour aller travailler.

Nous avions aussi d'autres visiteurs chez nous. Ma mère avait beaucoup de famille, et tous ces parents vivaient encore presque tous en ville. Notre petite maison de banlieue était assez loin pour leur donner l'impression de partir en excursion le dimanche après-midi. Mes grands-parents, mes oncles, mes tantes et mes cousins arrivaient par le train en bas de la rue, et toute la bande remontait bruyamment la côte jusqu'à notre bungalow, où ma mère avait préparé un repas. Elle savait qu'ils désapprouvaient le fait qu'elle soit mère célibataire, et encore plus sa volonté de vivre en banlieue et de gagner sa vie pour élever son enfant en travaillant comme secrétaire — secrétaire *particulière*, disait-elle toujours, c'était son point d'honneur —, mais elle les invitait fidèlement à la maison toutes les deux semaines, elle leur faisait même des grâces lorsqu'ils rechignaient. Elle savait bien que je n'aurais jamais de frères et sœurs, et elle voulait me donner le sentiment qu'il n'y avait pas que nous deux, que j'appartenais à toute une famille. Plus il y avait de bruit et de monde dans la maison, plus elle semblait heureuse.

Elle m'encourageait aussi à amener mes camarades à la maison, et elle nous préparait toujours des choses à manger, qui étaient dans le frigo ou sur le plan de travail pour nous tenter. Ou bien elle invitait mes amis à dîner ou à dormir. Quand ils venaient à la maison, elle était enjouée, comme si elle essayait de faire croire que nous étions plus nombreux à vivre là que ça n'était le cas, comme si nous n'étions pas différentes des autres familles de la rue. J'avais des petites camarades, et plus tard, j'ai eu des petits amis, et j'ai le souvenir d'une sorte de course en avant frénétique pendant mes années d'adolescence, mettant toute mon énergie dans mon travail scolaire et mes efforts à me faire aimer des autres plus qu'il n'était naturel. Mes fantasmes pourtant, si nébuleux qu'ils fussent, tournaient tous autour d'un avenir lointain où, après le collège, j'irais vivre loin de la maison. J'aimais ma mère, et cela me chagrinait de penser qu'elle serait seule quand je l'aurais quittée, mais je comprenais que ni elle ni moi ne serions heureuses si je ne faisais pas ce que je voulais faire, si je ne me donnais pas ce qui lui avait été refusé.

Dans la journée, pendant que ma mère était partie à Chicago à son travail, quand je n'étais pas à l'école, j'allais me promener sur la voie du chemin de fer, avec mes camarades ou toute seule. Nous allions dans d'autres petites villes (que l'on atteignait plus facilement par la voie ferrée que par la route), sautant vite hors des voies quand nous entendions un train arriver. Cela nous donnait un goût d'aventure. Il y avait fort peu de mouvement sur les voies, et nous pouvions ainsi nous faire une idée de la topographie des lieux, mais ce qui nous attirait le plus dans cette distraction, c'était l'illusion de la liberté. Les rails et les traverses s'étendaient à l'infini sans entrave visible, et on avait l'impression qu'on pouvait aller de l'avant indéfiniment. Encore maintenant, quand j'entends le cliquetis régulier d'un train qui passe, je pense à ma mère, à la promesse d'un voyage, et à ce point lointain, qu'on voudrait atteindre, où les rails se rejoignent.

Qu'est-ce que c'est que cette histoire, de toute façon ?

Pas question de vous dire quoi que ce soit pour un article qui va critiquer Mary Amesbury, alors si vous avez l'intention de la démolir, vous pouvez ranger ce truc tout de suite. Mary Amesbury est innocente. Je le sais, vous pouvez me faire confiance. Comment est-ce que je sais ? Parce que j'ai été dans le même bateau. Et une femme qui a vécu ça sait comment ça se passe.

J'avais un mari qui me battait. Ce bon Dieu de fils de pute m'a gâché la vie. Sacrément gâché. M'a volé les plus belles années de ma vie. Celles qu'on retrouve jamais. Vous comprenez ce que je dis ? Mes enfants, je pouvais même pas les aimer. Je les aimais, mais je veux dire que je pouvais jamais profiter de rien, parce que j'avais tout le temps peur, j'avais une frousse terrible chaque fois qu'il entrait, je tremblais pour eux et je tremblais pour moi. Un jour il a tapé sur mon fils dans sa chaise de bébé, il était tout bébé, il avait que sept mois. Nom de Dieu, je vous demande un peu. Sept mois. J'ai été forcée d'emmener le bébé chez le docteur. Forcée de mentir. Forcée de mentir chaque foutu jour de ma vie parce que j'avais honte et peur.

Je vais vous dire quelque chose. J'ai plus peur de rien ni de personne à présent. Jamais.

Alors je sais ce que c'est. Je sais exactement comment ça se passe.

Faut pourtant que je vous dise : c'est seulement le lendemain matin que j'ai compris ce qui se passait pour Mary Amesbury. Quand je suis en train de lire un magazine, je fais pas attention. Bref, quand elle est entrée et que je l'ai regardée, en fait, c'est le bébé que j'ai vu, alors je me suis rendu compte de rien.

Mais le lendemain matin, elle est venue à la réception, elle avait son écharpe autour de la tête et ses lunettes noires, et alors j'ai compris tout de suite, et elle a vu que je comprenais. Elle m'a regardée et, je vous jure, j'ai cru qu'elle allait s'évanouir. Et puis elle se remet et elle me demande si je connais un endroit où elle pourrait rester un certain temps, une petite maison par exemple. Je réfléchis une minute et c'est comme ça que je lui dis que Julia Strout aurait peut-être quelque chose. Julia fait des locations en été.

C'est sans doute parce que je me représentais ce qu'elle avait enduré, et puis à cause du bébé et tout, que j'ai téléphoné à Julia moi-même. Par ici, on se donne généralement pas tant de peine pour les étrangers, mais là c'était différent, vous comprenez ?

Je pouvais pas m'empêcher de la regarder. Elle essayait de rien montrer, mais ça se voyait tout de même. C'était pas croyable. C'est un cauchemar, un sacré cauchemar quand on est forcé de se montrer à tout le monde avec sa vie écrite sur sa figure.

Vous êtes journaliste, hein ? Eh ben, dans une histoire comme ça, personne vous dira la vérité, alors je vais vous raconter quelque chose. J'ai perdu deux dents de devant, en haut. Je me suis fait assommer. J'ai eu un bras cassé et une fracture du tibia. J'ai des marques de brûlure de cigarettes là où on a pas de raison d'en avoir. Pendant cinq ans, j'ai pas eu de plaisir une seule fois dans ce qu'on appelle les rapports intimes. Encore maintenant, rien que l'idée de faire l'amour, ça me rappelle tout ce qu'il m'a fait. Ça fait encore une chose qu'il m'a volée. Une fois il a cru que la police allait venir, alors il a enlevé les enfants et il est parti au Canada. J'ai pas vu mes gosses pendant six mois. Quand il est revenu, j'avais tellement peur qu'il les rembarque que je l'ai laissé faire tout ce qu'il voulait. Jusqu'à ce qu'il s'attaque à eux. Ça, j'ai pas pu supporter. J'ai appelé la police à Machias, et il a pris la fuite. J'ai supplié le bon Dieu que ce soit pour de bon. Il y a huit ans de ça. J'espère bien qu'il est mort.

On avait des parts dans une entreprise de culture d'airelles. Je les ai vendues pour acheter le motel. Il était à l'abandon depuis le début des années 50 — dans un état incroyable. Y a des gens du village qui m'ont aidée à réparer. J'ai trois gosses. On s'en sort. Ils sont gentils, mais c'est pas facile d'élever des gosses toute seule, vous pouvez me croire.

J'adore mes enfants, mais quand je vous disais qu'il m'a gâché la vie, c'est vrai. Je m'en remets pas. Ça se voit, non ? Je m'en remets pas. Je vois les autres familles qui viennent ici au motel en été, ils ont l'air heureux, et au début je les envie, et puis j'y regarde de plus près — et leur bonheur, j'y crois pas.

Oui, j'ai connu Mary Amesbury. Elle m'a loué un cottage à Flat Point Bar du 4 décembre au 15 janvier.

Le loyer était minime. Ça a de l'importance ?

La première fois que je l'ai vue, c'était le 3 décembre, quand elle est venue à l'épicerie, chez Everett Shedd.

Je dirais que, oui, dès ce moment-là, j'ai trouvé qu'il y avait quelque chose qui n'allait pas. J'ai eu l'impression qu'elle était dans la détresse. Elle avait l'air malade, ou sous-alimentée. Il faisait extrêmement froid ce jour-là. On ne parlait que de ça. Aux informations, la météo avait annoncé que la température descendrait peut-être jusqu'à moins quarante à cause du vent. En fait, c'est descendu à moins trente, au thermomètre. On n'est pas habitué à des températures aussi basses ici, bien qu'on soit très au nord, parce qu'on est sur la côte.

Je lui ai peut-être demandé si ça allait. Je ne me rappelle plus à présent.

Oui, Everett et moi on a parlé d'elle quand elle a quitté le magasin. On pensait qu'elle était peut-être en fuite pour une raison quelconque. Je sais que cette idée m'est venue, et il est possible que j'en aie parlé avec Everett. Il a peut-être émis l'idée qu'elle avait été blessée, mais je ne suis plus très sûre à présent.

Mon mari est mort dans un accident de pêche il y a des années. Je préférerais vraiment ne pas parler de cela. Si j'ai bien compris, votre article concerne Mary Amesbury, et pas les gens d'ici, si je ne me trompe ?

Si vous voulez écrire un article sur le village, je ne peux rien pour vous. Je ne suis ici que pour parler de Mary, pour veiller à ce qu'on dise la vérité. Du moins la vérité telle que je l'entends. Je ne prétends pas connaître toute la vérité. Personne ne connaît toute la vérité à mon avis, excepté Mary elle-même.

Oui bien sûr, je sais que son vrai nom n'est pas Mary Amesbury. Mais c'est sous ce nom-là qu'on l'a connue ici, et je pense que c'est sous ce nom qu'on se souviendra d'elle.

Evidemment, maintenant, elle ne reviendra plus.

Je l'ai revue le lendemain matin. Muriel Noyes m'a appelée pour me demander si j'avais un cottage qui était habitable en hiver. J'en ai un qui a été aménagé pour ça, à Flat Point Bar.

Je ne cherchais pas à me faire de l'argent. Je ne loue pas en hiver normalement. Ce cottage-là a été équipé pour l'hiver par un couple qui avait l'intention de se retirer à Saint-Hilaire, mais le mari est mort et sa veuve est retournée à Boston l'été dernier. Je venais de louer à un ingénieur qui travaillait à Machias pour une opération de dragage, mais il est parti juste avant Thanksgiving. C'était une chance en fait, car je n'avais pas encore fait couper l'eau ni le chauffage.

Elle est venue chez moi. A ma porte.

Elle avait un manteau de lainage en tweed gris et une écharpe. Plus tard, quand on est allées dans la petite maison et qu'elle a retiré son manteau, j'ai vu qu'elle était en jeans et en pull et qu'elle avait des chaussures noires, je crois. Elle était très mince.

Vous l'avez déjà vue, je suppose.

Elle m'a fait penser à un pur-sang. Elle avait ce que ma mère appelait un menton racé.

Je n'ai jamais fait plus que ce qu'aurait fait n'importe qui d'un peu humain. Ici on a quelques personnes sur qui on doit veiller, à qui il faut prêter la main quand on peut. Je dois dire que ça n'est pas tout à fait dans nos habitudes, à Everett et à moi, de nous soucier d'une étrangère, seulement à la voir, bien sûr, on ne pouvait pas faire autrement que de lui venir en aide. Et puis il y avait le bébé.

Ce qui s'est passé ensuite ? Nous sommes montées dans sa voiture, et je l'ai emmenée au cottage.

Mais il y a une chose que je voudrais vous dire à présent. Quelque chose d'important, et il me semble qu'il faut que vous le sachiez.

C'est une histoire terrible, avec toutes sortes de conséquences tragiques. Mais voici ce que je veux vous dire : je crois très sincèrement que les six semaines que Mary Amesbury a passées à Saint-Hilaire ont été les semaines les plus importantes de sa vie.

Et peut-être aussi les plus heureuses.

Le matin j'ai ouvert les rideaux. La lumière du jour était aveuglante — une clarté étincelante, la neige renvoyait les rayons du soleil dans toutes les directions. Caroline était couchée sur le lit, elle me regardait, et son sourire laissait paraître deux dents minuscules. Je l'ai prise dans mes bras et je me suis mise à marcher. Elle adorait que je la promène ainsi — ce qu'elle voyait du haut de mon épaule lui plaisait, ou bien c'était le mouvement qui lui plaisait — et moi, cela me faisait du bien de la tenir contre moi, j'avais l'impression de redevenir entière après avoir été provisoirement privée d'une partie de moi-même.

Tout en marchant, j'ai essayé de réfléchir à ce que j'allais faire dans l'immédiat. La chambre ne me plaisait pas, mais je savais bien que je ne pouvais pas la laisser avant d'avoir trouvé quelque chose de convenable. Je me suis dit que je devrais chercher à Machias ; c'était une localité plus grande, qui offrait sans doute plus de possibilités pour un séjour prolongé, j'y trouverais même peut-être un appartement. J'avais besoin d'un journal et de provisions, ce qui voulait dire qu'il fallait que je retourne dans un magasin — entreprise que je redoutais.

J'ai décidé de demander la chambre pour une deuxième nuit à la propriétaire du motel. Cela me permettrait de faire dormir Caroline dans la journée si je ne trouvais pas quelque chose tout de suite.

J'ai habillé le bébé, je me suis habillée, j'ai mis mon écharpe, mon manteau et mes lunettes et je suis allée à la réception. La patronne n'y était pas, mais j'ai sonné et elle est arrivée. Elle m'a regardée comme si elle ne m'avait encore jamais vue. Je lui ai demandé si je pouvais garder la chambre encore une nuit et, à ce moment-là, j'ai vu qu'elle comprenait.

Il y avait eu un temps où j'aurais voulu que les gens comprennent, et où je n'arrivais pas à leur parler. Mais maintenant que la vérité se voyait sur mon visage, je n'avais qu'une envie, c'était de me cacher.

J'ai levé la tête et j'ai demandé à la patronne du motel si elle connaissait quelque chose à louer où je pourrais rester un certain temps.

Une odeur de tabac froid flottait autour de cette femme et imprégnait toute la pièce. La patronne scrutait mon visage, malgré le peu qu'on en voyait, comme pour confirmer ses soupçons. Elle a tiré une longue bouffée et elle a fait un geste de la main avec sa cigarette entre ses doigts.

« Il y a une femme à Saint-Hilaire qui loue des cottages en été, a-t-elle dit. Il me semble qu'il y en a un ou deux qui sont aménagés pour l'hiver.

— Comment est-ce que je peux la joindre ? » ai-je demandé.

Elle a hésité, et puis elle a décroché son téléphone et elle a commencé à composer un numéro. Elle gardait les yeux fixés sur moi et, tout en faisant le numéro, elle s'est mise à me parler. « Elle s'appelle Julia Strout. Elle loue pas beaucoup en hiver ; personne vient jamais jusqu'ici. Mais y a un cottage là-bas à la pointe, et y en a un autre au sud du village, il me semble bien. Celui de la pointe, qu'est équipé pour l'hiver, c'était à un couple de Boston, ils voulaient se retirer là, c'est pour ça qu'ils l'avaient aménagé, seulement le mari est mort et la femme est retournée à Boston, elle a vendu à Julia Strout, elle le loue... Julia ? C'est Muriel... Ça va. Mais je suis pas sûre que ma voiture va démarrer ce matin. T'es pas morte de froid la nuit dernière ?... Bon. Bon. Écoute, Julia. J'ai une jeune femme ici avec un bébé qui cherche à se loger, et je lui parlais de ton cottage à Flat Point Bar qu'est équipé pour l'hiver... Je me trompe pas ? On peut monter le chauffage tu crois ? Il doit faire un de ces froids à la pointe avec le vent qui vient de la mer... C'est à cause du bébé, tu comprends... »

La conversation a continué un petit peu, et puis la propriétaire a raccroché et elle m'a regardée. « Elle dit qu'elle vous a vue à l'épicerie hier. »

J'ai pensé à la grande femme en parka grise. Je me demandais si la patronne du motel allait la rappeler dès que je serais sortie du parking pour lui dire ce qu'elle avait vu ou ce qu'elle croyait avoir vu. Alors j'ai songé à aller plus loin, dans le village suivant, ou encore au-delà.

« Attendez, je vais vous tenir le bébé pendant que vous essayez de mettre votre voiture en marche ; laissez-la chauffer un peu. C'est pas le jour à mettre un bébé dans une voiture froide. De quoi lui faire geler les petons. »

Je l'ai remerciée et je suis sortie pour faire démarrer la voiture. Le moteur a refusé de partir aux trois premiers essais, mais au quatrième il a toussoté faiblement. J'ai appuyé à fond sur l'accélérateur, et j'ai essayé d'emballer le moteur. Je ne voyais rien à travers le pare-brise, qui était couvert d'un givre épais. Pendant que le moteur chauffait, j'ai gratté le givre sur toutes les vitres. Le soleil étincelait mais, par ce froid intense, il ne donnait aucune chaleur.

Quand il m'a paru faire assez chaud dans la voiture pour le bébé, je suis allée boucler mon sac de voyage et je l'ai déposé dans le coffre. Je suis retournée à la réception. La patronne jouait avec Caroline, elle lui envoyait les bras en l'air. Cela faisait rire le bébé — un gros rire qui venait de l'intérieur. Je me suis sentie affreusement coupable. Cela faisait des jours et des jours que je n'avais pas fait rire ma fille, que je n'avais pas joué avec elle.

La patronne s'est retournée et m'a redonné le bébé à regret. « J'en ai trois. A présent, ils sont à l'école primaire. Ça me manque de plus avoir de bébés. Quel âge elle a ?

— Six mois.

— Vous savez retourner au village ? »

J'ai fait signe que oui.

« Bon. Quand vous y serez, vous verrez quatre vieilles maisons coloniales en face de l'épicerie. Celle qui a des volets verts, et une porte verte, c'est chez Julia Strout. Elle vous attend.

— Merci de vous être occupée de tout ça », ai-je dit.

La patronne a allumé une autre cigarette.

« Oubliez pas la clef », a-t-elle dit.

J'ai sorti la clef de la chambre de la poche de mon manteau et je l'ai posée sur le comptoir.

J'ai fait le tour du communal et je me suis garée devant celle des quatre maisons qui avait des volets verts. C'était la plus cossue, avec une belle véranda sur toute la façade. J'ai gravi les marches de la véranda et j'ai frappé à la porte. La femme qui m'a ouvert était déjà toute prête à affronter le froid, avec sa parka, son bonnet, ses gants, et un gros pantalon de velours côtelé bleu rentré dans ses bottes. Elle m'a serré la main en disant : « Julia Strout. Je vous ai vue à l'épicerie hier. »

J'ai fait oui de la tête, et je me suis nommée. Mon nouveau nom m'est resté au fond de la gorge. C'était la première fois que je le prononçais tout haut.

« Votre voiture a bien voulu partir, a-t-elle dit en

verrouillant sa porte derrière elle. Vous avez de la chance. Il n'y a pas d'école aujourd'hui, ils n'ont pas pu faire démarrer les cars. On va prendre votre voiture, si ça ne vous fait rien. Je n'ai pas encore sorti la mienne du garage. »

J'ai répondu que oui, bien sûr. Elle s'est assise à côté de moi sur le siège avant. C'était une femme très forte, plus forte que je ne l'avais vue la veille à l'épicerie, et elle prenait toute la place à côté de moi dans la voiture. J'ai jeté un coup d'œil de son côté, mais elle ne m'a pas rendu mon regard, comme si elle avait déjà vu ce qu'il y avait à voir et qu'elle avait la discrétion de ne pas me dévisager.

« Le cottage est près de la route de la côte, un peu au nord du village, m'a-t-elle dit. Ça m'ennuie de vous obliger à refaire le même chemin, mais je n'aurais jamais pu vous expliquer comment y aller directement. Il y a deux pins qui servent de repère, et je ne crois pas que j'aurais su vous les décrire. »

Julia Strout avait l'accent du Maine elle aussi, mais elle parlait d'une façon plus raffinée que l'épicier, ou que l'homme à la moustache en guidon de vélo, ou que la patronne du motel.

Il n'y avait pratiquement pas d'habitations le long de cette route qui passait au bord d'un rivage très découpé. La vue sur l'océan était très dégagée maintenant — une vaste baie bleue glacée, parsemée d'îles, tournée vers l'Atlantique. Le vent soufflait ; il y avait des moutons.

« Nous y sommes. Ici, à droite. »

Nous avons pris une route caillouteuse, recouverte de neige et de glace et bordée de chaque côté par de grandes haies dont j'ai appris qu'en été elles étaient pleines de framboises. Après des embardées et des dérapages dans cet étroit chemin, nous sommes arrivées, de façon inattendue, en terrain découvert.

La marée venait lécher inlassablement une ligne d'algues sombres. Nous avions devant nous une langue de terre bordée, d'un côté, par une plage de sable fin et, de l'autre, par un amas plat de galets. Au milieu, il y avait un grand andain d'herbe sèche couvert d'une mince couche de neige. Une épave de langoustier, très certainement rejeté sur l'herbe par une tempête, gisait sur le flanc, et sa peinture bleu et blanc patinée avait presque quelque chose de trop pittoresque sur cette plage désolée. Plus loin, on voyait une cabane de bardeaux, de la taille d'une simple pièce. Et au-delà de la langue de terre, quatre langoustiers — dont l'un était vert et blanc — étaient amarrés dans un chenal.

« Il y a trois ou quatre pêcheurs qui ont leur bateau par ici, et pas au port, mais ils ne vous dérangeront pas. D'ici à deux semaines ils vont tirer leur bateau à terre, sauf Jack Strout, mon cousin, qui ne rentre le sien qu'à la mi-janvier. Et quand ils sortent en mer, ils partent avant le jour et ils sont dehors toute la journée. » La cabane, qu'elle a appelée « l'atelier », servait aux pêcheurs, m'a-t-elle expliqué, quand ils n'allaient pas en mer ; c'est là qu'ils réparaient leur matériel pendant les mois d'hiver.

Une île couverte de pins, sans aucune habitation, formait une toile de fond sombre sur laquelle les bateaux se détachaient, et au-delà s'égrenait un chapelet d'îles toutes semblables, dans un dégradé de verts de plus en plus pâles en allant vers la ligne d'horizon.

« Le cottage est derrière vous, à droite », a-t-elle dit.

J'ai tourné sur du sable mouillé, et puis le terrain s'est amélioré quand j'ai pris l'allée de gravier qui menait à ce cottage. Celui-ci se dressait sur un promontoire, avec vue sur la mer de trois côtés, et en le voyant je me suis dit : Oui.

C'était une modeste maison de bardeaux blancs, comme une maison coloniale mais moins typique, avec une véranda fermée sur le côté. Il y avait un étage avec une large fenêtre en mansarde pour toute ornementation. Les bardeaux descendaient jusqu'au sol sans disparaître derrière des buissons ou des arbustes. A regarder la maison, on avait une impression de netteté. On avait fait pousser du gazon en carré tout autour, en dégageant les cinéraires maritimes qui poussaient là en abondance, et qui pour l'instant sommeillaient et ployaient sous le poids de la neige. La maison avait l'air nue, baignée de soleil, lavée de frais.

« La clef est dans le châssis de la porte », a dit Julia Strout en s'extirpant de la voiture.

J'ai pris le bébé sur le siège arrière et j'ai suivi Julia pour monter jusqu'au cottage. Elle a fourragé dans la serrure avec la clef.

Il n'y avait pas beaucoup de pièces — une salle de séjour, la cuisine, une chambre en bas, une grande chambre au premier, la véranda. C'était une maison simple, peu meublée, et j'ai dû remarquer les rideaux de mousseline blanche aux fenêtres, car c'est un détail qui m'aurait plu, mais ce dont je me souviens de ces quelques premières minutes c'est d'un tourbillon chatoyant de coins, de fenêtres, d'ombres. Julia Strout faisait le guide et je la suivais ; elle m'a montré les choses clairement et elle m'a fait visiter les lieux.

Nous sommes retournées à la cuisine. La table était en pin, mais elle était recouverte d'une toile cirée usagée à carreaux verts et blancs, et il y avait quatre chaises autour, dépareillées, dont l'une était peinte en rouge sombre. Julia s'inquiétait pour le chauffage — il faisait un froid glacial dans la maison quand nous étions entrées — et elle s'est employée un moment à remonter le thermostat et à vérifier la chaudière au sous-sol. Elle m'a montré où était le chauffe-eau et elle l'a branché. Nous avons parlé du chemin d'accès au cottage : elle m'a dit qu'elle allait demander à un des hommes de le dégager dans la journée.

J'avais envie de m'asseoir et c'est ce que j'ai fait.

J'ai laissé le bébé emmitouflé dans sa combinaison et son bonnet. Elle s'est mise à grincher ; j'ai déboutonné mon manteau et je lui ai donné le sein. J'étais assise en biais sur une chaise de cuisine, un bras appuyé sur la table. Devant moi par la fenêtre j'ai vu une mouette s'élever tout droit en l'air d'une dizaine de mètres, une palourde dans le bec, et puis lâcher le coquillage pour le briser sur les rochers.

Julia a vérifié les robinets dans la salle de bains et elle a allumé toutes les lampes pour voir si elles marchaient. Pendant qu'elle inspectait l'éclairage au-dessus de la cuisinière, je lui ai demandé si son mari était pêcheur. Je cherchais à être aimable. J'avais vu une alliance en or à son doigt. J'ai regardé sur mon doigt la marque en creux à l'endroit où aurait dû être la mienne.

« Il est mort », m'a-t-elle dit en se tournant vers moi. Contrairement aux femmes fortes, en général, elle se tenait droite et elle avait des mouvements gracieux.

« Il y a eu un grain, m'a-t-elle expliqué, il s'est pris le pied dans un rouleau de chanvre en lançant ses casiers et il est tombé à la mer. C'était un 11 novembre. L'eau était tellement froide qu'il a eu une crise cardiaque avant de périr noyé. La plupart du temps, c'est le froid qui les tue avant qu'ils ne se noient », a-t-elle dit simplement.

Je me suis excusée.

« C'était il y a des années », a-t-elle dit avec un geste de la main. Elle s'est tue.

J'ai cru qu'elle allait continuer, mais au lieu de cela elle est allée chercher une ampoule électrique dans un tiroir du meuble de cuisine.

Je me suis tournée du côté de la vue. Les mouettes — elles étaient plusieurs à présent — s'élançaient dans les airs avec leur butin, comme des plumes dans un courant ascendant. Dans le silence de cette cuisine, j'entendais tout ce qui, dans mon anxiété, m'avait échappé jusque-là : les bruits de la vie autour du cottage — le cri des mouettes, les vagues venant recouvrir les galets, les cailloux déposés par le reflux, le bourdonnement d'un moteur en mer, une fenêtre qui vibrait à cause du vent. Le rythme de ces bruits naturels causait soudain une certaine torpeur.

Après avoir achevé l'inspection du cottage, Julia Strout est venue près de la table à laquelle j'étais assise. Elle avait les mains dans les poches de sa parka.

Je n'avais toujours pas enlevé mon écharpe ni mes lunettes noires. Par une sorte d'accord tacite entre nous, je les avais gardées, et elle n'avait fait aucune remarque à ce propos. Mais cela m'encombrait, et je n'en avais plus besoin à présent. De ma main libre, j'ai défait mon écharpe et ôté les lunettes.

« J'ai eu un accident de voiture, ai-je dit.

— Oui, je vois, a-t-elle répliqué, un accident grave apparemment.

— Oui.

— Est-ce qu'il ne faudrait pas un pansement ? Ou recoudre cette lèvre ?

— Non, le docteur a dit que ça irait. » Ce mensonge m'est venu tout seul, mais je me suis aperçue que je ne pouvais pas la regarder droit dans les yeux en disant cela.

Elle était assise sur une chaise en face de moi. Elle avait l'air de m'observer et de me juger d'une manière ou d'une autre.

« D'où êtes-vous ? m'a-t-elle demandé.

— De Syracuse.

— J'ai fait mes études avec une fille de Syracuse autrefois, a-t-elle dit lentement. Je ne pense pas que vous connaissiez sa famille.

— Sans doute pas, ai-je répondu en évitant son regard.

— Vous avez fait beaucoup de kilomètres.

— Oui ; et je m'en ressens.

— Il y a un dispensaire à Machias... »

J'ai levé les yeux vivement.

« Pour le bébé, a-t-elle ajouté aussitôt. Et pour vous bien sûr, si vous en aviez besoin. Il est bon de savoir où s'adresser en cas d'urgence.

— Merci », ai-je dit. J'ai attrapé mon sac sur la table. « Je voudrais vous régler tout de suite. Quel est le montant de la location ? »

Elle a hésité, comme si elle réfléchissait, et puis elle a dit : « 75 dollars par mois. »

J'ai pensé : Même à Saint-Hilaire en hiver, elle pourrait demander le double. J'avais 300 dollars en liquide dans mon portefeuille. J'ai calculé qu'en faisant attention je pourrais tenir au moins deux mois avant de devoir trouver du travail ou un moyen d'accéder à mon compte en banque sans qu'on puisse savoir où j'étais.

Julia a accepté l'argent, elle a mis les billets pliés dans la poche de sa parka. « Vous n'avez pas de téléphone ici, a-t-elle dit. Ça m'ennuie que vous soyez seule ici avec le bébé sans téléphone. Si vous aviez un problème, il faudrait aller chez les LeBlanc — c'est la grande maison aux bardeaux bleus juste avant l'endroit où on a tourné. Je suis à peu près sûre qu'ils ont le téléphone. Sinon vous pouvez venir téléphoner chez moi, malheureusement il n'y a pas de cabine publique à Saint-Hilaire. Il faut aller à l'A & P à Machias. Il y en a une juste à l'entrée. »

Elle s'est tournée sur sa chaise pour regarder Caroline. « Vous allez trouver qu'on est bien au calme à Saint-Hilaire, je crois. »

J'ai acquiescé de la tête.

« Il va vous falloir un lit d'enfant, a-t-elle ajouté.

— J'ai un couffin. »

De nouveau elle a observé le bébé. Elle réfléchissait. « Je vais vous trouver un petit lit », a-t-elle dit.

J'ai remarqué qu'au lieu de me regarder moi elle avait tendance à porter son attention sur le bébé.

Elle s'est levée. « Eh bien je vais m'en aller maintenant, a-t-elle dit. Enfin, si ça ne vous ennuie pas de me remmener au village.

— Non, bien sûr, ai-je dit en prenant Caroline et mes clefs.

— Il commence à faire plus chaud ici, vous ne trouvez pas ? »

Oui, en effet. J'ai acquiescé.

Julia s'est dirigée vers la porte. Elle a regardé par la fenêtre pour voir l'océan. J'étais derrière elle avec le bébé.

Soudain une bourrasque a fait trembler les vitres. J'ai jeté un coup d'œil au paysage moi aussi. Je voyais l'herbe couverte de neige, les rochers presque noirs, le bleu très foncé de la baie glacée. A présent, le soleil avait bien du mal à faire miroiter l'eau. Je me suis dit que c'était une vue magnifique en soi, mais inhospitalière.

Je m'imaginais que Julia Strout devait penser à l'océan, au paysage, ou peut-être à son mari, qui avait été englouti dans cette baie, car elle restait à la porte plus longtemps qu'on ne s'y serait attendu.

Au moment où j'allais ouvrir la bouche pour lui demander si elle avait oublié quelque chose, elle s'est retournée, et du haut de sa grande taille elle a regardé mon visage, et puis le bébé.

« Peut-être que ça ne me regarde pas..., a-t-elle dit — je me suis sentie défaillir —... mais celui qui vous a fait ça, j'espère bien qu'il est en prison. »

Je suis fatiguée. Il est tard, mais on ne le dirait pas. La lumière est allumée partout dans les couloirs, et il y a du bruit, beaucoup de bruit.

Je vais encore écrire demain et après-demain, et puis je vous enverrai ceci. Ça va vous étonner.

Je suis allée si loin — plus loin que vous ne l'imaginerez jamais. Parfois je me souviens de ce qu'a été ma vie il y a seulement un an, et je me dis : Comment cela a-t-il été possible ?

Nous sommes retournées au village sans rien dire — Caroline s'était endormie, grâce au ronronnement du moteur ou aux vibrations de la voiture, quelques secondes seulement après que nous avions quitté le chemin pour reprendre la route de la côte. En arrivant à Saint-Hilaire, Julia m'a dit de me garer devant l'épicerie. Elle m'a proposé de garder le bébé dans la voiture afin que je ne sois pas obligée de la réveiller pour faire mes courses. C'était une solution raisonnable à mon problème logistique, et j'ai donc accepté. Je suis passée au point mort et j'ai laissé tourner le moteur et le chauffage.

J'ai fait des courses rapides et sommaires, en essayant de ne pas oublier l'essentiel, en dressant des listes dans ma tête tout en poussant le petit chariot le long des travées du magasin. L'épicier était là derrière sa caisse, il notait des choses sur un registre. Il m'a saluée de la tête, il m'a lorgnée de son bon œil, il m'a demandé si j'avais été satisfaite du Gateway. Je lui ai dit que oui, et que Julia Strout me louait un cottage.

« Un cottage, celui de Flat Point Bar ? a-t-il dit.

— Oui, je crois. C'est au nord du village sur une petite péninsule.

— Ouais, c'est ça, a-t-il dit, satisfait. Une petite maison confortable. Vous serez bien là. Bien, bien. Brave Julia. »

J'ai eu pour 20 dollars d'épicerie. Je me suis sentie tourner à vide comme ma voiture et je n'avais qu'une envie : quitter ce magasin. Mais l'épicier, lui, n'avait pas envie de me laisser partir, comme s'il voulait me poser certaines questions et qu'il ne le pouvait pas, décemment, avant de m'avoir fait un peu la conversation. Je n'avais pas envie qu'il m'interroge et je me suis impatientée quand je l'ai vu prendre tout son temps pour mettre mes provisions dans des sacs en papier. Je le soupçonnais de servir de centre d'information ; sans doute était-il censé renseigner les gens sur la nouvelle venue au village, sur cette femme qui portait de grandes lunettes noires la nuit et qui se cachait le visage avec son écharpe. Ou peut-être connaissait-il déjà les réponses aux questions. Muriel avait-elle rappelé Julia, et Julia, à son tour, avait-elle appelé Everett Shedd ? J'avais plutôt tendance à penser que non. Sans savoir pourquoi exactement, je faisais confiance à Julia Strout, je n'arrivais pas à l'imaginer comme une commère ou comme une femme qui irait facilement révéler quoi que ce soit.

Apparemment, la façon dont l'épicier avait rangé mes provisions dans les sacs ne le satisfaisait pas ; il s'est mis à ressortir certaines choses et à les aménager autrement. J'ai inspiré profondément deux fois de suite pour m'empêcher de soupirer tout fort. Il m'a rendu la monnaie minutieusement. Je pensais à Julia qui m'attendait dans la voiture avec Caroline. Je ne voulais rien devoir à personne. Avant que l'épicier ait fini de refaire mes paquets, j'ai attrapé un des sacs sur le comptoir en disant bien vite : « Je vais commencer à mettre ça dans la voiture. »

J'ai déposé les courses dans le coffre, j'ai fait le tour du communal, et j'ai laissé Julia à sa porte. Il y avait du monde dehors maintenant — un groupe d'écoliers qui se lançaient des boules de neige près du monument aux morts, qui leur servait de fort ; une femme d'un certain âge qui pelletait la neige dans l'allée de sa maison à côté de chez Julia. Cette femme, qui disparaissait sous des épaisseurs de vêtements de laine, était quasiment pliée en deux sur sa pelle et progressait à une allure d'escargot dans son allée. Près de la coopé, sur la jetée, il y avait des camionnettes fermées, à la peinture sale et rouillée.

Julia est sortie de la voiture sans cérémonie et m'a répété que quelqu'un viendrait dégager le chemin. J'étais mal à l'aise à l'idée que Julia ait vu mon visage et n'ait pas cru à mon mensonge, si bien que j'ai redémarré peut-être un peu plus vite qu'il ne le fallait. C'est seulement vers la fin du trajet de retour que, seule dans la voiture avec Caroline qui dormait toujours sur le siège arrière, j'ai pu commencer à détendre mon dos crispé.

Arrivée au cottage, j'ai pris Caroline et le couffin dans mes bras et je suis entrée dans la maison avec ce chargement. Doucement, pour ne pas la réveiller, j'ai posé le couffin sur le tapis dans la salle de séjour. Tant qu'elle continuerait à dormir, je pourrais décharger mes provisions et les ranger.

J'ai pris plaisir à faire cela, j'y voyais un sens, de la même façon que je prenais souvent plaisir à m'occuper de Caroline. J'ai mis les denrées périssables dans le frigo, les paquets et les boîtes de conserve dans les placards. J'ai regardé la vaisselle et les couverts. La vaisselle était en plastique blanc avec un décor de bleuets, le genre d'article que l'on trouve en promotion dans les supermarchés. Dans un placard sous le plan de travail j'ai découvert des marmites, des casseroles et des plats.

Quand j'ai eu fini de ranger les provisions, je me suis mise à inspecter les lieux, comme pour la première fois. Je me disais que désormais ils m'appartenaient, à moi et à Caroline, et qu'ici personne ne pourrait venir me dire comment mener ma vie, ni me donner des ordres. Je suis entrée dans la salle de séjour. Le mobilier était rudimentaire, et même assez laid : un canapé défoncé recouvert d'un chintz usé et passé ; un fauteuil à bascule en bois dont le cannage était tout détendu ; une table basse en érable qui me rappelait la maison de ma mère ; un tapis en tissu, élimé par les ans. Les murs étaient unis, ils avaient été repeints plusieurs fois, la dernière fois en bleu pâle, mais les fenêtres étaient jolies — de vastes fenêtres à petits carreaux avec des rideaux de mousseline blanche sur les côtés. Il y avait des tableaux au mur, des croûtes pour touristes, exécutées par des amateurs, supposais-je, représentant des scènes de montagne. J'ai entrepris de les décrocher et de les ranger derrière le canapé. J'ai trouvé un marteau dans un tiroir de la cuisine pour enlever les clous. Il fallait des murs nus, me disais-je ; rien ne pouvait rivaliser avec cette vue.

J'ai ouvert une porte qui donnait dans la chambre du bas. Il y avait un lit à une personne avec un dessus-de-lit en chenille crème, et une haute coiffeuse en érable dans l'angle. Le lit d'enfant tiendrait peut-être dans cette pièce, ai-je pensé, mais je me demandais si je ne devrais pas garder le bébé auprès de moi dans la chambre du haut.

Je suis montée voir s'il y avait assez de place pour un petit lit au premier. Au milieu de la chambre il y avait un grand lit à deux personnes avec un dosseret en acajou sculpté. Le lit était d'une hauteur exceptionnelle — debout, je pouvais m'y asseoir sans plier les genoux ou presque — et il était recouvert d'une grosse courtepointe blanche dont les différentes parties étaient assemblées de façon compliquée par des centaines de petits morceaux de tissu rose et vert. J'ai passé la main sur le tissu en tâtant les points avec admiration. J'essayais d'imaginer qui avait bien pu faire cette courtepointe et quand : Julia quand elle était jeune ? La mère de Julia ? La veuve qui était retournée à Boston ? A droite, à la tête du lit, il y avait une table de chevet avec une lampe. Et à gauche, la vue — une vue sur la mer beaucoup plus étendue que celle qu'on avait de la pelouse. Je me suis assise sur le lit et j'ai contemplé le panorama à travers la fenêtre à petits carreaux. En été, les rideaux de mousseline devaient flotter au-dessus du lit.

D'ici, je voyais les bateaux amarrés dans le chenal sous un angle différent — j'apercevais les planches peintes du pont, les casiers à langoustes rangés à l'arrière, les cirés jaunes accrochés dans la timonerie. Je voyais aussi l'extrémité de la pointe, où se rejoignaient la plage de galets et la plage de sable, à l'endroit où la terre s'enfonçait brusquement dans la mer. A ma droite, vers le sud, je distinguais la découpe de la côte, et un gros rocher qui émergeait de l'océan. Loin en mer, il m'a semblé discerner une petite lueur l'espace d'un instant, un phare — à moins que je n'aie eu une hallucination.

J'ai cessé de fixer l'horizon et j'ai déplacé mon regard de la zone où j'avais vu cette lumière, afin que ce signal, s'il existait vraiment, puisse s'imposer à ma vue. C'est à ce moment-là que j'ai entendu le bruit, le petit bruit de quelqu'un qui entrait. J'ai serré la courtepointe dans mes mains, je me suis empêchée de respirer complètement pour entendre plus nettement. C'était le cliquetis d'une clef dans la serrure, un bruit sec de pas dans l'entrée. Il rentrait plus tôt que je ne m'y attendais, me disais-je. Il fallait que je fasse semblant de dormir, que j'éteigne la lumière.

Mais ce n'était pas un homme qui marchait dans l'entrée. Ce n'était qu'un moteur de voiture qui peinait dans le chemin. J'ai lâché la courtepointe en regardant mes mains.

J'ai tendu l'oreille et j'ai entendu la voiture qui faisait marche arrière dans le chemin, et le grattement de quelque chose de dur sur le gravier ou sur la glace. J'ai compris que ce devait être l'homme au chasse-neige. Je me suis levée pour regarder par la fenêtre, mais d'où j'étais je ne pouvais pas le voir.

Dans la salle de séjour, Caroline commençait à s'agiter. Mon attention a été détournée ; je me suis occupée d'elle — je l'ai changée, je lui ai donné le sein, j'ai rangé des vêtements dans les tiroirs. Il y avait toujours ce bruit de fond sourd du chasse-neige qui grattait dans le chemin.

J'ai entendu la camionnette entrer dans l'allée gravillonnée. Le bébé dans les bras, je suis allée à la fenêtre pour regarder. C'était une camionnette rouillée rouge, fermée, qui ressemblait beaucoup à celles que j'avais vues le matin à la coopé. Sous la vitre du conducteur, il y avait un motif en volute doré écaillé. Le conducteur est sorti de la cabine. Il portait une casquette de base-ball des Red Sox et une veste en jean trop serrée à la taille.

Il a frappé au carreau. Je suis allée lui ouvrir la porte. Il était là sur les marches, avec un lit d'enfant, et il me regardait avec des yeux ronds, apparemment figé sur place.

Tout d'un coup je me suis rappelé et j'ai dit :

« J'ai eu un accident de voiture.

— Vingt dieux ! Pas trop grave ? C'est arrivé où ?

— New York. Entrez. J'ai peur que le bébé ne prenne froid. »

Il a fait passer le petit lit dans la porte. Il m'a demandé où je voulais qu'il le mette. Au premier, lui ai-je dit, dans la chambre, s'il arrivait à le monter.

« Sans problème », m'a-t-il répondu.

Avec l'intention de l'aider à porter le lit, j'ai mis Caroline dans son couffin, mais il était déjà à la moitié de l'escalier quand je suis revenue. Je l'ai entendu déplier le lit d'enfant, et le mettre en place sur ses roulettes. Et puis il a reparu en haut des marches en sortant un paquet de Marlboro de sa poche de veste. Il était petit et trapu, mais il semblait costaud. Il avait l'air de descendre l'escalier en obéissant à un rythme intérieur trépidant.

« Ça vous gêne pas ? » m'a-t-il demandé en arrivant à la dernière marche.

J'ai fait non de la tête. Je suis entrée dans la salle de séjour. Il m'a suivie.

« Au fait, je m'appelle Willis. Willis Beale. Je vous ai vue à l'épicerie hier. »

J'ai fait un signe de tête, mais sans lui serrer la main. « Mary, ai-je dit, Mary Amesbury.

— C'est arrivé quand ? »

Je l'ai regardé, et ma main s'est instinctivement portée à mon visage, mais je l'ai baissée aussitôt.

« Il y a deux jours, ai-je dit en prenant le bébé.

— Ah bon. J'pensais que c'était peut-être la tempête. »

Il avait les mains abîmées, les ongles fendus et cassés. Et puis j'ai vu que son jean était tout usé, effrangé, avec des taches de graisse, comme de la gélatine, sur la cuisse droite. Il est allé à la fenêtre qui donnait sur la pointe et il a observé la vue. Il avait une barbe d'un jour, et, pour mettre ses cendres, il s'est servi du creux de sa main. Il avait beau être perpétuellement en mouvement, il ne semblait pas pressé de partir.

« C'est mon bateau qu'est là-bas, a-t-il dit, le rouge. »

J'ai regardé le bateau qu'il me montrait. J'ai lu le nom de *Jeannine* à l'arrière.

« On est deux, trois à s'amarrer à la pointe. Le chenal est profond, et on est bien protégé par l'île qu'est là. On est plus vite sur les lieux de pêche. C'est déjà un avantage au départ. Mon père aussi, c'est là qu'il laissait son bateau. Alors quand j'ai pris la succession, j'suis venu là à mon tour.

— Merci d'avoir dégagé le chemin, ai-je dit, et merci pour le petit lit.

— Pas de problème », a-t-il répondu en se retournant, et il a eu l'air presque surpris en revoyant mon visage. Il a frissonné. « Fait pas chaud ici.

— Vous devriez mettre une veste plus chaude.

— J'en ai une ; je devrais bien la mettre. Mais j'sais pas pourquoi, j'mets toujours celle-là. L'habitude. Ma femme, Jeannine, elle est tout le temps après moi à me répéter : "Mets donc ta parka." J'devrais, je l'sais bien. Elle me dit que j'vais attraper une pneumonie.

— Ça se pourrait bien.

— Quel âge elle a la petite ?

— Six mois.

— Elle est mignonne.

— Oui, vous trouvez ?

— J'ai deux gosses, quatre ans et deux ans. Des garçons. Ma femme, Jeannine, elle meurt d'envie d'avoir une fille. Mais faut qu'on attende un peu.

Nous ont baissé le prix de la langouste l'été dernier ; les temps sont durs. Z'êtes toute seule ici ou quoi ? Votre homme va venir ?

— Non, maintenant je suis seule. »

Le *maintenant* m'avait échappé involontairement. Il l'a tout de suite épinglé.

« Alors vous l'avez quitté ou quoi ?

— C'est à peu près ça.

— Bon Dieu. Et en hiver, en plus. Vous allez être toute seule tout l'hiver ?

— Je n'en sais rien », ai-je répondu vaguement.

Il a tendu la main pour chatouiller Caroline sous le menton. Il a cherché où il pourrait écraser sa cigarette et, ne trouvant pas, il est allé ouvrir le robinet sur l'évier. Il a ouvert le placard qui était dessous et il a jeté son mégot dans la poubelle. Il s'est appuyé au meuble de la cuisine, les bras croisés sur la poitrine. Je me suis dit qu'il attendait peut-être que je lui offre une tasse de café pour le remercier d'avoir dégagé le chemin. C'était peut-être l'habitude dans le pays.

« Je peux vous offrir un café ?

— Non, merci, mais si vous avez quelque chose de plus costaud, j'veux bien. »

Je me suis souvenue qu'il m'avait vue acheter un pack de bière à l'épicerie.

« Oui. J'ai de la bière. Là, dans le frigo. Servez-vous. »

Il a ouvert le frigo, il a sorti une canette et il a regardé la marque. Il l'a ouverte et il a avalé une grande gorgée. Après quoi il s'est de nouveau appuyé contre le meuble en tenant la canette d'une main, l'autre main dans la poche de son jean. Il avait l'air un peu plus détendu, plus calme physiquement.

« Alors vous êtes de New York ou quoi ?

— Non. De Syracuse.

— Syracuse, a-t-il réfléchi. C'est au nord ?

— Oui. »

Il a regardé ses pieds, ses grosses chaussures de travail couvertes de terre et de graisse.

« Qu'est-ce que c'est donc qui vous a amenée à Saint-Hilaire ?

— Je ne sais pas. Je roulais, et la nuit tombait, alors je me suis arrêtée. »

C'était faux. J'avais choisi Saint-Hilaire délibérément, parce que, sur la carte, c'était un tout petit point très éloigné.

Il a ouvert la bouche comme s'il allait encore me poser une question, mais je me suis empressée, pour l'en empêcher, de lui demander : « Qu'est-ce que c'est que du chanvre à casier ? »

Il s'est mis à rire. « Ouais, on voit bien que vous êtes pas d'ici. C'est de la corde. Le chanvre, c'est de la corde ; et un casier... bah, vous savez bien, un casier à langoustes.

— Ah bon.

— J'vous emmènerai sur mon bateau si le temps se réchauffe un peu.

— Ah, merci, on verra.

— Seulement, j'le rentre le 15, alors si vous voulez faire un tour, faudra que ce soit avant. »

Le silence s'est fait dans la cuisine.

« Bon, j'ferais bien de m'en aller », a-t-il dit au bout d'un moment.

Arrivé à la porte, il s'est arrêté un instant, la main sur la poignée. « Bon, eh ben j'y vais, la Rouquine. Si vous avez besoin de quelque chose, suffit d'appeler Willis. Méfiez-vous des pots de miel, en tout cas.

— Les pots de miel ? »

Ça l'a fait rire. « V'nez voir, j'vais vous montrer. » Il m'a fait signe de venir à la porte. Je suis allée me placer à côté de lui. Il m'a mis une main sur l'épaule, en tendant l'autre pour me montrer.

« Voyez là-bas, cette espèce de gadoue salée ? Dans deux heures c'est marée basse. La mer se retire très loin ici ; à l'heure du souper, la baie sera presque à sec — à part le chenal, évidemment. Bref, en regardant bien, vous allez voir des taches grises sur le brun, d'accord ? »

J'ai regardé attentivement, et j'ai cru voir des ronds gris, d'un mètre de diamètre ou un peu plus, sur cette vaste étendue brune.

J'ai fait signe que je voyais.

« Ces taches grises, on appelle ça des pots de miel. C'est comme du sable mouvant. Si vous mettez le pied dans un de ces trucs-là, vous aurez de la boue jusqu'à la taille en l'espace de quelques minutes. C'est pas facile de s'en sortir, en plus. Et si vous avez pas réussi à vous en tirer avant que la marée monte, eh ben... »

Il m'a lâché l'épaule. Il a ouvert la porte toute grande, il s'est retourné en haut des marches, face à moi, en tenant la porte ouverte avec son épaule.

Il s'est arc-bouté contre le vent violent qui lui fouettait le dos et il a fait un signe de tête, comme s'il s'adressait à lui-même.

« Vous en faites pas, ça ira », a-t-il dit.

Moi c'est W-i-l-l-i-s B-e-a-l-e. J'ai vingt-sept ans. Je suis pêcheur de langouste depuis l'âge de dix-sept ans. Dix ans. Pfff ! Nom de Dieu.

Mon bateau, c'est une flèche. C'est pas pour me vanter ni rien, mais il fonce. Tous les ans, le 4 juillet, à Jonesport, y a une course de langoustiers ; je finis toujours dans les trois premiers. L'an passé, j'suis arrivé deuxième. Avant que mon père s'arrête de travailler, le bateau était à lui, mais je l'ai un peu bricolé. J'pêche au nord-est de Swale. C'est là que mon père pêchait, et son père aussi avant lui. Maintenant c'est mon fief, comprenez. Y a personne ici qui oserait aller par là. C'est comme ça que ça se passe. On se transmet ça de père en fils, c'est notre fief. Si je prends un braconnier par là, j'lui fais à moitié sauter ses flotteurs. Je préviens pas deux fois. Si je prends le salaud encore une fois, je lui fais couler ses casiers. Moi, c'est mon gagne-pain. Si on vient mettre ses casiers sur mon fief, c'est comme si on entrait chez moi pour me voler ce que j'ai à manger sur ma table. Vous me suivez ?

Quand est-ce qu'il va sortir votre article, au fait ? Y aura mon nom dedans ?

Ouais, sûr, je la connaissais. J'étais par là assez

93

souvent. J'laisse mon bateau là-bas à la pointe, et puis, je l'ai dépannée un peu, fallait bien. Je lui ai dégagé le chemin avec le chasse-neige, par exemple.

Je la trouvais jolie fille. Très sympa. Elle a toujours été sympa avec moi. Elle m'aurait bien plu, voyez ce que je veux dire, dans une autre situation. Mais je suis marié et j'aime ma femme, alors il en était pas question.

Mais vous voyez, tout ce fourbi, j'ai mon idée là-dessus. C'est une histoire compliquée.

Parce qu'enfin, on a jamais su que ce qu'elle a bien voulu dire, pas vrai ? Je veux pas dire qu'elle racontait des mensonges ou autres, mais prenez ma femme et moi. Je l'aime, ma femme, mais je vais pas vous dire que ça a toujours marché comme sur des roulettes entre nous. Ça nous est arrivé une fois ou deux d'avoir des petits accrochages, vous me suivez. Rien de grave. Juste des petits trucs. On danse pas le tango tout seul, pas vrai ? Je dis seulement qu'on peut être sûr de rien. Et puis elle a pris l'enfant, non ? Eh ben, pour parler franc, si ma femme me faisait jamais un coup pareil, je lui casserais la gueule. Et, pour parler franchement, n'importe quel type en ferait autant. Imaginez un type à qui on vole son enfant et qui sait pas où le retrouver, y a de quoi le faire devenir fou, et je veux pas savoir à qui la faute. Je veux dire, quand on est marié, y a d'autres façons de régler les problèmes que de foutre le camp comme ça. On peut discuter, ou demander le divorce, ou je sais pas quoi, non ?

Et puis y a d'autres choses à considérer.

J'ai pas mal réfléchi à la question. Avant que Mary Amesbury vienne ici, on était dans un coin bien tranquille, pas vrai ? Rien d'extraordinaire, mais les gens ici sont des braves gens, qui feraient rien contre la loi et ainsi de suite, vous voyez ce que je veux dire. Et puis elle arrive, et c'est comme si on était pris dans un ouragan. Attention, je veux pas dire que je l'aimais pas bien, et tout. J'suis pas en train de dire qu'elle cherchait le scandale. Mais ça revient au même.

Je veux dire, si on regarde bien, quand elle est partie d'ici, on s'est retrouvé avec un meurtre, un viol présumé avec agression, un suicide, et trois enfants qui ont plus de mère.

Je veux dire, c'est tout de même pas rien d'être responsable de tout ça, non ?

J'ai regardé Willis Beale retourner à sa camionnette un peu plus bas. Il est monté dans la cabine et il a mis le moteur en marche. Je l'ai vu prendre le virage, et puis il a disparu. Je me suis écartée de la fenêtre, toujours avec le bébé dans les bras. La mer se retirait à présent. Rapidement. Je voyais déjà des salants à découvert sur une quinzaine de mètres au-dessous de la ligne de haute mer. Deux heures plus tôt, c'était marée haute et la mer venait lécher les algues.

Je ne savais pas quelle heure il était, mais il me semblait qu'on devait être au milieu de l'après-midi. J'ai pris note dans ma tête qu'il fallait que je m'achète un réveil, et peut-être une radio. Le soleil pâlissait ; l'horizon s'assombrissait, comme s'il se chargeait de poussière. Il allait faire nuit à quatre heures et demie, me suis-je dit. Le soleil allait se coucher derrière moi.

Debout près de la table de la cuisine, je regardais le soleil déclinant transformer le bleu intense de la mer en un vert glauque, et toucher de ses derniers rayons les bateaux à l'ancre dans le chenal. Je voyais l'après-midi et la soirée s'étirer devant moi comme un temps vide, un espace vide. J'étais contente que

96

ce soit bientôt la fin du jour, que la nuit tombe de bonne heure. La nuit avait son rythme propre, ponctuée qu'elle était par un repas, et le coucher du bébé. Je pourrais faire face. Et puis je me suis rappelé que je n'avais pas de livre avec moi, je n'avais rien à lire.

J'ai entendu un moteur de voiture dans le chemin et j'ai pensé un instant que c'était Willis qui revenait, qu'il avait oublié quelque chose. Mais c'était une camionnette d'une autre couleur, noire, couverte. Je l'ai regardée rouler sur le sable mouillé et dur presque jusqu'à l'extrémité de la pointe. Un homme en est sorti, et le vent l'a ébouriffé et s'est engouffré dans son ciré jaune comme dans une voile. Il avait de grandes bottes noires et ses cheveux étaient de la couleur du sable. En me tournant le dos, il a sorti une rame de l'arrière de sa camionnette, et plusieurs rouleaux de corde. Il est allé jusqu'à un canot échoué par la marée basse et il a détaché une corde pour le pousser jusqu'à la mer. Il l'a mis à l'eau, il a sauté à l'arrière, et il l'a fait avancer à la godille, debout, comme s'il était sur un bachot. Quand il a été assez loin du rivage, il s'est assis et il a ramé habilement en direction du langoustier vert et blanc. Je l'ai observé pendant qu'il attachait le canot aux amarres et bondissait à l'avant du gros bateau avec ses rouleaux de corde. Il s'est avancé sur le pont étroit jusqu'au poste de pilotage, et il a sauté à l'intérieur. Je l'ai vu disparaître dans la petite cabine à l'avant et ressortir sans la corde. Puis il a refait le trajet en sens inverse, passant du gros bateau à la petite embarcation pour revenir à la côte, où il a tiré le canot sur la grève jusqu'à l'anneau de fer au niveau de la laisse de haute mer. Le petit canot s'est penché sur le côté. L'homme a remporté la rame dans la camionnette. Il a levé la tête, il a vu ma voiture dans l'allée, il a jeté un coup d'œil au cottage, mais je n'ai pas eu l'impression qu'il me voyait. Puis il est monté dans son véhicule, il a fait demi-tour et il est revenu prendre le chemin.

Brusquement, tout bruit a cessé, tout mouvement aussi apparemment. La mer était plate, comme un lac. Le vent était tombé ; il n'y avait plus de mouettes. Dans la maison régnait un silence de mort, et seuls quelques grains de poussière se déplaçaient lentement dans un rayon de lumière. Le bébé s'était endormi dans mes bras. C'est alors que j'ai senti venir quelque chose comme une vague de peur, même en tenant le bébé contre moi.

J'ai décidé de faire le ménage. Cela m'occuperait pendant des heures, et m'aiderait à vaincre ma peur.

J'ai trouvé le matériel dont j'aurais besoin — un balai, une tête-de-loup, des chiffons à poussière — dans un placard à balais à côté du chauffe-eau. J'avais acheté une boîte d'Ajax et du liquide à vaisselle. Je me suis dit que j'allais me débrouiller avec ça.

J'ai fait toute la maison à fond. J'ai balayé les planchers, passé les murs à la tête-de-loup. J'ai épousseté tous les meubles, récuré la baignoire et la cuvette des cabinets dans la salle de bains. Dans la cuisine, j'ai nettoyé l'évier et les placards, et j'ai lavé le lino à l'eau chaude. J'ai épongé le réfrigérateur et frotté les étagères.

Quand c'était possible, je laissais Caroline dormir dans son couffin et, quand elle se réveillait, je la laissais jouer sur le tapis. De temps à autre je m'arrêtais pour lui donner la tétée. A un moment, pendant que je passais la serpillière à la cuisine, j'ai levé les yeux et je me suis aperçu qu'elle était à quatre pattes et qu'elle essayait de se propulser en avant. Je l'observais pendant qu'elle expérimentait ce mouvement. J'étais tout émue. Je cherchais autour de moi quelqu'un à qui parler de cet exploit, de cet événement marquant. Mais j'étais seule. Il n'y avait personne pour voir ma fille. Je l'ai prise dans mes bras pour l'embrasser. Je l'ai tenue longtemps ainsi.

Après le coucher du soleil, quand il m'a semblé qu'il devait être près de sept heures, je l'ai mise en pyjama et je l'ai couchée dans le lit d'enfant au premier.

J'avais faim à présent, alors je me suis préparé mon premier vrai repas au cottage — un bol de soupe en boîte et une salade. J'ai bu une bière tout en préparant mon repas, et puis j'ai mangé à table sur la toile cirée à carreaux verts et blancs que j'avais presque frottée jusqu'à la corde avec une éponge et le liquide à vaisselle. La soupe m'a semblé bonne. Je me plaisais à regarder la maison, de la table où j'étais assise ; je tirais une certaine satisfaction de tout ce ménage que j'avais fait.

Quand j'ai eu fini de dîner et de faire la vaisselle, j'ai décidé de m'offrir un bain. Je suis entrée dans la salle de bains. La baignoire était engageante, étincelante. Je l'ai remplie d'eau chaude, aussi chaude que j'ai cru pouvoir la supporter. Je me suis déshabillée et je me suis plongée dedans. Au début, j'ai eu l'impression de me brûler dans ce bain bouillant, et puis l'effet a été apaisant. Je me suis adossée au rebord arrondi de la baignoire et j'ai laissé l'eau se refermer sur moi. J'ai attrapé un gant de toilette et un savon et je me suis frottée doucement, m'appliquant à rendre mon corps aussi propre que la maison.

Quand je suis sortie du bain, j'avais la peau toute rose. Je me suis séchée délicatement avec la serviette orangée accrochée au porte-serviettes. J'ai enfilé ma chemise de nuit et j'ai mis par-dessus une grosse veste de laine blanche en guise de robe de chambre. Quand je me suis assise pour me sécher les cheveux avec une serviette, j'ai entendu que le vent s'était levé de nouveau. J'entendais les vagues se briser sur les rochers, et les vitres trembler. Je me suis dit qu'il me faudrait décidément une radio, juste pour avoir un fond musical. Je n'avais jamais connu un pareil silence et je me demandais si c'était bon pour le bébé.

Le ménage, la bière, ou, plus vraisemblablement, le bain prolongé avaient fini par me donner envie de dormir. Je ne savais pas s'il était neuf heures ou dix heures ou même plus tard, mais je me disais que, de toute façon, l'heure n'importait guère.

Quand j'ai eu les cheveux presque secs, j'ai mis les serviettes à sécher et j'ai éteint dans la salle de bains, et puis dans la cuisine, et je suis allée à tâtons au pied de l'escalier. Je suis montée. En haut, j'ai entendu Caroline respirer doucement et régulièrement à l'intérieur de la chambre. J'ai attendu que mes yeux s'accoutument à la faible clarté de la lune qui entrait par les fenêtres, et je me suis penchée au-dessus du berceau de Caroline. Je distinguais à peine la forme de sa tête sur le drap et son corps emmailloté dans les couvertures.

J'ai ouvert mon lit, j'ai ôté mes chaussettes et ma veste. Les draps de coton étaient frais et j'ai frissonné en me glissant à l'intérieur. Je pensais que j'allais sombrer dans le sommeil : j'étais fatiguée à présent, très fatiguée. Je savais que le bébé allait se réveiller de bonne heure et qu'il faudrait lui donner le sein.

Mais je n'ai pas sombré dans le sommeil. Au lieu de dormir, allongée sur le dos dans ce lit, je me représentais clairement et distinctement l'endroit où j'étais — je me voyais parfaitement, perchée sur un lit très haut, dans la partie la plus élevée d'un cottage, au sommet d'un promontoire dominant l'Atlantique. J'étais venue jusqu'au bord du continent ; à présent, je ne pouvais plus aller plus loin. J'ai senti dans mon dos, en plus fort cette fois, le frisson qui m'avait parcourue quelques heures plus tôt.

J'avais été idiote de me figurer que je ne risquais plus rien. C'était stupide de laver par terre, de nettoyer des tables, comme si je pouvais, en frottant, faire disparaître le passé. Je ne pourrais pas m'en tirer aussi facilement. Il ne me laisserait pas lui prendre son enfant. Il ne supporterait pas que je lui échappe. Il me trouverait ; j'en étais sûre. Il était même peut-être déjà dans sa voiture pour me rattraper.

Dans l'obscurité, je me suis caché le visage sous mon oreiller — car j'étais sûre d'autre chose.

Cette fois-ci, quand il me trouverait, il me tuerait.

8 juin 1967 - 3 décembre 1970

Nous avons fait connaissance au magazine, le jour où j'ai commencé à y travailler. Je n'ai vu que lui, et pourtant c'est à quelqu'un d'autre que j'étais venue poser une question, au rédacteur en chef. Harrold était debout devant un bureau, il inspectait une mise en pages. Il s'est redressé, il m'a regardée me diriger vers le bureau. J'avais un chemisier neuf, ivoire, et j'avais mis un collier — un rang de perles ? J'ai porté la main à mon cou pour toucher les perles. J'avais déjà oublié pourquoi j'étais venue, et je cherchais ce que j'allais bien demander. Après tout, c'était ma première journée et je ne manquais pas de questions à poser. Le rédacteur en chef nous a présentés. Comme nous ne disions rien, il s'est senti obligé, je crois, de combler le vide : elle arrive de Chicago, elle vient de terminer ses études ; il part en Israël demain matin. A ce moment-là, j'ai peut-être demandé ce qu'il allait faire en Israël le lendemain, et il m'a peut-être bien répondu qu'il allait essayer de trouver une tasse de café buvable.

Il était corpulent, massif, je crois ; j'ai toujours ce terme de massif à l'esprit, et pourtant il était visible qu'il n'avait jamais eu un gramme de graisse en trop. Il avait aussi une masse de cheveux — c'est ainsi que je les vois, abondants, désordonnés, noirs, un peu bouclés au-dessous du col. Mais ce sont ses yeux dont je me souviens le plus nettement : noirs et très enfoncés, disparaissant presque sous des sourcils qui s'étalaient largement. Des yeux noirs et impénétrables, et quand il m'a regardée je me suis sentie perdue. Il a dû s'en apercevoir immédiatement, et en être bien aise, ravi même. Il a mis les mains sur les hanches en dégageant sa veste en arrière. Il avait une cravate rouge, desserrée sous son col. Une chemise bleu clair. La veste était un blazer bleu marine, et il portait un pantalon kaki. On aurait dit un uniforme. Il m'a souri. Un sourire qui partait d'un coin de la bouche et se figeait ainsi. On avait l'impression en le voyant que c'était un sourire de circonstance, ce qui impliquait qu'il avait du charme, et il en avait en effet. Mais ce jour-là, j'ai interprété son sourire différemment. Il avait une idée derrière la tête, le temps était compté, il partait en Israël le lendemain matin.

Je suis sortie du bureau du rédacteur, et je suis absolument sûre que dès ce moment-là j'ai su. Comme on sait, à l'annonce de telle maladie, qu'on n'en guérira pas. Comme on se dit, en voyant telle maison dans tel site particulier : Oui, c'est ce qu'il me faut, c'est là que je veux vivre.

On m'a attribué un box parmi tout un dédale d'autres boxes. J'avais un téléphone, une machine à écrire, un petit bout de bureau rectangulaire, quelques tiroirs, une étagère à livres. Je me souviens surtout du bruit, du crépitement cacophonique des téléphones et des machines à écrire, ponctué par le claquement saccadé des télex. Ce qui n'empêchait pas que tout ce que je disais s'entendait des boxes voisins, de même que j'entendais tout ce qui se disait à côté. On se sentait proches les uns des autres dans cette grande salle, tout en étant isolés par le bruit.

Ce jour-là, on m'a affectée à la rubrique intitulée Adieux, et on m'a demandé d'écrire une nécrologie d'un paragraphe sur Dorothy Parker, qui était morte la veille. Je n'avais que six phrases à écrire et, j'ai eu beau y mettre beaucoup d'application — plus que je n'en aurais jamais le temps par la suite —, j'ai eu fini avant le déjeuner. Pour tuer le temps pendant le reste de la journée, j'ai lu d'anciens numéros du magazine ; j'ai observé les visages — la camaraderie, l'hostilité, la jalousie. En un après-midi, on voyait tout : ceux qui avaient le pouvoir et ceux qui ne l'avaient pas, ceux qui étaient très contents d'eux et ceux qui rêvaient d'être ailleurs. Je me demandais où j'allais me situer dans tout cela. On me parlait, on plaisantait, on me posait des questions. On me souriait — des sourires qui étaient sur les lèvres mais pas dans les regards. Même les plus bienveillants se méfiaient. Il y avait là toutes sortes de pressions, et pour certains l'enjeu était de taille, ou semblait l'être. C'était frappant, cet air d'importance qui émanait de la salle — et c'est extraordinaire, ce souvenir qui me reste, que tout cela semblait capital.

Je l'ai vu lui aussi passer dans la salle — il est allé dans son bureau, voisin de celui du rédacteur en chef ; il a traversé le dédale des boxes pour atteindre une machine à café ; il est sorti déjeuner ; il est revenu ; il est allé voir un autre rédacteur à son bureau. A chaque passage, il avait ce regard fuyant, ce coup d'œil oblique, ces yeux qui s'arrêtaient soudain sur moi un instant, et je sentais — je savais en fait — que je scellais un pacte avec ces œillades. Si bien que lorsqu'il est venu me voir à cinq heures et qu'il a parlé brièvement de prendre un verre à six heures, je n'ai pas été surprise, et j'ai simplement fait oui de la tête.

On est allés dans un bar au coin de la rue. C'était plein d'hommes en veste sport qui avaient desserré leur cravate. Il connaissait bien l'endroit, il s'y comportait en habitué, choisissant une table dans un coin — j'ai eu l'impression qu'on lui avait réservé cette table. Il a commandé un Martini gin et j'ai dit que je prendrais une bière. Ça l'a fait rire ; il a dit que je n'avais pas le genre à boire de la bière. Je lui ai demandé, imprudemment, quel était mon genre, ce qui lui a donné son ouverture, il n'avait plus qu'à sauter dessus à pieds joints.

J'étais le genre à faire des listes et à ne jamais être en retard, a-t-il dit. Je tiendrais le coup, même si j'avais envie de laisser tomber. Je ferais le travail, même si le cœur n'y était pas — j'étais plus attachée à la routine qu'au travail lui-même. Je serais rapide et capable, mais je n'aimerais pas les reportages : j'étais du genre à écouter et à ne pas poser de questions indiscrètes. A son avis, j'étais plutôt faite pour être rédactrice ; ce serait moins mouvementé, et j'aurais la paix.

Une serveuse m'a apporté un verre givré. J'ai mis ma main autour — j'avais la main brûlante. Etais-je donc si transparente ? C'était un jeu qu'il adorait. Il serait toujours gagnant. C'était une danse, et c'était lui qui la menait. Aujourd'hui je me demande si ce qui l'exaltait tant n'était pas de savoir que nous nous étions trouvés — l'équipe parfaite, la parfaite symbiose.

Changeant de sujet, j'ai posé une question sur le Moyen-Orient. Je savais qu'il y avait des combats importants dans le Sinaï. Il s'est laissé allé en arrière, et sa veste s'est ouverte, découvrant sa ceinture. Il avait l'art de la litote dans ses réponses, et par là même on sentait son métier, son habileté. J'avais déjà vu son nom en tête de plusieurs articles : Harrold English. Rien qu'à voir ce nom, on se représentait l'homme. Je regardais son poignet, dont l'os était visible sous la manche de sa veste. Il était bronzé, et pendant qu'il parlait je me disais —

pensée fatale, mortelle, suicidaire : Comme je voudrais pouvoir toucher ce poignet !

C'était physique, vous l'avez compris. Avant la fin de la soirée, je me suis retrouvée seule avec lui dans une chambre. Nous n'avions même pas pris un repas. Il y a eu ces cordelettes de soie, ou bien était-ce plus tard ? C'était un film que je n'avais encore jamais vu, que j'aurais pu ne jamais voir si je n'avais pas répondu oui à ses questions. J'avais peur, mais j'étais avide, et complaisante. Je pensais, je croyais que c'était ça l'amour, et avant la fin de la nuit j'avais prononcé le mot, à moins que ce ne fût lui. Nous l'avons prononcé ensemble, baptisant de ce nom ce que nous faisions.

Il est parti en Israël le lendemain matin, et je suis retournée travailler. Les autres ont dû s'apercevoir, je crois, que j'étais comme une toupie qu'on aurait fait tourner et qu'on aurait abandonnée. Je ne savais pas combien de temps il serait absent. Il ne me l'avait pas dit, et je ne pouvais pas interroger le rédacteur en chef — tout le monde aurait compris. Je faisais mon travail, j'en prenais de plus en plus, je restais au magazine tard le soir, comme les autres. Plus longtemps je restais dans les lieux, plus j'avais de chances de saisir un mot concernant Harrold, d'entendre prononcer son nom parmi les échos de ce qui se passait sur place. Je n'avais envie de rien d'autre. Je ne sortais pas le soir. Je me contentais de rester dans ma chambre et de penser à lui, repassant constamment les mêmes images dans ma tête.

On m'a fait passer de la rubrique Adieux à la rubrique Nouvelles Tendances. C'était censé être une promotion.

Je crois que c'est à ce moment-là que le schéma s'est installé : il partait, il revenait, je ne savais jamais quand il allait rentrer, de sorte que je vivais constamment au bord de quelque chose, pour ainsi dire, à attendre passionnément. J'étais au téléphone dans mon box, en train d'interviewer quelqu'un, et voilà qu'il est entré dans la salle et m'a regardée. Cela faisait sept semaines qu'il était parti ; je n'avais pas eu le moindre mot de lui. Il était allé en Israël, au Nigeria, à Paris, à Saigon. Je n'étais même pas sûre qu'il n'ait pas une autre femme dans sa vie ; par moments, je m'étais imaginé que c'était à quelqu'un d'autre qu'il écrivait. Je ne savais pas encore qu'il ne m'écrirait ni ne me téléphonerait jamais quand il serait en voyage ; cela faisait partie de son plan de toujours me laisser dans l'attente.

Il est venu près de moi. J'ai mis la main sur le micro de mon téléphone. Il m'a dit qu'il avait du travail — il en avait pour deux ou trois jours au plus. Il m'a demandé si j'allais bien. J'avais le sentiment que les autres nous regardaient, nous épiaient. J'ai dit que tout allait bien. Il m'a dit que le surlendemain nous irions dîner ensemble. Ce n'était pas une question.

C'est donc ainsi que ça a commencé. Vous voulez plus de détails ? Il avait un grand appartement dans l'Upper West Side, grand et presque vide. Moi, j'avais une chambre minuscule dans le Village, alors nous habitions chez lui. Il avait fait ses études à Yale, et son père était un homme fortuné. Ils étaient de Rhode Island, au bord de la mer. Harrold avait vingt-huit ans quand je l'ai connu, sa situation au magazine était bien assise. On savait qu'il était censé être une des vedettes. Sa mère était morte quand il était encore enfant, et moi, je n'avais pas de père, alors, en quelque sorte, il semblait y avoir une sorte de correspondance, de symétrie, dans notre histoire familiale.

Que puis-je encore vous dire de lui ?

Il avait l'habitude de se passer la main dans les cheveux, qu'il peignait rarement. Il ne prenait pas de petit déjeuner, c'était difficile de le réveiller quand il dormait, et pour le déjeuner il demandait presque toujours des œufs. Il tapait à la machine avec deux doigts, à toute allure — éblouissante démonstration compensatrice, ai-je toujours pensé.

C'était un passionné de l'actualité. Il lisait quatre journaux par jour et ne manquait jamais un journal télévisé quand il était chez lui. Quand il lisait, il avait toujours la radio allumée, avec de la musique ou les informations. Il prétendait que c'était parce qu'il avait vécu seul pendant si longtemps. Il ne supportait pas le silence.

Ses goûts en musique se portaient vers les contemporains. Il aimait Bob Dylan et les Stones et un guitariste qui s'appelait John Fahey. Il les écoutait souvent et mettait le son très fort. Il aimait la musique du moment, mais il ne touchait à aucune drogue car, disait-il, cela l'empêchait de rester maître de lui et lui donnait la nausée. Mais il aimait boire dans les bars — comme un personnage d'une autre époque. Il aimait surtout les bars à l'étranger, disait-il. Il était fasciné par les femmes qu'il y voyait.

Il quittait souvent New York, et plus tard moi aussi. Quand il était là, nous allions dans un bar, et puis nous allions au lit, et ensuite je nous préparais un repas. Nous n'étions jamais couchés avant deux ou trois heures du matin. Nous ne recevions jamais personne à l'appartement, et nous n'allions jamais chez les autres. Il était essentiel que nous soyons seuls : il fallait que je sois dans une situation de dépendance absolue vis-à-vis de lui.

Quand je repense maintenant à notre isolement d'alors, je vois combien il était total. Autour de nous, comme vous le savez, le monde était à feu et à sang. Il y avait les émeutes, il y avait la guerre. Nous étions au courant, les articles que nous écrivions pour le magazine portaient souvent sur ces événements-là. Harrold en était témoin, et moi aussi parfois. Mais étonnamment, notre travail de reporter et de journaliste nous isolait encore davantage. Nous ne faisions qu'écrire des mots, comme ceux que nous lisions dans les journaux. Nous étions au-dessus ou à côté de l'événement. Si on était sur place pour relater les événements, ça n'était pas pour faire du sentiment. En fait, il était essentiel pour nous d'être détachés du monde. Et si, au magazine, nous pouvions parler d'une manifestation ou d'un assassinat parce que nous connaissions les faits, le soir, dans l'appartement vide, tout cela n'avait plus d'importance.

Nous n'étions pas comme les autres couples. Comment vous expliquer ? Quand nous étions au magazine, il y avait toujours ce lien passionnel entre nous, et peut-être que les autres le sentaient, mais en public il faisait les choses de son côté et moi du mien. On trouvait que j'étais plus aimable avec les autres qu'avec lui. Nous ne déjeunions pas ensemble, nous ne nous touchions pas, nous n'affichions pas cette espèce de possessivité dont se délectent parfois les couples récents. Ce que nous étions, ce que nous faisions était secret, et même une fois mariés, ce goût des secrets nous coupait du monde, comme les femmes voilées dans les harems.

Et c'est ainsi que, plus tard, je me suis dit : Il n'y a personne, personne au monde à qui je puisse raconter cela.

Parfois — souvent, en fait — je me demandais pourquoi Harrold m'avait choisie. Car il m'était arrivé de trouver dans ses affaires des lettres de femmes, sur papier bleu pâle, envoyées par avion de Madrid ou de Berlin.

C'était à cause de mes cheveux, disait-il pour me taquiner : une véritable flamme qui l'avait attiré comme un papillon de nuit. Mais non, ajoutait-il ensuite en s'approchant de moi et en me plaquant contre un mur, en réalité, c'étaient mes pieds. Il aimait les petits pieds, et j'avais — m'en étais-je jamais aperçue ? — de jolis petits pieds blancs. Ou bien, plus tard encore, et de façon plus sérieuse, il prétendait que c'était à cause de notre façon de travailler : intellectuellement, nous fonctionnions de la même manière quand il s'agissait de coucher des mots sur le papier.

Mais une fois, en rentrant du magazine en taxi, tard le soir, alors que nous roulions à toute allure dans une rue trempée où la chaussée était noyée dans les reflets, je lui ai reposé la question, et il a répondu d'un ton léger, la main sur ma cuisse, ébauchant son sourire en coin : *Tu m'as laissé faire.*

J'ai écrit à ma mère. J'ai écrit que j'avais rencontré un homme et que je l'aimais. J'ai dit qu'il était intelligent et bien considéré au magazine. Qu'il m'aimait lui aussi. Je lui ai dit qu'il était brun, grand et beau, et qu'elle le trouverait charmant quand elle le verrait.

Je savais que cette lettre la comblerait d'aise.

Je n'écrivais rien qui ne fût vrai, et pourtant ma lettre ne lui disait rien de la vérité.

La vérité c'est que nous buvions. Nous buvions dans les bars, avec des gens tout autour de nous. Et puis c'étaient des bouteilles de vin et des verres à côté du lit. Ou du champagne dans un seau — nous buvions souvent du champagne. A cette époque-là, boire était une fête : nous célébrions toutes les nuits. Les pièces vides de l'appartement étaient éclairées de bougies et, le matin, je trouvais des vêtements dans un couloir, des verres fins à côté de la baignoire. Je faisais la cuisine dans un peignoir qu'il m'avait donné, en tissu-éponge bleu marine, trop grand pour moi, dans lequel je me sentais toute petite, perdue. Il y avait une table ronde dans la cuisine — une table en fer forgé dont le plateau était une plaque de verre lisse. Autour, il y avait des chaises en fer vert foncé comme on en voit en France. Il y avait du vin rouge sur la table pour le repas, et j'avais l'impression que nous allions boire jusqu'à être entièrement dévorés par une fièvre érotique et par la fièvre des plaisirs de ce monde, après quoi nous pourrions sombrer dans le sommeil.

J'avais eu un amant quand j'étais étudiante, mais comparé à Harrold ce n'était qu'un petit garçon. Il n'avait pas de sombres secrets à me faire découvrir. Bien sûr, je n'étais alors moi-même qu'une enfant, et nous avions beau boire un peu le week-end — rien de très alcoolisé — c'était bien innocent et sans importance.

Avec Harrold, boire était une chose différente : c'était une noyade.

J'en ai des souvenirs. Je me souviens de ceci : nous venions de rentrer du magazine, nous étions dans la chambre. Il était tard, il faisait chaud, et j'étais en combinaison. Il a allumé une cigarette et il me l'a tendue dans le noir. Je ne fumais pas souvent, seulement de temps en temps, et avec lui. Il fumait des cigarettes étrangères que j'aimais bien. Il les achetait en voyage, elles avaient une odeur un peu mystérieuse, fruitée, comme des fleurs des bois humides.

Il était encore tout habillé. Je me souviens en particulier du tissu de sa chemise, en oxford bleu assez raide. Il n'avait pas ôté sa cravate, elle était seulement desserrée. Nous avons fumé ensemble, sans parler, mais je sentais qu'il allait bientôt se passer quelque chose.

J'étais assise au bord du lit, jambes croisées, pieds nus. Il était assis un peu plus loin, un peu affalé dans son fauteuil, jambes croisées lui aussi, une cheville posée sur le genou de l'autre jambe. Il me regardait, il me dévisageait, il étudiait mes gestes pendant que je fumais et, mal à l'aise d'être observée ainsi, j'ai eu envie d'éclater de rire pour mettre un terme à la situation.

Mais à ce moment-là il s'est levé, il m'a pris ma cigarette et il l'a éteinte. Il m'a soulevée en m'attrapant sous les bras et il m'a allongée sur le lit. Je me rappelle qu'il est resté là penché au-dessus de moi, de cette façon bien à lui, toujours tout habillé. Me prenant les poignets, il m'a fait toucher les barreaux de cuivre à la tête du lit. Il a défait son nœud de cravate. Je sentais la boucle de sa ceinture m'écraser les côtes, je sentais le tissu de sa chemise contre mon visage, la soie de sa cravate contre mon poignet. Je respirais l'odeur de sa chemise — j'aimais son odeur à lui à travers le tissu. Et ensuite, pendant qu'il me disait qu'il m'aimait, pendant qu'il prononçait mon nom, je me suis demandé si, quand il m'avait observée, il avait vu cette scène inscrite sur mon visage.

C'était un matin. J'étais devant une glace, près d'une penderie, je m'habillais pour aller travailler. J'avais mis une robe que j'aimais bien, en mousseline de coton, une robe indienne longue et ample, avec des broderies à la main compliquées sur le corsage. Il était devant sa commode, il sortait des chaussettes d'un tiroir. Il avait mis son pantalon, mais pas encore sa chemise. Il s'est tourné vers moi pour m'observer, d'un long regard froid et scrutateur. Tu devrais t'habiller plus court, m'a-t-il dit, tu as de belles jambes. Et puis : Ne relève pas tes cheveux. Tu es mieux avec les cheveux longs.

J'ai posé les épingles que je tenais entre mes lèvres sur une table. J'ai défait mes cheveux, je les ai laissés retomber.

Il m'a dit : Tu pourrais être sexy si tu voulais, tu as ce qu'il faut pour.

Il y avait trois mois que je le connaissais, ou quatre mois peut-être.

Ce jour-là, à l'heure du déjeuner, je suis allée dans

un grand magasin et j'ai acheté deux jupes plus courtes que celles que je mettais habituellement. Mais en tendant l'argent à la caissière, je me disais : Il est en train de me transformer. Ou plutôt : Il veut que je sois autrement.

C'est alors que les cadeaux ont commencé. Harrold avait de l'argent et il me rapportait des choses d'Europe ou de Californie. Ou encore de Thaïlande ou de Saigon. Au début, ces cadeaux étaient des bijoux et parfois des vêtements. Et ensuite, surtout des vêtements — de beaux tissus coûteux que je ne pouvais pas me permettre de m'acheter. C'étaient des vêtements différents de ceux que j'avais jamais portés auparavant, des vêtements voluptueux, exotiques. Je les portais pour lui faire plaisir et, quand je les avais sur moi, j'avais l'impression de me transformer et de devenir celle qu'il s'était représentée.

Et puis il y a eu la lingerie. Il s'est mis à me rapporter des dessous osés, de Paris ou d'Orient. Il m'a demandé de les mettre pour aller au magazine ; il serait le seul à savoir, et je me suis dit en moi-même, en essayant de chasser une vague ombre d'inquiétude : C'est innocent, et c'est plutôt drôle, après tout.

Je devrais me tenir plus droite, m'a-t-il dit ; je ne devrais pas garder les mains jointes ; je devrais me débarrasser de ce tic que j'avais de tripoter mes cheveux.

Il m'a encore dit : C'est dans ton intérêt que je te dis cela, parce que je t'aime, parce que je tiens à toi.

Au magazine, il était mon mentor. Je n'étais que modérément douée, mais il m'a prise en main. C'était excitant, vous comprenez, d'être dirigée par lui. Il avait le pouvoir, et par moments je trouvais cela séduisant. Au bar, après le travail, il regardait parfois un article que je venais de faire, il m'expliquait comment l'améliorer. Si je séchais sur un reportage, il savait qui appeler, il avait des tuyaux en or. Il m'a aussi appris comment parler à mes supérieurs, il m'a appris ce que je devais montrer et ce que je devais garder pour moi. Un jour où j'étais malade, il m'a rédigé mon article, et même en imitant mon style.

Il m'a dit que je devrais refuser de n'écrire que pour la rubrique Nouvelles Tendances, et j'ai dit que non, que je risquais d'y perdre ma place. Mais il m'a tarabustée et poussée à refuser, alors un jour j'ai fait ce qu'il m'avait dit, et je n'ai pas perdu ma place : je suis passée à la politique intérieure ; on m'a donné un box plus grand.

Je prenais tout ce qu'il m'offrait, je me pliais à ses intentions. C'était un contrat passé entre nous.

Nous étions ensemble depuis un an, peut-être plus. J'étais rentrée avant lui. J'étais à la cuisine, à la table, je lisais un journal. Je n'avais pas envie de boire. Je n'étais pas allée le rejoindre au bar. J'avais mal à la tête. En fait, j'avais la grippe, mais je ne le savais pas encore. Je l'ai entendu dans le hall et je me suis arrêtée de lire. Il y a eu le bruit de sa clef dans la serrure, et de ses pas dans le couloir. Je me suis aperçue avec un certain étonnement que je n'avais pas envie de le voir, que j'avais envie d'être seule. Faut-il que je donne une raison ? J'étais fatiguée. Je n'avais pas envie d'être obligée de donner quoi que ce soit — ni de recevoir quoi que ce soit de lui non plus. C'était la première fois depuis que nous nous connaissions que je ressentais cela.

Il est entré dans la cuisine, et il a dû s'en apercevoir. Peut-être parce qu'au lieu de le regarder j'ai gardé les yeux fixés sur mon journal : quelque chose en moi résistait à cette intrusion.

Il a ôté sa veste et il l'a accrochée à une chaise. Il a desserré sa cravate, déboutonné son col. Il a mis les mains sur les hanches, il m'a regardée et il m'a

dit : Alors, tu ne veux rien boire ? et j'ai répondu :
Non, j'ai mal à la tête. Bois quelque chose, a-t-il
insisté, ça ira mieux. Et j'ai dit : Non, mais je te
remercie.

Il s'est approché dans mon dos, il a posé ses
mains sur mes épaules. Il s'est mis à me masser les
muscles de la base du cou. J'aurais dû me détendre,
mais je ne pouvais pas. Je comprenais le sens de ce
geste. Il allait me toucher même si je n'en avais pas
envie, d'autant plus que je n'en avais pas envie.

J'ai essayé de rester en place, docilement, en me
disant : Il n'y en a pas pour longtemps. Mais ses
doigts pétrissaient les contractures de mes épaules
avec trop de vigueur. Brusquement, je me suis dégagée, je me suis levée. J'allais dire : Je ne me sens pas
bien, je suis mieux toute seule ce soir, mais il m'a
attrapée par le poignet et ne m'a pas lâchée.

Je ne me souviens pas de tout ce qui s'est passé —
j'ai eu l'impression que la pièce tournait autour de
moi à toute allure. Il m'a plaquée contre le réfrigérateur ; j'avais la poignée dans le dos. Sa force était
imparable — ce que, jusque-là, je n'avais fait que
pressentir. Il m'a relevé ma jupe jusqu'à la taille. J'ai
essayé de le repousser, mais il m'a cogné le poignet
violemment contre le métal. La douleur a été très
vive, et j'ai cru que j'avais le poignet cassé. A ce
moment-là, j'ai eu peur. J'ai compris qu'il pouvait
me faire mal, il me faisait mal. C'était un homme
corpulent — je l'ai déjà dit, je crois — et j'avais beau
me défendre, je luttais en pure perte.

Et puis j'ai cessé de résister, et j'ai donné dans son
jeu, passivement. Et après, alors qu'il me tenait
encore et que je ne voulais pas penser aux implica-
tions de ces quelques instants, j'ai eu le sentiment
que peut-être entre l'amour, le sexe et la violence, la
différence n'était qu'une question de degré. Vu sous
un certain jour, ce qui s'était passé contre le réfrigérateur était-il si différent de ce qui s'était passé toutes les autres fois ?

118

Il m'a portée sur le lit et il m'a enveloppée dans une couverture. Il m'a mis des glaçons sur le poignet — qui était abîmé mais pas cassé. Il a posé ses lèvres sur mon poignet et il m'a dit qu'il était désolé, mais curieusement j'ai compris qu'il voulait dire désolé que j'aie le poignet abîmé, pas de tout le reste.

Il nous a préparé un repas, que nous avons pris sur le lit. Il semblait m'être reconnaissant, et j'avais conscience qu'étrangement nous étions devenus plus proches, plus intimes, comme si les risques que nous prenions, les secrets que nous partagions, ce que nous faisions et dont nous repoussions les limites, tout cela ne faisait que nous lier plus étroitement l'un à l'autre.

Dans la nuit, j'ai eu de la fièvre, et il est possible que je me perde un peu dans l'ordre des événements, mais c'est cette fois-là qu'il a écrit mon article à ma place. Et c'est aussi le moment où il m'a demandé de l'épouser.

Dans les mois et les années qui ont suivi, ce schéma s'est souvent répété : il me prenait quelque chose, ou il me brutalisait, et puis, en retour, il m'offrait plus. Et si je prenais ce plus — une promesse, un engagement, ou un rêve — il allait de soi que je lui pardonnais.

Jamais, pas plus cette fois-là que les autres, il n'a prononcé le mot *viol*, et moi non plus je n'arrivais pas à le dire tout haut.

J'ai dit que oui, je l'épouserais. Il est parti à Prague pour un article. J'avais l'appartement pour moi toute seule. J'étais malade, j'avais la grippe. Par moments j'étais fiévreuse. Je n'allais pas travailler.

Déjà je me sentais comme droguée, ou obsédée. Je buvais seule, comme lorsque nous étions ensemble, parce que c'était un lien qui nous unissait. J'allais à la fenêtre, une fenêtre nue d'où on voyait les voitures et des immeubles, et je restais là des heures, simplement à penser à lui, à nous. J'allais d'une pièce à l'autre, je touchais ses affaires, je fouillais ses poches pour trouver des petits bouts de papier qui m'en apprendraient davantage sur lui. Je lisais ses carnets sur son bureau, j'essayais de penser avec sa tournure d'esprit.

Et en agissant ainsi, je savais déjà que nous n'étions pas comme les autres. Ou, du moins, que c'était une forme d'amour dont je n'avais jamais entendu parler. Harrold avait entrevu ce qu'il pourrait faire de moi, cela lui était apparu dès le jour où nous nous étions rencontrés, et depuis il s'acharnait à ce jeu. Ce que j'étais, ce que j'aurais pu être, il le tenait comme de l'argile entre ses mains. Il me voyait comme une vedette, à son image, comme sa protégée, sa propriété. Je simplifie sans doute à l'extrême, mais pas vraiment, je crois. Je ne m'attirais des ennuis que lorsque je ne me pliais pas à cette image qu'il avait de moi — quand je disais ou faisais quelque chose qui ne collait pas avec son projet.

Est-ce donc moi qui n'ai pas fait ce qu'il fallait ? Qui ai refusé de me couler complètement dans ce moi nouveau qui m'était proposé, même si je portais pour aller travailler la lingerie coûteuse qu'il m'offrait, même si je raccourcissais mes jupes, et si j'écoutais avidement ses conseils ?

Car il y avait toujours quelque chose en moi, quelque chose que je n'identifiais et ne reconnaissais pas encore, qui n'acceptait pas qu'on me façonne, qu'on me coule dans un moule. Au début, cette résistance m'est apparue comme une sorte de rébellion, déroutante, allant presque à l'encontre de mes intérêts et de mes désirs.

Et plus tard, quand enfin j'ai résisté pour de bon, il a étendu son répertoire de façon magistrale : mépris subtil, raillerie voilée, silence de glace, absence, présence, absence. Il y allait de toute son habileté, en virtuose, en pianiste de concert.

Mais je brûle les étapes.

Il y avait aussi de bons moments, je ne sais plus si je vous l'ai dit. A table, dans la cuisine, il me parlait de ses voyages, il avait des anecdotes merveilleuses sur toutes sortes de mésaventures et de situations comiques, pleines de personnages que je me représentais parfaitement d'après ses descriptions. C'était un conteur de talent, et il me réservait tout ce qu'il ne pouvait pas mettre dans ses articles, si bien que lorsqu'il rentrait d'une longue tournée il avait de quoi me divertir pendant des jours et des jours.

Ou bien encore nous restions allongés par terre côte à côte dans le salon — seuls nos bras se touchaient —, la tête appuyée sur des coussins, et nous écoutions ensemble la musique qu'il avait choisie. Il nous arrivait de fumer ensemble, ou de boire le vin que nous avions apporté de notre chambre, et à ces moments-là il semblait régner entre nous une atmosphère trompeuse de bien-être parfait.

Parfois aussi, à l'époque où personne encore au magazine ne savait que nous vivions ensemble, nous nous trouvions autour d'une même grande table ovale dans une salle de conférences, où l'on discutait de la couverture, où on lançait des idées d'articles, et quelqu'un disait quelque chose de drôle mais qui n'était pas censé l'être, et je faisais semblant de tourner la tête pour regarder la pendule ou ce qui se passait dehors et, croisant son regard, je voyais son sourcil ou le coin de sa bouche se relever imperceptiblement, et pendant cette fraction de seconde nous échangions un sourire invisible assez large pour durer la matinée entière.

Quand il est rentré de Prague, il a décrété que nous irions à Rhode Island annoncer à son père que nous allions nous marier. Il ne m'avait pas dit grand-chose de son père, mais je savais qu'il s'appelait Harrold, avec deux *r* lui aussi. Le père de son père portait déjà ce nom, et ainsi de suite de génération en génération. Le double *r* était peut-être une coquetterie qui remontait à des années, ou une erreur, mais maintenant cela faisait intimement partie de la transmission du nom et Harrold, le mien, n'avait pu se décider à laisser tomber ce second *r* dont il ne connaissait pas lui-même l'origine.

La maison, en bordure de la mer, avait quelque chose de sépulcral avec toutes ses pièces vides — l'appartement de Manhattan, aux pièces également vides, en était comme la réplique. C'était une maison XIXe, ou début de siècle, je n'ai jamais su exactement. Elle avait des bardeaux gris, une véranda, et de nombreuses fenêtres de différentes tailles. L'ameublement était lourd, sombre, masculin. Dès que nous sommes entrés en voiture dans la propriété, j'ai senti Harrold se transformer complètement. Il est devenu silencieux, taciturne. Il a éteint la radio. Des rides se sont creusées sur son front, sa bouche s'est durcie. Avant même que nous n'ayons garé la voiture, il a dit que cette visite n'était pas une bonne idée, mais j'ai répondu que si bien sûr, je mourais d'envie de faire la connaissance de son père.

Au départ de New York, nous avions eu une sensation de joie folle, comme si nous ouvrions les volets pour laisser la lumière du jour entrer à flots dans des pièces sombres. Nous pensions sans le dire qu'après tout nous allions peut-être, en nous mariant, cesser de nous couper du monde. Après ce fameux soir dans la cuisine, il semblait que nous ayons fait des efforts dans le sens de la normalité : la veille, alors qu'il arrivait tout juste de Prague, nous avions annoncé à tout le monde au magazine que nous allions nous marier. Et, encore plus que d'annoncer la nouvelle, c'était de lire la surprise sur le visage de tous qui nous avait réjouis.

Le père de Harrold était un vieillard desséché, qui avait été corpulent, comme son fils, mais qui s'était ratatiné et tassé. Il avait le visage gris, comme ses cheveux, qu'il coiffait tout droit en arrière à partir du front, d'une manière qu'il semblait avoir gardée d'une autre époque. On voyait tout de suite qu'il n'était pas en bonne santé, et cela depuis un certain temps. Il avait les mêmes yeux que Harrold, noirs et impénétrables, et il vous saisissait brusquement d'un regard qui aurait pu passer pour indifférent. Il avait une cigarette à la main, une main qui tremblait. Ses doigts étaient tachés de nicotine. Il était assis dans un fauteuil de bateau en bois sombre, dans lequel il avait trop de place, et qui avait l'air d'épouser sa forme. Il était vêtu d'un complet gris qui avait dû bien lui aller autrefois, mais dans lequel à présent son corps décharné flottait lamentablement.

Je me souviens que la gouvernante se tenait près d'une fenêtre. Harrold s'est avancé vers le milieu de la pièce sans s'approcher de son père. J'avais le sentiment qu'ils n'avaient plus de contact physique depuis des années, et que la chose était impossible à présent. Harrold s'est retourné pour me regarder — j'étais derrière lui — comme s'il voulait que je sorte de la pièce, comme s'il ne fallait pas que je voie son père, ou que son père me voie. Il semblait perdu. Je ne l'avais jamais vu ainsi — moins grand, diminué. C'était le père, maintenant, dans son fauteuil bien ciré, qui était le plus grand. Je me suis approchée à côté de Harrold. Il a fait les présentations. Je me suis avancée pour serrer la main de son père, une main sèche, qui, dans la mienne, ressemblait à de la poussière jaune.

Veux-tu nous servir un verre, Harry ? a dit son père. Ce n'était pas une question. J'ai remarqué le diminutif. Il arrivait qu'on l'appelle English, mais Harry, jamais. De temps en temps, un collègue ou le rédacteur en chef lui disait : Hé, English. J'ai vu Harrold prendre un verre sur la crédence, servir un grand whisky à son père, et m'en servir un. Bien que personne ne m'y ait invitée, je me suis assise, sur un canapé en cuir. Cette pièce n'était pas une salle de séjour, ce n'était pas une pièce à vivre, et c'était pourtant là que vivait le père de Harold. C'était un bureau, masculin, tout de cuir et de bois, mais il y avait un fauteuil cabriolet près d'une fenêtre, avec un jeté. Par la fenêtre, on apercevait la mer. La maison était silencieuse, calme, des grains de poussière flottaient dans l'air.

Vous aussi vous gagnez votre vie à scribouiller pour ce torchon, m'a dit son père. Il y avait dans sa voix un grincement métallique qui transformait les questions en déclarations.

Harold, près de la crédence, avait déjà vidé son verre, et il s'en était vite versé un autre. J'étais sûre que son père l'avait vu faire. On avait l'impression que ses yeux voyaient tout, même si son corps restait immobile. J'ai dit que oui, je travaillais avec Harold, et puis, comme j'étais mal à l'aise et que Harold n'avait toujours pas parlé, j'ai ajouté bêtement, pour meubler le silence, que j'avais beaucoup entendu parler de lui, ce qui était faux, que je connaissais l'histoire des usines de tissage qu'il avait montées en partant de rien, ce qui était vrai et que Harold avait mentionné en passant.

Tout cela lui serait revenu s'il en avait voulu, mais maintenant tout était passé aux mains d'étrangers, a dit le père, comme si le fils n'était pas dans la pièce. Il y avait de l'amertume dans sa voix, on ne pouvait s'y tromper.

Nous allons nous marier, a dit Harold précipitamment, comme un écolier impatient de changer de sujet en présence de son père, et j'ai été offusquée d'entendre le peu de cas qu'il faisait de ce que nous étions venus annoncer.

Il s'est fait un silence dans la pièce. J'ai cru que peut-être Harold avait porté un coup trop brusque à son père, ne l'ayant pas préparé à cette éventualité, et que celui-ci en restait muet.

Mais le père a parlé.

124

Vous pouvez rester dîner si vous voulez, a-t-il dit, mais je ne dînerai pas avec vous. Maintenant je prends mes repas seul.

J'ai jeté un coup d'œil à Harrold, mais il s'est détourné pour regarder la mer. J'ai pensé que son père était peut-être sourd. La surdité pouvait être l'explication de tant de rudesse. S'il n'avait pas entendu ce qu'avait dit son fils, j'allais le lui répéter, lui dire que j'espérais qu'il viendrait au mariage, en parlant fort, pour qu'il comprenne. J'ai ouvert la bouche, mais il ne m'a pas laissée parler.

Qu'est-ce que font vos parents ? a-t-il demandé d'une voix grinçante, en se mettant à tousser.

Alors j'ai compris qu'il avait entendu, mais que délibérément il n'accorderait à son fils rien qui ressemble à une bénédiction, ni même la moindre attention.

Harrold a quitté la pièce, il est sorti sur la véranda. J'ai entendu ses pas sur les marches et je l'ai vu, par la fenêtre, se diriger vers la plage.

J'ai répondu aux questions de son père sur ma famille, sur ma mère. Je voyais bien qu'il était déçu. Malgré son air indifférent, il avait espéré que son fils ferait un beau mariage, qu'il ferait au moins cela de bien. Il a fait signe à la gouvernante de lui remplir son verre. Je me suis demandé s'il restait là toute la journée à boire du whisky, sans bouger ou presque, dans cette maison qui ressemblait à une tombe.

Je me suis excusée, en disant que j'allais revenir. Je suis sortie pour rejoindre Harrold sur la plage, je l'ai vu qui marchait dans le sable en chaussures, ses belles chaussures qui se remplissaient de sable. Il avait les mains dans les poches de son pantalon, son veston et sa cravate flottaient au vent derrière lui. Nous avions fait des frais de toilette pour cette visite à son père. J'ai ôté mes chaussures et j'ai couru jusqu'à la plage pour lui parler, mais il ne voulait pas de ma présence, il m'a dit qu'il préférait être seul. J'ai décidé de ne pas faire attention, et j'ai couru dans le sable pour le rattraper. Le vent fouettait ses cheveux ; le soleil le faisait cligner des yeux.

Nous n'aurions pas dû venir, a-t-il dit. C'était toujours comme ça. Son père était un alcoolique.

Comme si cela excusait tout — la froideur, le mépris, la dérision. Mais non, pas entièrement.

Qu'est-il arrivé à ta mère ? ai-je demandé.

Il ne m'a pas répondu tout de suite. Il a fait demi-tour, il est allé vers une dune et il s'est assis. Il avait presque l'air comique, assis dans le sable en tenue habillée, et il m'a attendrie. Son père était quelqu'un d'affreux, mais je ne pouvais pas le dire.

Je me suis assise à côté de lui.

Brusquement, au bout d'un moment, il s'est mis à parler. Il avait dix ans. Sa mère était en train de mourir d'un cancer. Un cancer du sein. Il ignorait qu'elle était mourante. Il savait qu'elle avait été opérée, qu'elle avait fait des séjours à l'hôpital, mais elle lui avait dit qu'elle allait mieux, et il l'avait crue. Comment ne l'aurait-il pas crue ? Il n'avait que dix ans.

Ce jour précis dont il se souvenait, il était entré dans la cuisine pour chercher un verre d'eau. C'était un après-midi de chaleur. On entrait dans la cuisine par une porte battante. Il avait poussé la porte sans prendre garde, comme on fait quand on est petit, et la porte avait heurté son père dans le dos. Son père et la sœur de sa mère, qui était venue aider aux soins. Ils étaient dans les bras l'un de l'autre — et, d'après Harrold, ça n'avait rien d'une embrassade de consolation. Maintenant il pensait que ce n'avait été de la part de son père qu'un peu de pelotage, une passade sans conséquences, mais l'enfant qu'il était alors avait vu cela autrement. Il était à un âge délicat, assez vieux pour comprendre certaines choses, mais pas toutes. Il était sorti de la cuisine en courant, et il était parti dans les dunes, justement à l'endroit où nous étions. Il s'était mis à pleurer, à verser des larmes sur sa mère, sur son père, sur toute cette honte — il avait pleuré à chaudes larmes, sincèrement, comme un enfant de dix ans.

Et c'est alors, m'a-t-il dit, qu'il avait fait la seule chose vraiment terrible de toute son enfance.

Plus tard ce soir-là, croyant en quelque sorte trouver du réconfort auprès de sa mère, il lui avait à moitié raconté, ou bien il avait commencé à lui raconter, et puis tout d'un coup il avait compris qu'il ne pouvait pas, qu'il ne devait pas faire cela, mais elle avait lu sur son visage, elle en avait trop entendu, il n'avait pas pu se reprendre à temps.

Et à partir de ce jour-là, sa mère n'avait plus jamais adressé la parole à son père. Elle était morte des semaines plus tard sans reparler à son mari, et le père n'avait jamais pardonné à son fils.

C'était moi le plus coupable des deux, m'a dit Harrold en me regardant. De lui dire ça comme ça, en la blessant.

Il l'avait compris presque aussitôt et il avait voulu s'expliquer auprès de son père. Mais celui-ci était un homme très dur. Il l'avait toujours été — dur avec les siens, dur en affaires.

Ce sale type, je le déteste, partons d'ici, a-t-il dit.

Nous sommes rentrés à New York sans dire un mot. Les trois verres que Harrold avait bus au milieu de la journée ne l'avaient pas rendu ivre, mais seulement silencieux et presque renfrogné. J'étais moi aussi déçue, vous devez le comprendre. J'avais imaginé les choses autrement ; j'avais espéré que nous serions heureux, comme les autres semblaient l'être. Je ne voyais pas comment nous pourrions nous marier à l'église : à présent ça ne paraissait plus possible, mais nous allions nous marier tout de même, on ne pouvait pas faire autrement.

J'ai dit que j'irais à Chicago annoncer la nouvelle à ma mère. Je n'ai pas demandé à Harrold de venir. Je savais qu'il refuserait.

Etait-ce donc là l'explication ? La raison pour laquelle l'homme que j'aimais était si retors, si plein de hargne, si violent ? Et si c'était le cas, doit-on pour autant lui pardonner sa brutalité ?

Et alors, quelle était la cause de la violence et de la froideur du père ? Une faute commise par son propre père ? Un héritage maintenant démantelé à cause de moi.

J'essaie de vous dire la vérité. Et si je le fais, c'est pour que vous compreniez comment ça s'est passé — pourquoi je suis restée, pourquoi je voulais Harrold, pourquoi j'ai cru en nous. Plus tard, oui, j'ai eu peur de partir, c'est clair ; mais au début, quand j'aurais pu partir, quand j'aurais pu tout arrêter, je ne le voulais pas.

J'aimais Harrold, vous comprenez. Je l'aimais. Même le jour où je suis partie, même au moment où j'ai eu le plus peur de lui.

Et je me demande maintenant si c'était une maladie dont j'étais atteinte, ou si c'était la meilleure partie de moi-même.

J'ai reçu votre lettre ce matin. Je savais que vous seriez surprise d'avoir de mes nouvelles, de recevoir les notes et les écrits que je vous ai envoyés. Je vois la scène : on vous apporte le paquet à votre bureau, vous êtes intriguée en voyant la première page, vous vous demandez ce que c'est, et puis vous changez de visage quand vous voyez que tout redémarre, que finalement, votre article, vous le tenez, vous n'aurez pas fait tout ce travail dans le Maine pour rien, votre article est faisable.

Je vous vois, en jupe et chemisier blanc, vous vous êtes débarrassée de vos chaussures à cause de la chaleur. La veste de votre tailleur est dans votre dos, sur le dossier de votre chaise. Vous êtes penchée au-dessus de votre bureau, vous lisez ce que j'ai écrit. Vous avez une main sur le front, vous vous

128

concentrez à fond. Je vois vos cheveux blonds retenus par des barrettes d'écaille, retombant derrière les oreilles. Peut-être défaites-vous une barrette pour vous passer la main dans les cheveux en réfléchissant ; c'est un geste fébrile.

Et puis, au déjeuner, vous allez boire quelque chose, un verre de vin peut-être. Vous serez pleine d'idées sur la façon d'écrire cet article. A présent, vous êtes à peu près sûre d'être en couverture, vous ne pouvez pas manquer de faire la couverture. Il va falloir choisir le bon moment. C'est la date du verdict qui va vous guider. Il faut que l'article sorte avant le verdict, sinon il sera vite caduc. Vous vous dites que peut-être, c'est juste une possibilité, c'est l'article qui va vraiment faire votre carrière. Qui va vous permettre de vous élever au-dessus des autres, qui va montrer aux gens ce dont vous êtes capable. C'est une histoire dont il y a beaucoup à tirer, et vous vous dites que vous allez exploiter tout cela au mieux.

Et pourtant, je crois qu'il ne vous sera jamais possible de connaître la vérité ni de l'écrire. Car en fin de compte, votre article sera plein d'idées à vous, mises au point, forcément, au cours de sa rédaction, et il sera ensuite revu par vos supérieurs. Quant à l'article définitif qui paraîtra dans le magazine, il sera lu et perçu différemment par chaque lecteur, homme ou femme, selon sa situation dans l'existence ; alors, quand toute la presse aura fini d'étaler des inepties et que vous-même serez déjà partie interviewer quelqu'un d'autre, personne n'aura la moindre idée de ce qui m'est réellement arrivé, vous ne croyez pas ?

Nous nous sommes mariés l'hiver suivant. Ma mère est venue, et, malgré l'absence de mariage religieux, elle était radieuse. J'ai mis des fleurs dans tout l'appartement pour donner l'impression que le bonheur était dans la maison. C'est là que nous

nous sommes mariés et que nous avons reçu nos invités : des gens du magazine que nous avions conviés pour la circonstance.

Pour nos collègues, c'était un mariage étrange, qui faisait l'objet de nombreux commentaires et hypothèses : pourquoi Harrold avait-il choisi Maureen ? J'avais mis une robe ivoire, et une couronne de fleurs dans mes cheveux. Le matin, j'avais laissé ma mère me brosser les cheveux et les relever avec des peignes. Je voulais croire au rituel, je me laissais porter par l'illusion. Nous avions l'air heureux, ma mère était avec nous, le soleil entrait dans l'appartement, les gens nous prodiguaient leurs vœux, cela devait suffire.

Peu de temps après le mariage, j'ai dû aller à Los Angeles pour faire un papier. Il y avait une nappe de pétrole au large de la Californie et je faisais partie d'une équipe comprenant deux reporters et un photographe.

J'étais avec deux collègues hommes. Au motel, ils partageaient une chambre à deux, et j'avais la chambre voisine. Mais nous circulions librement d'une chambre à l'autre pour partager nos plats à emporter, discuter de notre papier ou regarder la télévision, jusqu'à ce qu'il soit l'heure d'aller se coucher.

Un soir Harrold m'a appelée au téléphone. Robert, le photographe, était dans ma chambre en train de noter ce que je voulais qu'il me rapporte du restaurant chinois du coin. En sortant, il m'a dit de loin que je ne lui devais rien, que c'était son tour de payer. Harrold a entendu sa voix et m'a demandé : C'est Robert ? J'ai répondu que oui. Il m'a dit : Qu'est-ce qu'il fait dans ta chambre ? Je me suis mise à rire. Ce n'était sans doute pas ce qu'il fallait faire. Je n'aurais pas dû rire. J'ai senti sa voix devenir de glace. Harrold, qu'est-ce que tu as ? ai-je demandé. Rien, a-t-il dit. Je connaissais ce *rien*. Il répondait toujours ainsi quand il était furieux et ne voulait pas parler. A ce moment-là, j'ai envenimé les choses en essayant de lui expliquer, en disant : Robert et Mike sont tout le temps ici. On dîne ici ensemble. C'est tout. Arrête tes bêtises.

Arrête tes bêtises.

Bien, a-t-il dit.

Je suis arrivée à La Guardia avec du retard, j'ai pris un taxi pour rentrer à l'appartement. Il n'était pas couché, il m'attendait, assis dans un fauteuil dans la chambre. Il y avait une bouteille sur la table. Il avait bu, beaucoup apparemment. Il s'est levé, hésitant, et il s'est approché de moi. Harrold, ai-je dit.

Avec lequel est-ce que tu as couché ? m'a-t-il demandé en venant plus près.

J'ai levé les mains. Je me souviens de cela, j'ai levé les mains. J'ai dit : C'est ridicule, d'une voix un peu tremblante qui laissait penser que j'essayais de m'esquiver. Il me culpabilisait, alors que je n'étais pas coupable. Harrold, ai-je dit, en reculant vers le mur. Pour l'amour du ciel.

Il m'a prise par les épaules et il m'a secouée. Ces voyages, je sais ce que c'est, a-t-il dit. Je sais comment ça se passe.

Qu'est-ce que ça veut dire ?

Ça veut dire que je sais comment ça se passe.

J'ai levé les bras, j'ai repoussé ses mains. Je lui ai dit : Tu es fou ; tu as bu. Je me suis retournée, comme si j'allais sortir. Je voulais quitter la pièce, fermer la porte.

Etait-ce le fait de lui dire qu'il était fou, ou de l'accuser d'avoir bu, je ne sais pas, mais j'avais prononcé le mot magique, j'avais mis le feu aux poudres. Il m'a attrapée par les cheveux et m'a tiré la tête en arrière. Je n'arrivais pas à croire à ce qui m'arrivait. Comme au ralenti, j'ai vu sa main décrire un arc de cercle avant de me frapper à la tête sur le côté. Je suis allée m'écraser contre le mur, et j'ai couvert mon visage avec mon bras. Je me suis affalée par terre.

Je n'ai plus bougé. Je suis restée complètement immobile, n'osant même pas respirer.

J'ai entendu une voix au-dessus de moi. *Bon Dieu*, a-t-il dit en tapant sur le mur. Son poing est passé à travers le carreau de plâtre.

Je l'ai entendu attraper sa veste et ses clefs. J'ai entendu la porte se fermer.

Il n'est pas revenu à l'appartement ni au magazine pendant trois jours. Je l'ai couvert en disant qu'il était malade. J'ai dit qu'à l'aéroport le chauffeur de taxi avait ouvert la portière au moment où je me penchais et que j'avais pris la portière en plein visage.

Une fois qu'on se met à mentir, à partir du moment où on ment pour le couvrir, on est dans le même bateau que lui, et on est perdue.

Je veux vous raconter une chose dont j'ai été témoin à Saint-Hilaire. C'était à Machias en fait, pendant que je faisais mes courses chez A & P. Caroline était dans son couffin à l'avant du chariot ; j'étais au rayon des fruits et légumes, je comptais des oranges, et j'ai entendu un petit esclandre derrière moi. Je me suis retournée pour regarder et j'ai vu une femme qui marchait vite, et avec elle il y avait un petit garçon de six ou sept ans. Il pleurait, il essayait de la rattraper et de lui prendre la main. Elle était courtaude et trop grosse. Elle avait un manteau trois-quarts écossais et un foulard à fleurs. Tout en marchant, elle lui disait d'un ton méchant : C'est toi qu'as perdu cet argent ; viens pas pleurnicher maintenant. Y aura pas de gâteries cette semaine. J'te donne un billet d'un dollar à tenir et tu le perds.

Elle était en rage, elle refusait de le regarder.

Alors il s'est mis à courir un peu plus vite et il lui

a pris la main. Elle a fait volte-face et elle a secoué sa main pour qu'il la lâche, comme si elle avait là une vipère, ou un serpent. Ne me touche pas la main ! a-t-elle hurlé en s'éloignant de lui.

Il l'a suivie ; où serait-il allé ? Je savais ce qu'il pensait. Il fallait qu'il la récupère, qu'il s'arrange pour qu'elle l'aime de nouveau, sinon c'était tout son univers qui allait s'écrouler.

Il avait une vieille veste d'hiver en lainage, d'un bleu marine passé, héritée d'un frère aîné peut-être, les cheveux coupés très court d'une façon peu seyante, et le nez qui coulait. Il a tourné à l'angle de la travée pour la suivre, et je l'ai perdu de vue.

J'ai fait mes provisions d'épicerie, je suis passée à la caisse, et je suis allée au parking pour les déposer dans la voiture. A côté de ma voiture, il y avait un break cabossé, rouillé à certains endroits par l'air marin. L'homme qui était à l'intérieur mâchonnait une cigarette. Il avait le cheveu un peu rare et gras et des rouflaquettes brunes qui descendaient presque jusqu'à la mâchoire. Il attendait dans la voiture pendant que la femme et le petit garçon que j'avais remarqués faisaient les courses. Il était à la place du conducteur, et il écoutait l'histoire que lui racontait sa femme par bribes, en faisant beaucoup de gestes — dont certains, de colère, s'adressaient au petit garçon à l'arrière. Celui-ci était assis en biais dans l'espace à bagages, son capuchon ramené sur sa tête. Il pleurait en reniflant, le visage penché au-dessus de ses genoux.

Le père criait : Nom de Dieu de bon Dieu, qu'est-ce qui t'a pris de donner l'argent au gosse ? T'es débile ou quoi ? Bien fait pour toi s'il l'a perdu.

Après cela, il a fait entendre une sorte de sifflement de dégoût et il a mis la clef de contact.

Sa femme a détourné la tête, distraitement, de mon côté. Elle ne m'a pas regardée ; elle regardait le mur de brique. Mais j'ai tout compris en voyant son visage : ce mélange de colère et de résignation, ce désir de se répandre en invectives, en même temps que d'avoir la paix. Elle était épuisée, vidée. Elle détestait l'homme qui était à côté d'elle, mais elle ne serait jamais capable de le lui dire ; au lieu de quoi elle déversait sa fureur sur le petit garçon à l'arrière de la voiture.

J'ai longtemps pensé que, comme cette femme, je ne serais jamais libre — que la liberté était comme ce point lointain qu'on n'atteignait jamais au bout de la voie de chemin de fer.

Le quatrième jour, Harrold est retourné travailler et, le soir, il est rentré à la maison. Je ne savais pas où il était allé, et il ne me l'a pas dit. Déjà, j'apprenais à être prudente, à ne pas poser certaines questions, à ne pas utiliser certains mots. Il a dit que ça ne se reproduirait plus jamais, et je l'ai cru. Il était contrit, et il s'est expliqué — je ne sais si l'explication était pour moi ou pour lui-même. Il m'a dit que la seule idée de me savoir avec un autre homme le rendait fou. Et puis il avait bu. Il boirait moins désormais, mais il refusait d'admettre qu'il était alcoolique : *il n'était pas comme son père.* Pas comme son père.

Et je devais garder tout cela pour moi. Je devais promettre de ne le dire à personne.

Je ne suis pas retournée en reportage. J'ai trouvé des prétextes pour le magazine. J'ai dit que j'avais le mal des transports, que ça m'était difficile de voyager en voiture ou en avion. Si je ne me déplaçais plus, je pourrais tout de même continuer à travailler un peu, mais ma carrière en pâtirait : je ferais du rewriting, c'était fini pour le reportage. Je ne signerais plus les articles.

Il ne m'a plus battue pendant plusieurs mois ; mais il y a des façons d'abuser d'une femme qui ne sont pas d'ordre physique. Ces autres formes de violence étaient parfois pires que d'être battue. C'était plus insidieux, et il était très habile. Je ne comprenais pas toujours très bien, et je crois que lui non plus. C'était chez lui quelque chose d'irrépressible.

C'est presque une délivrance de se faire battre. Cela donne un certain pouvoir, car il ne peut pas nier ce qu'il a fait. Il ne peut que menacer davantage, et il ne va pas s'en priver, mais il a perdu un peu de son pouvoir. Car alors il est entendu, même si vous ne le faites jamais, que maintenant vous pourriez aller à la police ou raconter la chose à quelqu'un et dire : Regardez ce qu'il m'a fait. Mais quand la violence ne laisse pas de traces visibles, personne ne sait. Cette violence-là est quelque chose de plus intime encore que l'amour physique, et personne n'en parle. C'est le plus obscur de tous les secrets, celui qui vous lie l'un à l'autre.

Notre vie de couple suivait un certain schéma. Nous nous rapprochions l'un de l'autre pendant un ou deux jours, ou même une semaine, et alors j'avais bon espoir, je me disais qu'à présent le pire était passé, et que nous allions être heureux et avoir des enfants. Et puis un jour, parce qu'il avait un article difficile à écrire, ou parce que j'avais parlé un peu vivement ou élevé la voix, ou parce qu'il y avait dans l'air des vibrations contraires — allez savoir — nous nous éloignions l'un de l'autre, et cet éloignement me faisait peur et me rendait distante, ce dont il s'apercevait et qu'il trouvait déplaisant. Soudain tout ce qui me concernait était sujet à critique. Je devenais acerbe, disait-il. Ou bien c'étaient les autres qui me trouvaient cassante. Il faudrait que j'apprenne à rire un peu plus, à me détendre. De quoi qu'il s'agisse, j'avais des milliers de défauts. Une quantité vertigineuse de défauts. C'était parce qu'il m'aimait qu'il me critiquait tant, disait-il quand je demandais des explications. Parce qu'il tenait tellement à moi.

Et pendant ces moments d'éloignement, ma

fureur ne faisait que croître, de sorte que ses reproches étaient comme une prédiction qui se réalise. C'était vrai, j'étais cassante, je riais rarement. La fureur corrodait la joie, gâchait la vie. Il est fallacieux de penser que la colère vous rend plus fort. C'est comme une marée qui se retire, qui vous laisse épuisé.

Ainsi y avait-il dans notre vie ce mouvement de flux et de reflux : un détonateur quelconque, ma fureur, et lui qui me disait sur le ton du sarcasme : *Tu te vois ?* Les larmes, mon silence.

A ce moment-là, je me suis dit que j'allais le quitter. J'ai réfléchi à l'endroit où je pourrais aller et à la manière de m'y prendre.

Maintenant je me dis que, si je n'étais pas tombée enceinte, je l'aurais quitté en effet.

J'ai fait le test un matin, mais j'ai attendu le soir pour annoncer la nouvelle. J'avais l'espoir que ma grossesse mettrait fin à jamais à notre éloignement.

J'avais acheté une bouteille de champagne ; il y avait un temps fou que nous n'en avions pas bu. J'ai préparé sciemment un dîner qui lui plaisait, j'ai mis des bougies sur la table. Il a compris tout de suite, en voyant la table, qu'il y avait quelque chose d'extraordinaire, et il a demandé : De quoi s'agit-il ? Et je lui ai dit : Nous allons avoir un bébé.

Alors il m'a embrassée et il a mis la main sur mon ventre. Il a paru heureux. Je me suis moi aussi sentie emportée par une vague de bonheur : tout irait bien ; j'appellerais ma mère après le dîner. Il a débouché le champagne, et nous avons levé nos verres pour célébrer l'événement.

Je ne voulais pas boire beaucoup, alors il a eu la bouteille pour lui tout seul. Pendant le dîner, il m'a demandé ce que je comptais faire pour mon travail, et j'ai dit que j'arrêterais en temps voulu. Alors il a dit : Et nous ? et j'ai répondu : Ça va aller mieux maintenant — un enfant, ça rapproche. J'ai vu son front s'assombrir, mais ça ne m'a pas paru anormal : c'était tout naturel de paraître un peu soucieux à l'arrivée d'un enfant.

J'essuyais la vaisselle à la cuisine en pensant à la façon dont j'allais annoncer la nouvelle à ma mère quand tout d'un coup je l'ai vu debout dans l'embrasure de la porte. Il avait mis un T-shirt. Il buvait autre chose à présent ; il avait fini le champagne pendant le dîner. Il m'a dit : Viens au lit.

Je n'en avais pas envie ; j'avais d'autres choses à faire. J'avais toutes sortes de projets, et je voulais annoncer la nouvelle à d'autres gens. Mais je me suis dit : Il a besoin qu'on s'occupe de lui ; j'appellerai ma mère plus tard.

Je me suis assise au bord du lit et j'ai commencé à déboutonner mon chemisier. Je m'attendrissais sur moi-même. Vous allez trouver ça comique, mais je me voyais comme un vase fragile, et je me disais qu'il fallait que je sois prudente. Ce sentiment d'être dans un état particulier était délicieux, et je m'en délectais, tout en défaisant mon chemisier lentement, rêveusement, en pensant non pas à Harrold, mais au fait d'avoir un enfant, de le porter à l'intérieur de moi.

Et puis j'ai levé les yeux, et il était là debout au-dessus de moi. Il était encore habillé, mais il était furieux. Il avait le regard noir, vitreux. J'ai posé les mains derrière moi sur le lit pour reculer, mais il m'a attrapée par mon chemisier pour m'en empêcher.

Je ne vous dirai pas ce qu'il m'a fait ; vous pouvez vous passer des détails. Sachez seulement qu'il m'a poussé le visage sur le côté avec sa main comme pour l'effacer, et qu'il m'a prise avec férocité, comme s'il voulait faire disparaître l'enfant de mon corps. Quand il a eu fini, je me suis recroquevillée de mon côté du lit et, toute la nuit, j'ai attendu le moment où j'allais perdre le bébé. Mais (forte comme elle est) ma fille ne m'a pas quittée.

Le lendemain matin, il m'a enveloppée dans des couvertures et il m'a prise dans ses bras, il m'a apporté du thé et des toasts, et il a décidé que nous allions appeler ma mère à présent. Et au magazine, comment allions-nous leur annoncer cette grande nouvelle ?

Cela a recommencé quatre ou cinq fois pendant que j'étais enceinte. Je ne comprenais pas, et je ne comprends toujours pas pourquoi ma grossesse le rendait si furieux — alors même qu'il prétendait le contraire, disant qu'il n'avait jamais été aussi heureux. Peut-être se sentait-il remplacé, ou peut-être que je lui échappais pour de bon, je ne sais pas.

Il ne s'acharnait sur moi que lorsqu'il avait bu. Il rentrait tard après avoir traîné au bar, et il me faisait peur. Je prenais soin de me tenir à l'écart, mais parfois ça ne servait à rien. A un moment de la soirée, d'une façon ou d'une autre, je prononçais un mot ou une phrase qui le mettait en fureur, et il me brutalisait en m'emmenant dans la chambre. Après, il s'en repentait toujours et il se montrait soucieux de mon bien-être. Il m'apportait des choses, il me faisait des promesses.

Je crois qu'il ne pouvait pas se retenir. Je lui avais ouvert une porte qu'il ne pouvait pas refermer. Il me semble que parfois il cherchait désespérément à la fermer, mais il n'y arrivait pas. Tout en essayant de se contrôler, il perdait le contrôle de lui-même. Il s'en défendait, ou plutôt il essayait de s'en défendre. Il était comme un alcoolique qui cache des bouteilles dans un placard ; il supprimait les pièces à conviction. Si je n'avais pas de marques visibles sur le visage, les bras ou les jambes, c'est qu'il ne m'avait rien fait. Voilà comment nous vivions. Une fois, en me voyant sortir de la douche le matin, il m'a demandé si j'étais tombée.

J'ai commencé à prendre des journées de congé quand je ne pouvais pas aller au bureau. Et puis j'ai prétexté de ma grossesse pour ne plus y retourner du tout.

En février j'étais enceinte de cinq mois. Le médecin chez qui je suis allée m'a demandé : Qu'est-ce que c'est que ça ? C'était tout noir, comme une traînée de peinture bleu-noir sur ma cuisse. J'en avais une autre sur la fesse, en dessous, mais celle-là il ne pouvait pas la voir. J'ai dit que j'étais tombée sur la glace, sur les marches de mon immeuble, et il m'a regardée. Si je retombais, a-t-il dit, il faudrait l'appeler tout de suite. Pour s'assurer que le bébé n'avait pas de mal. Après cette visite-là, je ne suis pas retournée le voir pendant un moment. Je ne voyais pas comment lui dire que j'avais glissé encore une fois.

Vers la fin de ma grossesse, Harrold ne m'a plus touchée. J'ai grossi, j'ai pris beaucoup de poids, et je crois qu'il me trouvait effrayante. Pendant ces deux mois, pour la première fois, je n'ai rien eu à craindre de lui. Je ne travaillais plus. Je restais à la maison. Ou bien j'allais marcher dans le parc et je parlais à l'enfant. Ce que je lui disais surtout c'est que je ne voulais pas que ma grossesse prenne fin. Je murmurais tout bas : Reste dans mon ventre, reste à l'intérieur de moi.

Harrold était souvent absent, il avait à faire. Il partait pendant plusieurs jours, et puis pendant des semaines. Il disait qu'il ne devrait pas s'en aller, qu'il devrait être là pour la naissance du bébé. Il y avait moins de risques à rester seule, je le savais, alors je lui ai dit : Ne t'en fais pas pour moi, j'ai des amis pour m'aider.

Je suis allée voir une femme psychiatre. Je lui ai dit ce qui se passait. Mais d'une manière voilée, avec prudence. Elle m'a dit : Vous avez des désirs.

Je l'ai regardée.

139

C'était donc ça ?

Elle est restée muette. Elle attendait que je parle.

Alors j'ai demandé : Est-ce que c'est mal d'avoir des désirs ?

J'ai commencé à avoir des contractions dans la nuit, c'était en juin. Une nuit très chaude, douce et parfumée ; j'avais toutes les fenêtres ouvertes pour avoir de l'air. Harrold était parti loin, à Londres, pour un reportage. J'ai pris ma montre et j'ai compté les contractions, et puis j'ai attendu le matin pour pouvoir téléphoner à la personne qui occupait l'appartement voisin. Elle est venue tout de suite, elle m'a appelé un taxi et elle m'a accompagnée à l'hôpital. Je ne la connaissais que pour la voir en passant, mais je l'avais réservée pour ce jour-là. Dans le taxi, elle me tenait la main, cette femme que je connaissais à peine, et elle criait au chauffeur d'aller doucement. Elle m'a demandé : Vous n'avez pas de problèmes ? J'ai cru qu'elle parlait du bébé, alors j'ai fait signe que non.

Et puis elle a dit : Quelquefois je me demande...

Je l'ai regardée.

Elle s'est arrêtée là en secouant la tête.

A l'hôpital, elle m'a dit au revoir. Je lui ai dit que je lui téléphonerais. Et votre mari ? m'a-t-elle demandé. J'ai dit qu'il rentrait, qu'il était en route.

Dans le box voisin du mien, il y avait une femme — mais ça, je vous l'ai déjà raconté.

Je n'ai pas été en travail trop longtemps. Douze ou treize heures. Il paraît que c'est la durée moyenne. Quand ma fille est arrivée, on me l'a posée sur la poitrine, et elle a levé les yeux vers moi.

Quand je suis rentrée de l'hôpital, au début, il m'a semblé que Harrold était un autre homme, et j'ai eu bon espoir. Il était plus calme ; il ne buvait pas. Il rentrait du bureau de bonne heure. Il prenait le bébé dans ses bras et lui donnait le biberon, et parfois il se contentait de le regarder. Quand l'enfant se réveillait la nuit, il se promenait avec elle dans l'appartement jusqu'à ce qu'elle se rendorme. Il avait sans doute l'impression qu'elle était sienne — une chose de plus en sa possession. C'est ce qu'il disait en fait quand il l'appelait *ma fille*, mais à ce moment-là je ne l'entendais pas de cette façon, je croyais que c'était par amour et par fierté.

Quand ma mère est venue me voir, elle a trouvé que j'avais beaucoup de chance d'avoir à la fois Caroline et Harrold, et quand elle a dit cela, j'ai pensé : Oui, je trouve aussi, me voici à la tête d'une famille maintenant, et tout ira bien. Le passé est derrière moi, je ne dois plus y penser désormais.

Caroline avait six ou sept semaines. C'était en août, il faisait très chaud et humide. Harrold était à la maison depuis trois jours. C'étaient ses vacances, mais nous n'étions pas partis ; nous avions décidé que ce serait trop tôt pour voyager avec le bébé. Il y avait un ventilateur qui tournait doucement à la fenêtre, je me souviens, et il avait pris un verre, quelque chose de pétillant avec beaucoup de glace, et puis un autre, au milieu de l'après-midi. Je me suis dit : Après tout il est en vacances ; si nous étions dans une maison à la campagne, nous prendrions sans doute l'apéritif.

Mais la boisson lui a donné des envies. Nous n'avions pas eu de rapports depuis plusieurs mois. Il m'a demandé : Est-ce qu'on peut maintenant ? et j'ai fait signe que oui. Il me semblait que j'étais prête à le retrouver. Il a fait un signe de tête du côté de la chambre et j'y suis entrée. Le bébé était dans un berceau dans l'entrée, endormi.

Nous avons commencé tout doucement, il faisait attention à ne pas me faire mal ; j'étais rêveuse, alanguie, je me disais : Après un enfant, tout recommence, ça va être un nouveau début.

Et alors, le bébé s'est mis à pleurer.

En soupirant, j'ai dit qu'il fallait que j'aille voir. Je me suis redressée, mais il m'a pris le bras et m'a dit de ne pas bouger.

Laisse-la pleurer, ne fais pas attention à elle, a-t-il dit.

Impossible. Ça n'est pas bien, ai-je répliqué. Il me tenait le bras fermement et ne voulait pas me laisser partir.

Elle gémissait maintenant. Harrold, ai-je supplié.

Brusquement il s'est mis en colère, il était furieux après moi. Le bébé, toujours le bébé, tu ne penses plus qu'à ça.

Il ne voulait pas me lâcher.

Ça a été pire que les autres fois, bien pire, et de loin. Car les autres fois, j'étais seule en cause et, s'il le fallait, je pouvais supporter. Mais cette fois, il y avait le bébé qui pleurait dans l'entrée, qui pleurait encore et encore, et moi qui ne pouvais pas bouger. Jamais, jamais de ma vie je ne pourrai vous expliquer ce que j'ai ressenti alors.

Après cela, tout s'est défait entre nous. Ma voix s'est aigrie, tout ce que je disais avait un ton aigre. Je me souviens de lui avoir crié, debout dans l'encadrement de la porte : *Je te hais*, sans me soucier des conséquences de mes paroles. J'avais Caroline dans les bras, et je me disais : Elle entend cela.

Il est devenu atrocement jaloux ; il se figurait que je voyais d'autres hommes pendant qu'il allait travailler. Il buvait beaucoup tous les jours ; il commençait par des Martini au déjeuner et, en quittant le magazine le soir, il allait dans des bars. Il ne supportait pas d'être réveillé la nuit, et si Caroline pleurait, j'étais obligée de la faire taire aussitôt — j'avais peur qu'il ne la frappe elle aussi. Je me suis mise à souhaiter qu'il voyage davantage, qu'il parte pendant des semaines, pour pouvoir réfléchir, mettre mes idées au clair, mais il voyageait moins que jamais. Il était persuadé que s'il partait je m'en irais avec un autre. Je me suis mise à espérer qu'il mourrait dans un accident d'avion. A ce moment-là, je ne voyais que cette solution pour me débarrasser de lui.

Il buvait tellement, et peut-être aussi avait-il des problèmes graves ignorés même de moi, que son travail a commencé à s'en ressentir. On lui a supprimé un papier sur lequel il travaillait, et puis il a perdu une couverture. Il y avait un nouveau venu au magazine, et c'était lui qui avait la cote maintenant semblait-il. Il s'appelait Mark ; vous le connaissez peut-être. Harrold parlait de lui quelquefois, sur un ton sarcastique, et je savais que cet homme était un danger professionnel pour Harrold.

Jusque-là, Harrold avait toujours écrit avec beaucoup de facilité, mais à présent il semblait avoir perdu la main. Il m'en rendait responsable ; il prétendait que mes remarques constantes l'empêchaient de se concentrer, que le fait d'être réveillé la nuit l'épuisait et ruinait sa carrière.

Curieusement, malgré moi, ce qui arrivait à mon mari m'attristait. Tout s'écroulait trop tôt, et il n'y pouvait rien.

En octobre, il y a eu des troubles au Québec, et il a été obligé de partir à Montréal. Il s'était arrangé pour n'être absent que deux nuits, mais il fallait absolument qu'il parte. J'ai vu là ma chance. J'ai été gentille avec lui toute la semaine qui a précédé son départ. Il fallait que je m'arrange pour qu'il parte, pour le persuader que je serais fidèle, que je ne m'enfuirais pas. Cette semaine-là, j'ai joué les gamines douces et soumises, et je me suis forcée, autant qu'il m'était possible, de lui faire du charme. On pourrait croire que cela aurait éveillé ses soupçons, mais non, car il était persuadé qu'un jour je reviendrais à de meilleurs sentiments, que je tournerais la page, et il attendait ce moment-là. Il pensait sans doute que j'avais cédé finalement, que j'avais reconnu mes erreurs. Quand il est parti, je l'ai embrassé en lui disant : Reviens vite.

Lorsqu'il a été parti et que j'ai été bien sûre qu'il était dans un avion pour Montréal, j'ai fait ma valise et j'ai appelé un taxi. A l'aéroport j'ai pris un billet pour Chicago et, dans l'avion, j'ai tenu le bébé dans mes bras pendant tout le voyage. Et puis j'ai pris le train pour la petite ville où j'avais grandi. J'ai remonté la rue étroite jusqu'au bungalow de ma mère avec Caroline et ma valise.

Quand ma mère est rentrée de son travail, je me suis écriée : Une surprise ! J'ai prétendu que j'avais fait un caprice, que j'avais eu envie de venir à la maison. J'ai dit que Harrold était en reportage et que j'en avais assez de rester seule. Elle m'a crue ; elle n'avait pas de raison de mettre mes paroles en doute. Je ne supportais pas que ma mère puisse penser que tous ses rêves partaient en fumée.

Je ne sais pas ce que j'avais imaginé.

Je croyais peut-être que le lendemain ou le surlendemain il me viendrait une idée. Ou qu'alors je serais capable d'expliquer à ma mère que mon mari et moi avions des difficultés et que j'avais besoin de temps pour réfléchir. Je ne sais plus. Rétrospectivement, cela paraît bien naïf d'avoir choisi la maison de ma mère comme refuge. Logiquement, pouvais-je me réfugier ailleurs ? Il le savait bien. Il l'a compris immédiatement, dès qu'il a ouvert la porte et trouvé l'appartement vide.

Il a téléphoné. C'est ma mère qui a répondu. Je ne pouvais pas lui demander de ne pas répondre au téléphone chez elle. Elle avait la voix claire, pleine de bonheur ; elle m'a dit : C'est Harrold !

Je lui ai pris l'appareil.

Sans doute avais-je espéré qu'en rentrant à l'appartement et en voyant que je n'y étais plus il prendrait lui aussi le temps de réfléchir. Peut-être après tout ne serait-il pas fâché de ce répit. J'avais agi, je m'étais extirpée de ce lien terrible qui nous unissait, et du même coup je l'avais libéré. Peut-être en serait-il reconnaissant.

Sa voix était de glace, claire et décidée. Si tu ne rentres pas immédiatement, m'a-t-il dit, je viendrai te chercher. Si tu te sauves, je te retrouverai. Si tu m'enlèves mon enfant encore une fois, non seulement je te retrouverai mais je te tuerai.

Pendant qu'il prononçait ces mots, je regardais ma mère et elle me souriait en tenant le bras de Caroline et en lui montrant comment me faire signe avec son bras. Elle disait à ma fille : Papa, papa, c'est papa au téléphone !

Je vous vois d'ici hocher la tête. Vous n'en revenez pas ; vous ne comprenez plus. Vous trouvez que, si Harrold était fou, il y avait aussi quelque chose qui n'allait pas de mon côté. Pourquoi suis-je revenue ? Pourquoi n'ai-je pas appelé la police ?

Oui, pourquoi ?

J'ai cru qu'il me tuerait si je ne revenais pas. Ou bien je n'ai pas pu dire la vérité à ma mère. Ou alors j'ai pensé que je n'avais pas le droit de lui enlever son enfant. Ou peut-être que, pour d'obscures raisons, je l'aimais encore.

Toutes ces raisons sont vraies.

Quand je suis rentrée à l'appartement, il a considéré que j'avais totalement capitulé. Il m'a punie de m'être enfuie, de l'avoir trompé en faisant du charme la semaine précédente, de lui avoir volé son enfant. Il me brutalisait, ou bien il n'était que froideur ou sarcasme.

Tu te vois ? me disait-il.

Je sortais rarement. Je ne discutais au téléphone qu'avec ma mère, et tout ce que je lui disais était faux.

Je ne vous ai pas encore parlé de cet endroit où je suis. Je crois que ça s'impose, même s'il n'y a pas grand-chose à en dire.

Quand je suis arrivée ici, on m'a soumise à une fouille corporelle. On a pris mes empreintes digitales et ma photo.

Il y a une autre prisonnière dans ma cellule, mais elle n'est pas gênante. Elle a été jugée coupable d'avoir poignardé son oncle, qui était son souteneur. A présent elle accorde ses faveurs à des femmes en échange de grandes quantités de tranquillisants et elle purge sa peine en dormant. Les gardiens le savent mais ils ferment les yeux. Une prisonnière qui dort tout le temps facilite la surveillance.

Je bénéficie donc d'une espèce de solitude dans ma cellule mais, dans ce quartier de la prison, le bruit est assourdissant. Je crois que c'est ce qui m'est le plus pénible, le bruit. Même la nuit, on entend parler, appeler, rire, crier. On nous force à dormir avec la lumière allumée. Je n'ai pas encore trouvé le moyen d'échapper à tout ce bruit et à toute cette lumière, mais je découvre que cela m'aide d'écrire. En écrivant, je crée une sorte de mur qui fait barrage.

Je suis enfermée ici avec des femmes qui ont volé ou qui sont des droguées, mais elles ne me font pas peur. C'est le personnel qui me fait peur. Les gardiens me tiennent en leur pouvoir ; tout ce que je fais dépend d'eux.

Les femmes qui attendent d'être jugées ou qui purgent leur peine vivent en suspens, en quelque sorte, comme au purgatoire ou dans les limbes. Aux repas ou dans la cour, on demande : Tu as des nouvelles ? ou bien : On t'a donné une date ?

En juin, le jour de son anniversaire, ils m'ont amené Caroline. Elle marchait. Je ne l'avais pas vue faire ses premiers pas, alors, j'avais beau être fière qu'elle marche et la regarder venir jusqu'à la table et se jeter dans mes bras, ça m'a fendu le cœur. Je voyais bien qu'elle ne me reconnaissait pas vraiment.

Ils avaient apporté un gâteau et j'avais un cadeau pour elle, une poupée que j'avais faite avec des bouts de tissu et du fil. Nous avons chanté en son honneur et je lui ai donné des petits morceaux du gâteau à manger. Ils étaient tous autour d'elle à dire : Donne un baiser à ta maman. C'est ta maman, Caroline. J'avais envie qu'ils nous laissent toutes les deux, mais je savais qu'ils ne s'en iraient pas, que c'était impossible.

Est-ce que ça valait vraiment la peine ? allez-vous me demander. Et je vous répondrai : Comment cela vaudrait-il la peine d'aller en enfer pour se libérer, et d'y perdre sa fille ?

Je vous répondrai aussi que je n'avais pas le choix.

C'était la première semaine de décembre et le magazine donnait un cocktail pour le départ du rédacteur en chef. Il y avait presque un an que je n'étais pas retournée au bureau. J'ai demandé à Harrold : Tu crois que je devrais y aller ?

Après un instant de réflexion, il m'a dit : Pourquoi pas ? Allons faire admirer le bébé.

Je me suis acheté une robe pour l'occasion, une robe noire à col montant et jupe longue, et j'ai mis à Caroline une robe de velours rouge que ma mère lui avait envoyée pour les fêtes. Je me suis coiffée avec les cheveux relevés, tenus par des peignes en strass, et quand je me suis regardée dans la glace avec Caroline dans les bras, je me suis dit : On ne s'imaginerait jamais.

Harrold m'avait donné la consigne d'amener Caroline au bureau à cinq heures, pour le début de la réception. A cinq heures moins le quart, je l'ai mise dans le couffin et j'ai pris la voiture pour aller dans le centre, au siège du magazine. Quand je suis arrivée au dix-neuvième étage, Harrold était occupé à terminer quelque chose, mais il est sorti de son bureau et il m'a souri. Il m'a souri. Il a passé un bras autour de mon épaule d'un geste de propriétaire, et puis il m'a pris des bras le bébé. Les gens sont sortis de leur box ou de leur bureau pour venir me dire bonjour. Harrold, Caroline et moi avons fait le tour des lieux dans une sorte de cocon lumineux, et j'étais consciente de l'image que nous donnions — un époux plein de fierté accompagné de sa radieuse épouse et de sa fille. On souriait, on riait, on faisait des plaisanteries faciles sur le fait que j'étais passée des articles à remettre en temps et en heure aux couches de bébé, et Caroline aussi était tout sourires. Je me suis dit — je m'en souviens : Après tout, c'est en partie vrai. Nous *aurions pu* être ce couple-là.

Il y avait là beaucoup de gens, la plupart des visages m'étaient familiers, certains m'étaient inconnus. Et puis nous sommes tous passés doucement du côté de la salle où un buffet était dressé, et vous êtes venue vers nous. Harrold a fait les présentations et vous m'avez serré la main. J'ai d'abord été frappée par votre taille — vous devez bien mesurer un mètre soixante-douze ou soixante-quinze — et puis par votre robe. C'était une robe chemisier kaki, je me rappelle, ceinturée, et je me suis dit que c'était le genre de robe à porter en safari, en Land-Rover, en Afrique dans la brousse. Elle vous allait bien. Vous avez pris le bébé, et Harrold est allé nous chercher à boire.

Je me demande à présent si vous avez remarqué quelque chose. Est-ce que vous avez compris ?

Avons-nous parlé ensemble ? Quelques mots, peut-être, à propos du bébé, mais ensuite vous vous êtes éloignée, et un homme que je n'avais encore jamais vu est venu me saluer. Il s'est présenté, il s'appelait Mark. Il était grand et mince, il avait les yeux bleu clair et les cheveux blonds. Il portait des lunettes cerclées d'or. Je le trouvais séduisant. Nous

nous sommes mis à parler. Il m'a dit qu'il connaissait mon mari, qu'il admirait son travail, qu'il savait que j'avais moi aussi travaillé au magazine à une époque. J'étais encore tout à l'ivresse de cette illusion que nous donnions, Harrold et moi, et peut-être que je riais — peut-être même que j'ai touché Mark sur la manche en faisant une plaisanterie ou en racontant quelque chose — quand Harrold est arrivé avec des verres. Il avait traversé l'assistance en souriant tranquillement, acceptant les compliments qu'on lui faisait sur sa fille, mais quand il m'a vue là avec Mark il s'est arrêté. Je ne le regardais pas, mais je le sentais me fusiller du regard. J'ai eu le tort de me tourner vers lui pour lui faire signe de nous rejoindre.

Un verre dans chaque main, il ne bougeait pas. Ce jour-là, il avait un blazer bleu et une cravate à rayures foncées, je me rappelle, et il l'avait desserrée. Ses yeux étaient comme deux ronds profonds, fixés sur moi. Il s'est avancé, ignorant Mark. Il m'a tendu mon verre et il m'a dit : Va chercher le bébé. Je veux qu'il soit dans tes bras.

Mark a paru comprendre et il s'est écarté, ou peut-être a-t-il vu quelqu'un d'autre à qui parler, et quand il a été parti, Harrold m'a dit : Je te laisse une minute, et tu es déjà en train de courir après un type.

Je n'ai rien répondu. Je n'aurais pas commis l'erreur de répondre. Je savais parfaitement ce que je devais faire : garder le bébé dans mes bras et ne parler qu'à des femmes jusqu'à ce que Harrold me remmène à la maison, et alors, peut-être, avec un peu de chance, il ne penserait plus à ce qu'il avait vu, ou cru voir.

Manque de chance. C'étaient des hommes qui venaient me trouver, me parlaient, certains m'embrassaient ; c'était tout naturel. Je ne les avais pas vus depuis un an ou presque. C'étaient des amis — même pas des amis, de simples connaissances

—, mais Harrold ne voulait pas le savoir. A chacun de ces hommes qui s'approchaient de moi, j'avais envie de dire : Voilà qui scelle mon sort, mais naturellement je ne pouvais pas leur expliquer. J'ai attendu une demi-heure, et alors j'ai dit à Harrold que je ferais mieux de m'en aller. Il m'a dit : Oui, va.

Je me suis excusée, en prétendant auprès de tous ceux qui s'étonnaient que je devais aller coucher le bébé. Je suis rentrée avec la voiture, j'ai monté Caroline à l'appartement, je me suis changée, je lui ai donné le sein et je l'ai couchée dans son berceau dans sa chambre. Je me suis servie à boire ; j'avais peur. Je savais que Harrold était furieux, qu'il allait trop boire, et qu'il allait rentrer d'une humeur aussi noire que le regard qu'il m'avait lancé. J'ai bu un autre verre et je me suis demandé : A présent, où diable pourrais-je bien aller ?

Il était plus de minuit quand il est rentré. Il était ivre, il titubait. Il avait les traits brouillés, il avait peut-être été malade. Il n'avait plus de cravate et sa chemise était toute froissée. J'ai compris qu'il sortait des bras d'une femme. Je me suis détournée. J'avais très peur, mais j'étais pleine de rage. Je suis allée dans la chambre au bout du couloir et j'ai fermé la porte.

J'ai attendu.

Il a fait irruption comme un grand monstre dans un cauchemar d'enfant, en disant : Ne me referme jamais plus une porte au nez !

Je ne crois pas qu'il ait dit autre chose.

Il m'a jetée contre le mur. J'ai levé les mains pour me protéger le visage. J'ai sans doute poussé un cri. J'ai entendu Caroline se mettre à pleurer dans son berceau. J'ai prié pour qu'elle se taise, car je craignais qu'il ne lui fasse du mal. Je me suis retenue de crier. De nouveau j'ai levé les mains pour me protéger le visage, mais il les a écartées d'un coup comme des mouches.

Il n'était plus qu'une mécanique, actionnée par la

rage et la fureur. Jamais il n'avait été dans un tel délire de violence. Il ne semblait même plus prendre garde à me frapper à des endroits où les traces de coup ne se verraient pas. Instinctivement, je n'ai rien fait pour lui résister. Je ne pouvais pas lutter contre lui, mais il fallait, si possible, que j'essaie de ne pas perdre connaissance. Ses poings s'abattaient sur moi, et puis il a trébuché, il a manqué son coup, sa main s'est écrasée contre le mur. Il s'est mis à jurer et à se tenir les doigts, et je me suis vite sauvée en passant au-dessous de lui. Je me suis précipitée dans la chambre de Caroline, je l'ai attrapée dans son berceau et je nous ai enfermées toutes les deux dans la salle de bains.

Il est venu à la porte de la salle de bains, il a secoué la poignée comme s'il voulait l'arracher. Je n'ai pas bougé. J'ai attendu. Je me suis assise sur le carrelage et j'ai essayé de déboutonner mon chemisier pour pouvoir donner le sein à Caroline. Je voulais l'empêcher de pleurer. Elle s'est rendormie dans mes bras.

Je ne sais pas combien de temps je suis restée dans la salle de bains, mais je ne l'ai plus entendu. Je ne savais pas s'il était parti, s'il s'était endormi ou s'il était tombé ivre mort dans l'entrée. Ou bien s'il était dans un fauteuil, à attendre que j'ouvre la porte.

J'ai eu l'impression de rester des heures assise en tailleur. Quand enfin j'ai bougé, une douleur m'a transpercé le genou, mais je savais qu'il fallait que je tienne debout. J'ai ouvert la porte, je ne l'ai pas vu. Timidement, en boitillant, je suis passée dans l'entrée. Il n'y était pas. Je suis allée dans la chambre de Caroline et je l'ai posée dans son berceau. A petits pas, je suis allée jusqu'à ma chambre, j'ai regardé sur le lit. Il était là, affalé, à moitié déshabillé, il avait encore sa chemise sur lui, son pantalon et son blazer étaient par terre. Il était ivre mort, couché sur le ventre ; il ronflait.

Jamais je n'ai fait si peu de bruit, ni été si prudente et si rapide. J'ai attrapé mon sac de voyage au fond de la penderie, j'y ai jeté quelques affaires, je suis allée dans la chambre de Caroline, j'ai mis ses vêtements dans le sac. Je suis retournée dans la chambre, j'ai tiré le portefeuille de Harrold de la poche de son pantalon pour prendre l'argent qui s'y trouvait. Je n'ai même pas compté ce qu'il y avait. J'ai mis mon manteau, mon écharpe et mes gants, passé mon bagage et mon sac sur mon épaule, j'ai enveloppé Caroline dans une couverture et je me suis enfuie comme un renard avec sa proie. Je ne pouvais pas prendre le risque de réveiller Caroline pour lui enfiler sa combinaison matelassée. Je ferais cela dans la voiture.

J'ai pris l'ascenseur et, dans la rue, je me suis précipitée vers la voiture avec mon chargement. Le couffin de Caroline était resté sur le siège arrière. J'avais oublié de le remonter. Je lui ai enfilé sa combinaison. Elle s'est réveillée et a commencé à pleurer, mais elle s'est calmée quand j'ai mis le moteur en marche.

Il n'y avait presque plus d'essence dans la voiture, alors je suis partie vers le haut de Manhattan pour trouver une station-service. J'ai demandé au pompiste : Vous avez une carte ?

De quelle région ? a-t-il dit.

Peu importe.

Attendez, je vais regarder.

J'ai attendu dans la voiture. On n'entendait rien dans les rues, rien ne bougeait. Il est revenu en me disant : La Nouvelle-Angleterre, c'est tout ce que j'ai.

Très bien, ai-je dit. Je la prends.

J'ai allumé le plafonnier, j'ai déplié la carte et je l'ai étalée sur le tableau de bord. J'ai laissé errer mon regard jusqu'à ce que je trouve un point où je pensais que je serais en sécurité. J'ai replié la carte, j'ai éteint la lumière. J'ai tourné la clef de contact.

J'ai baissé la vitre. J'ai enlevé mon alliance et je

l'ai jetée dans la nuit. Je ne l'ai pas entendue tomber.

Il était quatre heures du matin, j'étais en route pour le Nord-Est.

Alors comment va ce vieux Ed Hargreaves ? Il continue à faire tourner le magazine, oui ?

Bien sûr, bien sûr.

Et Mark Stein. Qu'est-ce qu'il devient ? Il a bouté Harrold hors de son territoire, j'imagine.

Bon Dieu, quelle histoire épouvantable ! C'est terrible, vraiment terrible. J'ai été sidéré quand j'ai appris ça. Je n'aurais jamais supposé. Je ne me doutais de rien, absolument rien.

Je suis resté au magazine jusqu'au 1er décembre, comme vous savez. Maureen English était partie l'année d'avant. Je les connaissais assez bien. Enfin je *croyais* bien les connaître. Ce qui prouve qu'on n'est jamais sûr de rien.

Elle ne faisait pas beaucoup de bruit. Mais elle était très bonne, très très bonne. Je pensais qu'elle allait vraiment bien marcher en reportage, qu'elle allait se faire un nom, et puis il y a eu son histoire de mal des transports. Franchement dommage. Elle a prétendu que les médecins avaient tout essayé, qu'on ne pouvait rien y faire, c'était une histoire d'oreille interne. Alors je l'ai mise au rewriting. Ça, elle était rapide. Vous lui donniez un dossier, elle vous avait expédié son article avant la fin de la journée.

Elle était très séduisante. Vous la connaissez. On pouvait se douter que quelqu'un allait mettre le grappin sur elle tout de suite. Mais je crois qu'il m'a fallu un certain temps pour comprendre que c'était Harrold. Ils étaient très discrets au bureau, très discrets. A vrai dire, je trouvais qu'elle avait une certaine classe. Ça sautait aux yeux. Pas à cause de son milieu, c'est pas ce que je veux dire. En fait je ne savais pas grand-chose de son milieu, mais manifestement elle était irlandaise. Elle s'appelait Maureen Cowan quand elle est arrivée. Non, je veux dire dans sa façon de se tenir, sa réserve, c'était pas du tout le genre à se mettre en avant. C'est dans mon bureau qu'ils ont fait connaissance, à propos.

Oui, c'est ça. Attendez que je me rappelle. J'étais dans mon bureau. Il venait râler à propos d'un titre, je crois. Je ne sais plus exactement. Quelque chose comme ça. Et elle, c'était sa première journée de travail. Oui, c'est ça. Et elle est entrée pour me demander quelque chose. Elle était très tendue, ce jour-là, très tendue. Elle tripotait sans arrêt les perles qu'elle avait autour du cou, je me souviens, et elle regardait le bout de ses pieds. Je voyais Harrold la regarder avec un sourire, mais je n'en ai pas fait de cas sur le moment. Elle aurait attiré l'attention de n'importe qui ; sur le moment, je n'ai rien vu là de particulier. Mais maintenant, je sais qu'ils ont commencé à se voir presque tout de suite après.

Quant à Harrold, c'est quelqu'un qui nous a fait des papiers formidables. C'était la grande époque du magazine. On avait Joe Ward, Alex Weisinger, Barbara Spindell. La grande époque. Je les regrette par moments. L'édition, c'est autre chose. J'ai abandonné le journalisme parce que ma femme devenait folle de me voir travailler si tard le soir, mais ici, c'est pas la même chose, pas le même rythme. Il n'y a pas ce survoltage, cette excitation, vous voyez ce que je veux dire. Les livres, c'est différent : on a beaucoup moins de contact avec les gens qui écrivent, quelquefois c'est à peine si on les voit. Et il faut qu'un sujet vous plaise. Il arrive qu'on y travaille pendant des mois, pendant des années dans certains cas. Bon, j'arrête avec ça ; ce qui vous intéresse c'est Harrold.

Voyons. Il est arrivé au magazine en 64, je crois. Il avait travaillé pour le *Boston Globe* tout de suite après ses études, et il voulait venir à New York et entrer dans un magazine. Il est arrivé au bon moment chez nous. C'était un peu le vide — beaucoup de gens d'un certain âge partaient, prenaient leur retraite. Moi-même j'étais là depuis un an ou deux. Je venais du *Times*. Alors une fois engagé, il a grimpé assez vite. Je l'ai envoyé en reportage presque tout de suite. C'était un excellent reporter. Il s'accrochait vraiment. Il ne lâchait pas tant qu'il n'avait pas toute l'information sur une affaire. Il harcelait les gens à mort, ou bien il y allait au charme. Je crois que sa taille le servait aussi. Il faisait impression physiquement. Vous avez dû le voir. Au moins un mètre quatre-vingt-dix, je crois ; quatre-vingt-quinze kilos, mais pas un poil de graisse, tout en muscles. Il faisait partie de l'équipe de Yale, j'en suis à peu près sûr. Mais il ne la ramenait pas comme certains de ces types de l'Ivy League. Il était presque toujours très réservé. Et puis ce regard. Noir comme du charbon. Il était capable de vous clouer au mur, de vous mettre sur le gril. Je l'ai vu à l'œuvre une ou deux fois. Assez impressionnant.

Harrold English était un vrai pro. Nous n'étions pas amis à proprement parler, mais il nous arrivait de déjeuner ensemble. Vous savez comment ça se passe ; après le deuxième Martini, on devient plus loquace. Un jour il m'a raconté qu'il n'avait pas eu une enfance très heureuse, malgré tout l'argent qu'il y avait dans la famille. Sa mère est morte quand il était enfant, et il ne s'est jamais entendu avec son père. Un assez sale type, d'après ce que j'ai compris.

Ils n'étaient pas proches du tout. A ma connaissance, il n'avait pas d'autre famille.

J'aimais sa façon d'écrire. Nette, directe, ne donnant pas trop dans le « je ceci, je cela », et ça me plaisait. On sentait son intelligence dans son papier, mais il s'arrangeait pour qu'elle apparaisse discrètement. Il n'était pas de ces journalistes qui veulent absolument montrer leur éblouissante virtuosité. La clarté avant tout. Jamais d'erreurs d'information. Les pointilleux de l'information adoraient ses papiers.

Maureen, elle, c'était un autre style. Plus féminin, je dirais, si je n'avais pas peur de m'attirer des ennuis. Son rythme était différent, plus coulant. J'aimais bien sa manière, mais il fallait la pousser un peu à aller voir plus loin, à creuser davantage. Elle avait du mal à poser les questions vraiment pénibles. Une fois elle est venue me voir pour me dire qu'elle en avait assez d'écrire sur les nouvelles tendances ; je l'avais mise à cette rubrique-là. J'ai été un peu interloqué, mais j'ai compris son problème et je l'ai fait passer à la politique intérieure. Là elle était très bien, pas très impliquée d'une certaine manière, mais bien. Et puis elle n'a plus pu voyager.

Je crois qu'il s'est bien passé six mois avant que je n'apprenne qu'ils se voyaient. Et quand je l'ai su, je dois vous avouer que ça ne m'a pas tellement plu. Ces liaisons entre collègues, je connais ça, c'est toujours une source d'ennuis. Quand ça va mal chez vous, comment est-ce que vous vous en sortez quand vous êtes au bureau ? Mais Maureen et Harrold, eux, je vous l'ai déjà dit, ils étaient très discrets. Si on n'était pas au courant, on ne pouvait se douter de rien, vous voyez ce que je veux dire.

C'est ce qui fait que c'est tellement incroyable, bon Dieu. Même à présent j'ai peine à y croire. Je ne vois pas du tout. Je veux dire, c'est le genre de choses dont on entend parler de temps en temps, mais il s'agit toujours d'une pauvre femme avec six enfants au fin fond de l'Arkansas ou à Harlem et le mari est plus ou moins alcoolique. On voit rarement ça chez des gens comme Harrold et Maureen.

Rien, absolument rien n'aurait pu laisser prévoir ça. Et Harrold n'était pas un alcoolique. Il buvait ni plus ni moins que nous tous. Un Martini au déjeuner, peut-être deux si l'occasion se présentait. Des cocktails au dîner, ce genre de choses.

Mais je dois dire que les deux derniers mois où j'étais encore au magazine, il avait l'air d'être un peu en perte de vitesse. Ça nous arrive à tous ; ça ne m'a pas vraiment inquiété. Est-ce qu'il buvait davantage à ce moment-là ? Franchement, je ne sais plus. Je me rappelle m'être fait cette réflexion qu'il était peut-être un peu déstabilisé par Stein. Stein arrivait tout droit de Columbia, un type très fort. Très astucieux. Très. Il était là depuis deux mois, et il commençait déjà à marcher sur les pieds de Harrold. C'était un peu la coqueluche du moment. Alors que Harrold était justement en perte de vitesse, ce qui aggravait les choses, mais je savais que Harrold se ressaisirait. Il venait d'avoir un bébé. Je me rappelais ce que c'était — debout toute la nuit, en dehors du coup toute la journée. Je me disais qu'il allait se relâcher pendant quelques mois et qu'ensuite il se reprendrait. Et puis je suis parti, et à vrai dire je ne me suis plus préoccupé de tout ça.

Jusqu'à ce que j'apprenne ce qui s'était passé. Absolument sidérant. Vraiment.

N'empêche que c'est une sacrée histoire. En fait, je ne sais pas si vous y avez réfléchi, mais il y aurait de quoi en faire un livre. Genre *De sang-froid*, peut-être, vous voyez. Ça dépend des éléments que vous aurez, de la tournure que ça va prendre. Il y a là des thèmes intéressants : tout le côté secret de l'affaire, et puis le fait que ce soit eux. Une espèce de folie meurtrière comme chez Scott et Zelda.

Oui, il y aurait quelque chose à faire. Je vais vous

dire. Vous bouclez votre papier, vous me l'envoyez dès que vous avez fini, avant qu'il ne sorte. Je jetterai un coup d'œil, je vous tiendrai au courant.

Elle a eu un amant dans le Maine, non ?

Pour le bouquin, il faudrait creuser de ce côté-là. Quelque chose d'un peu complexe. Ça fait un meilleur livre. Il faudrait voir si ça n'est pas ça qui l'a poussée à l'acte, vous ne croyez pas ?

5 décembre 1970 - 15 janvier 1971

J'ai entendu un bruit. Un craquement étouffé de pneus sur du gravier. Une voiture ou un camion avançait lentement dans le chemin, en faisant le moins de bruit possible, dans la somnolence de l'aube. J'ai rejeté les couvertures et je suis allée à la fenêtre. J'ai trouvé ma veste de laine sur une chaise et je l'ai enfilée. Le plancher était froid sous mes pieds. Au-dehors, c'était la grisaille, pendant cette demi-heure où tout commence à sortir de la nuit avant le lever du soleil. J'ai regardé le camion noir rouler sur le sable jusqu'au canot. Un homme en est sorti. Le même que la veille : je le reconnaissais, mais la seule chose que je pouvais distinguer nettement à travers la grisaille était son ciré jaune ; ses traits restaient indistincts. La mer était calme et étale et, en ramant en direction de son bateau, il laissait derrière lui un sillage ondulant et parfait.

Le grondement du moteur était une complainte, le bateau réveillé trop tôt grognait sous la contrainte de son patron. J'ai vu le ciré jaune apparaître à l'avant, dans la timonerie, et ensuite sur le pont du bateau, qui a décrit un arc de cercle gracieux en direction du soleil levant.

Je me suis assise sur le bord du lit et j'ai regardé

le bateau disparaître peu à peu. Je me demandais quelle était sa destination, ce qu'il trouverait là-bas en arrivant — toujours la grisaille, avec des flotteurs colorés dansant sur l'eau ? Je ne savais pas exactement quelle heure il était, mais je savais qu'il était tôt, forcément : six heures et demie au plus. Pour être en mer à six heures et demie, me disais-je, il fallait se lever à cinq heures et demie. Dans le noir, avec sa femme à côté de soi, et les enfants qui dormaient dans une autre chambre. Et on était en décembre, c'étaient les nuits les plus longues de l'année. Que devait être la vie d'un pêcheur en juin, quand le jour se levait à quatre heures ou même plus tôt ? Je me demandais si ces pêcheurs prenaient leur souper en fin d'après-midi et allaient se coucher plus tôt que leurs enfants.

J'ai tâté ma lèvre avec un doigt ; elle était toujours enflée, et sensible. J'avais d'autres endroits sensibles. Mon genou n'était pas normal. Je ne savais pas exactement ce que je m'étais fait, mais ça me brûlait sous la rotule, comme si je m'étais démis quelque chose en tombant. Je me suis dit que je n'avais sans doute rien arrangé en faisant tout ce ménage la veille, en m'accroupissant et en me baissant.

J'ai entendu Caroline bouger et je suis allée la prendre dans le lit d'enfant. Je l'ai apportée dans mon lit et j'ai rabattu les couvertures sur nous jusqu'en haut, et nous étions toutes les deux comme un gros paquet tiède. Je lui ai donné le sein sous les couvertures et elle s'est rendormie, et moi aussi peut-être, mais je me souviens que j'écoutais les bruits de ces lieux nouveaux, que j'essayais de m'orienter et de m'adapter à mon nouveau cadre. Les mouettes, réveillées maintenant, croassaient là-bas à la pointe, et la brise se levait avec le soleil.

Je me suis glissée hors du lit, j'ai calé le bébé comme dans une niche pour l'empêcher de rouler, et je suis descendue me faire une tasse de café et prendre un bol de céréales. Le soleil s'était levé ; le temps serait clair. Pendant que j'étais à table, la mer est passée du gris au rose et au violet. J'ai entendu un autre véhicule dans le chemin, j'ai vu une camionnette bleu et blanc émerger des broussailles et s'arrêter devant l'atelier. Un homme en caban et en bonnet de laine en est sorti en portant un carton rempli de corde et de matériel. Il est entré dans la cabane, et quelques minutes plus tard j'ai vu de la fumée monter d'une cheminée. Quand il a rouvert la porte, j'ai entendu le son d'une radio à l'intérieur, avec le jargon agaçant d'un disc-jockey. Il est allé chercher des casiers à langoustes à l'arrière de sa camionnette et il les a emportés dans la cabane. Je ne l'ai pas vu ressortir.

Au bout d'un moment, Caroline s'est mise à pleurer. Je suis allée la chercher, je l'ai baignée dans l'évier, je l'ai habillée et je l'ai mise sur le tapis. Elle semblait décidée à maîtriser l'art de ramper, ou du moins de se tenir à quatre pattes, malgré quelques faux départs comiques et une tendance à se propulser en arrière. Mais son air de concentration m'amusait : la langue au coin de la bouche, elle prenait un air bêta et surpris quand elle s'effondrait à plat ventre par faute de coordination dans ses mouvements.

J'ai bu une autre tasse de café et j'ai fait une liste de courses. Il fallait que je trouve un réveil, une radio et une laverie automatique. Les couches sales s'entassaient, et Caroline n'avait presque plus de vêtements propres. Je voulais voir si je trouvais un porte-bébé. Je me disais que si j'en avais un je pourrais marcher sur la plage avec elle si le temps se radoucissait un peu. Ce n'était pas pratique de la porter dans mes bras. Elle avait beau ne pas être très lourde — à peine huit kilos —, pour un long parcours c'était une position incommode et mes bras fatigueraient.

Faire des listes était une manière d'établir un

ordre : cela donnait un but quand on n'en avait pas ;
la journée était comme rescapée de l'immensité du
temps. Ça n'avait pas tellement d'importance que je
n'achète pas de réveil ; l'essentiel était de l'avoir
noté sur la liste. Ça me faisait progresser. Je me suis
dit que j'allais m'habiller, prendre mon sac, équiper
Caroline chaudement, et aller jusqu'à Machias, mais
pour l'instant je me contentais de rester là à regarder par la fenêtre, à boire mon café et à observer
ma fille qui se déplaçait sur le tapis, ou la mer qui
changeait de teinte. Je ne pensais plus à ma peur de
la nuit précédente, ou bien j'en avais écarté le goût.
C'était une sensation nouvelle de me laisser porter
par le présent, de *profiter* de l'instant, sans être pressée d'atteindre le suivant, et je savourais cela, ou
simplement je laissais faire.

Je crois que les gens de la région considèrent
Machias comme une petite ville, mais moi, j'ai plutôt eu l'impression d'une banlieue. Il y avait un plus
grand nombre de magasins et de maisons qu'à
Saint-Hilaire, mais c'était aussi un endroit calme,
un port de pêche juste un peu plus grand, à
l'embouchure de la Machias River. J'ai vu une scie-
rie, une fabrique de meubles, un restaurant, une
poissonnerie, un Prisunic, une boutique de cadeaux,
une église, une quincaillerie, un A & P, et une maison historique qui se visite en été. Il y avait bien
une laverie automatique. Il y avait des poussettes en
vente au Prisunic, et j'en aurais volontiers acheté
une, mais j'avais des inquiétudes pour l'argent : je
me demandais combien de temps j'arriverais à tenir
avec ce qui me restait. J'ai tout de même acheté un
radio-réveil, ce qui m'a permis de cocher deux articles d'un coup sur ma liste. D'un côté, le long du
mur, il y avait un petit rayon de livres — tout un
rayon d'amours malheureuses en livre de poche.
J'en ai choisi trois : *Anna Karénine, Ethan Frome, La
Maîtresse du lieutenant français*. Dans une autre tra-

vée, j'ai pris un porte-bébé et deux cadeaux pour ma fille : une guirlande de hochets à accrocher en travers du berceau, sur lesquels elle pourrait s'exercer à taper, et un canard jaune tout crêpelé irrésistible. En posant le canard à la caisse, j'ai soudain été frappée par le fait que, si les choses s'étaient reproduites chez Harrold d'une génération à l'autre, il en avait été de même chez moi : je me retrouvais seule à présent avec ma fille. J'étais seule avec ma fille pour de bon, comme ma mère l'avait été avec moi. La femme qui était à la caisse, qui aurait pu être une parente de la patronne du Gateway Motel, a dû me demander à deux reprises de bien vouloir payer.

En retournant à la voiture avec le bébé et mes courses, je me suis demandé ce que faisait Harrold. Il n'allait pas se précipiter à la police ; il aurait trop peur que je ne dise ce qui était arrivé. Il essaierait de se renseigner par d'autres moyens : il téléphonerait à mes connaissances féminines au magazine ; il interrogerait la voisine ; il surveillerait de près notre compte en banque. Je ne pensais pas qu'il appellerait ma mère. Il savait bien que je n'avais pas pu aller chez elle une seconde fois. Ne me voyant pas revenir, il ferait peut-être appel à un détective privé qui avait fait ses études avec lui et à qui il avait parfois eu recours professionnellement. Il lui faudrait être prudent ; il aurait réfléchi d'avance à leur conversation. Il expliquerait à ce type, d'une voix vibrante de camaraderie masculine, qu'il se trouvait dans une situation délicate, et qu'il avait besoin qu'on l'aide à en sortir. Il raconterait que j'étais partie en voyage et que je n'étais pas revenue, il craignait qu'il ne me soit arrivé quelque chose. Il ne voulait pas faire d'histoires, nous nous étions un peu disputés, il avait juste besoin de savoir où j'étais. Il demanderait à cet ami de ne pas m'avertir, il dirait qu'il irait lui-même me trouver là où j'étais et qu'il finirait bien par me persuader de revenir — tu sais bien comment sont les femmes, lui dirait-il

— et ils se mettraient à rire et l'un des deux proposerait qu'ils prennent un verre ensemble à l'occasion.

Il ne dirait pas que j'avais enlevé son enfant. Pas encore. Ce serait son atout, sa carte maîtresse. Il garderait cela pour plus tard, au cas où je parlerais, où j'irais à la police avant qu'il ne m'ait trouvée. Ce n'était rien de battre sa femme, ferait-il valoir raisonnablement, en comparaison du vol d'un enfant.

Quand je suis rentrée de Machias, il y avait trois camions devant l'atelier ; j'en reconnaissais un, le rouge avec des volutes dorées sur la portière du conducteur. En effet, je n'avais pas sitôt déposé le bébé à l'intérieur de la maison que j'ai entendu frapper à la porte. Willis avait un paquet à la main, et il m'a tenu tout un discours. Voici le souvenir que j'en ai :

« J'vous apporte un peu de poisson, a-t-il dit en entrant dans la cuisine. De l'aiglefin. Pêché ce matin. C'est pas moi, c'est André LeBlanc qui l'a ramené. »

J'ai pris le paquet. Il a mis les mains dans les poches de son jean et il a remonté les épaules sous sa veste. Il avait l'air gelé. J'ai dit qu'il fallait que j'aille chercher des paquets dans la voiture.

« Bougez pas, a-t-il dit, j'vais vous les chercher. » Et avant que j'aie eu le temps de réagir, il était dehors.

Il a rentré tous les paquets du Prisunic et le ballot de linge de la laverie. J'ai vu qu'il avait le même jean que la veille, le même pull bleu marine.

« Il faut que j'aille coucher le bébé », ai-je dit.

Je pensais qu'il allait s'en aller, mais non. « Pas de problème », a-t-il dit, et il est allé jusqu'à la fenêtre pour voir ce qui se passait à la pointe.

J'ai retiré mon manteau et mon écharpe et j'ai

monté Caroline au premier. Je me suis assise sur le lit pour lui donner la tétée, et quand elle a eu fini, je l'ai couchée dans le petit lit et j'ai tiré sa couverture sur elle. En bas, j'entendais des bruits de pas sur le plancher ; on ouvrait le réfrigérateur, on tirait une chaise sur le lino.

Quand je suis redescendue, il était assis à la table de la cuisine avec une canette de bière ouverte devant lui.

« Vous permettez », a-t-il dit en levant la canette de mon côté.

J'ai acquiescé d'un signe de tête, et je suis restée debout au milieu de la cuisine, indécise.

« Prenez-en une aussi », a-t-il ajouté cordialement, comme s'il était chez lui, comme si nous étions de vieux amis.

J'ai aussitôt fait non de la tête. J'ai allumé la cuisinière sous la cafetière et je suis restée là à attendre que mon café chauffe.

« Combien vous dois-je pour le poisson ? »

Il a fait un geste de la main. « Pas question. Prenez-le comme un cadeau de crémaillère. » Il s'est mis à rire. « Non, sans rire, en plus, ça m'a rien coûté. LeBlanc m'en a donné deux livres ; j'en ai mis une livre de côté pour vous. Je vous attendais à l'atelier. Moi aussi j'ai des casiers à faire, mais on crève vraiment trop de froid là-bas. De toute façon, j'ai envie de prendre un ou deux jours de congé. »

Il a regardé autour de lui. Il s'est mis à tapoter sur la table un certain rythme avec le plat de ses doigts. Pendant une ou deux mesures, il a sautillé sur sa chaise. Je me demandais quelle musique il écoutait. « Vous aimez les Dead ? » m'a-t-il demandé.

J'ai hoché de la tête sans dire ni oui ni non.

« Faut que j'aille chercher le sapin. Jeannine aime bien l'avoir un bon bout de temps avant Noël. Ça lui soutient le moral, qu'elle dit. Elle le met dans un coin de la caravane. Moi, la seule chose, c'est que j'ai peur du feu.

— Du feu ?

— Le feu dans une caravane, ça pardonne pas, vous y restez. En un rien de temps, comme ça. » Il a fait claquer ses doigts. « Vous cramez comme dans une boîte en aluminium. C'est ça qu'est le plus à craindre dans une caravane, le feu. Alors j'interdis aux gosses d'allumer les lumières quand je suis pas là — les lumières du sapin, j'veux dire. Et j'arrête pas de les empoisonner pour qu'ils l'arrosent tout le temps. Dès l'instant que les aiguilles se mettent à tomber, je le vire. Mais les sapins que j'rapporte, ils tiennent toujours jusqu'à la Saint-Valentin. » Nouveau rire. « J'vais en couper un moi-même, dans les bois, là-bas de l'autre côté de chez Coffin. Asseyez-vous, vous fatiguez pas à rester debout comme ça. »

Je me suis versé le café réchauffé dans une grande tasse et je l'ai apporté à table. Il a tiré une chaise avec son pied pour m'inviter à m'asseoir. Je me suis assise, j'ai pris une gorgée de café. Je l'avais laissé bouillir, et je me suis brûlé la langue. Willis m'a regardée, l'air de scruter mon visage. Et puis son regard s'est tourné du côté de la salle de séjour.

« Le bébé dort ? » a-t-il demandé en ramenant son regard sur moi.

J'ai fait signe que oui.

Il s'est levé, il est allé vers le réfrigérateur, il a repris une canette de bière. Il l'a ouverte et il l'a bue presque entièrement d'un seul coup. Il est revenu près de la table, juste à côté de moi. Il regardait dehors, la canette à la main.

« Alors qu'est-ce qui se passe ? Avec votre homme, vous vous êtes quittés pour de bon, c'est ça ?

— C'est à peu près ça, ai-je dit prudemment.

— Alors vous êtes toute seule maintenant, a-t-il conclu, l'air de se parler à lui-même.

— Pour l'instant », ai-je répondu en laissant dans le vague.

Un silence gêné a suivi. Je sentais sa présence à mon côté. Il était debout tout près de moi, plus calme, et immobile à présent.

Il a effleuré ma joue meurtrie avec le revers de son doigt. J'ai tressailli, plus parce qu'il avait osé me toucher que parce qu'il m'avait fait mal.

« Ah, je vous ai fait mal ? a-t-il demandé, comme si ça le surprenait. Excusez, j'voulais pas vous faire de mal. Ça doit être encore drôlement sensible. »

Je me suis levée. La chaise était entre nous deux. J'ai posé une main sur le dossier. « Je suis fatiguée, ai-je dit. Je n'ai pas bien dormi. Il vaudrait peut-être mieux que vous partiez maintenant. Je voudrais me reposer un peu. »

Il a mis sa main sur la mienne. Il avait les doigts rêches et froids. Il a regardé nos deux mains l'une sur l'autre.

« Qu'est-ce que tu dirais de, euh, de se mignoter un peu, hein, tu sais, pendant que la petite dort ? »

J'ai retiré ma main lentement et j'ai croisé les bras sur la poitrine. J'avais la gorge serrée et, un instant, j'ai eu du mal à respirer.

« Non. » Et j'ai dit « non » encore une fois en secouant la tête.

Il a vite retiré sa main pour la mettre dans sa poche. « Ah bon, j'croyais que ça vous déplairait pas. »

Il a hoché la tête, comme s'il se faisait ses réflexions à lui-même. Il a pris une dernière gorgée de bière et il a soupiré.

« Des fois, quand son homme la plaque, une femme a besoin d'un petit câlin, vous voyez c'que j'veux dire. Rien de sérieux, juste pour se consoler un peu. Je m'disais qu'peut-être... » Haussement d'épaules.

Je n'ai rien répondu.

« Sans rancune, au moins, hein ? »

J'ai baissé les yeux par terre.

« Allez la Rouquine, me laisse pas sur le gril. »

J'ai relevé les yeux, et j'ai vu à son expression qu'il était sincèrement inquiet, même si ça n'allait pas très loin. Il avait sans doute tenté sa chance, mais sans intention malveillante. C'était raté, et on en restait là ; mais ça valait tout de même la peine de tenter le coup, devait-il se dire.

« Sans rancune », ai-je dit.

Il a fait mine d'être très soulagé, soufflant, s'épongeant le front comme s'il avait eu chaud. « Ah, ouf, alors on n'en parle plus. » Il a recommencé à rouler des épaules.

Je me disais qu'il y avait bien longtemps que je n'avais pas pu dire non à un homme sans avoir à redouter les conséquences, bien longtemps que je n'avais pas pu dire non à un homme tout simplement. Ça me faisait presque plaisir que Willis m'ait fait cette proposition, malgré la gêne qui s'était installée entre nous un instant.

« Voilà Jack », a dit Willis, en se détournant pour aller à la fenêtre. Le langoustier vert et blanc était entré dans le chenal et se rapprochait de ses amarres. Nous avons regardé ensemble l'homme au ciré jaune qui accrochait les amarres, attachait le bateau à la bouée et, d'un bond, redescendait dans la cabine pour arrêter le moteur — gestes souples, manœuvre pleine de grâce.

« Il est dingue, a dit Willis. C'est pas moi qu'on verrait là-bas par un froid pareil, alors que Jack, lui, excusez-moi, mais il en a rien à branler du temps. »

Nous avons continué à regarder cet homme élancé aux cheveux couleur de sable décharger ses seaux de langoustes dans le canot qu'il avait amené le long du grand bateau. Et puis il est retourné dans la cabine et il a semblé fermer solidement une porte.

« C'est vrai qu'à sa place, avec la vie qu'il a chez lui, peut-être que j'sortirais en mer toute l'année moi aussi. Sa femme fait une sale dépression. Elle fait pas le ménage ni rien. C'est Jack qui fait tout.

Lui et sa fille. Y a longtemps que ça me fait mal pour ses gosses. C'est des bons gosses, mais la maison est triste. Jeannine, ma femme, elle a essayé d'y aller une fois, pour voir un peu ce qui se passait. Rebecca était dans sa chambre et elle a pas voulu en sortir. Jeannine m'a juré qu'elle l'avait entendue pleurer à travers la porte. Ils ont une vieille maison coloniale plus bas là sur la route. Elle pleure en s'endormant tous les soirs, il paraît. Jack en parle pas beaucoup, mais il porte ça sur sa figure. Mais faut reconnaître que ça fait des années qu'il est coincé à cause d'elle. Quand il est parti elle l'a attendu, et quand il est revenu il l'a épousée. »

Il a examiné la situation de plus près par la fenêtre, comme s'il y avait là-bas quelque chose qui l'intéressait.

Nous avons regardé l'homme au ciré ramer vers le rivage. L'eau était d'un bleu hivernal, vif et profond.

« C'est seulement après son mariage et quand elle a eu ses enfants que Rebecca s'est mise à déprimer. On dit que ça arrive chez les femmes des fois. C'est la mer qui fait ça, et le mauvais temps. Le temps gris et les hivers longs — ça les démolit vraiment. »

L'homme au ciré a échoué son canot sur la plage et il l'a attaché à l'anneau de fer.

« Il est coincé avec elle à cause des gosses, naturellement. Mais des fois i'm'semble que ça aurait été mieux pour les gosses s'il s'était sorti de ça, s'il avait épousé quelqu'un d'autre. Enfin, on peut pas toujours savoir pourquoi les gens font ce qu'ils font, pas vrai. Peut-être qu'il l'aime toujours, allez savoir. »

Willis s'est détourné de la fenêtre.

« Faut qu'je parte, a-t-il dit. A l'atelier, les gars vont se demander c'qui m'est arrivé. Ils vont commencer à me mettre en boîte. Et si je bois encore une bière, j'vais m'endormir, alors là ils vont réellement se foutre de moi. »

Il a mis les deux canettes à la poubelle et il est allé vers la porte.

« Alors, ça va, vous avez tout ce qui faut ? »

J'ai fait signe que oui. Je l'ai remercié encore une fois pour le poisson.

Il a fait un geste de la main comme s'il ne voulait pas de mes remerciements. Il m'a regardée.

« Faut que j'y aille, j'ai des casiers à réparer », a-t-il dit.

Vers le début de la soirée, Caroline s'est agitée, et puis elle s'est mise à pleurer. Lui donner le sein n'arrangeait rien ; elle me repoussait, elle se tortillait rageusement et son visage se plissait en une grimace d'inconfort. Je me disais : Si elle ne veut pas téter, qu'est-ce que je peux faire pour elle ? Elle n'avait pas envie que je la tienne ou que je la berce dans mes bras, et on aurait dit qu'elle essayait d'enfoncer son poing dans sa bouche, ce qui me confirmait dans l'idée qu'elle devait avoir faim, et pourtant chaque tentative que je faisais pour la nourrir se terminait par des larmes et un échec. Alors je l'ai tenue contre mon épaule et je me suis mise à marcher avec elle. Tant que je marchais, elle se taisait. Quand je m'asseyais en essayant d'imiter le ballottement de la marche, elle n'était pas dupe et se remettait à pleurer presque aussitôt. Qu'est-ce que la marche avait donc de particulier ? Je me le demandais bien. C'était un mystère, et c'était épuisant. Je faisais le tour de la cuisine, de la salle de séjour, de la chambre du bas, je tournais en rond et à un moment j'ai cru que j'allais m'effondrer ou devenir folle d'ennui. J'étais persuadée qu'elle allait s'endormir contre mon épaule, mais tant que je marchais tout allait bien et elle restait éveillée. Quand je m'arrêtais, fût-ce un instant, elle se remettait à pleurer. Je me suis dit : Si elle n'a plus mal quand je marche, pourquoi a-t-elle mal quand je m'assieds ?

J'ai marché pendant une heure, pendant deux

heures peut-être. Dans la soirée, je me suis souvenue du porte-bébé ; et j'ai encore essuyé une colère de Caroline quand je l'ai habillée, comme moi, pour affronter le froid, et que je l'ai installée avec bien du mal dans ce nouveau fourbi. Je me disais que le changement de décor m'empêcherait peut-être de devenir folle, et qu'un peu d'air frais l'aiderait peut-être à s'endormir.

L'air était mordant : je lui ai protégé le visage avec mon manteau. Grâce au porte-bébé, son poids portait plus sur ma hanche que sur mes bras, et c'était un tel soulagement d'être dehors que peu m'importait le froid. L'air vif était stimulant, et il n'était pas aussi glacial que la veille — ou peut-être que l'humidité au bord de la mer le rendait moins cruel, je ne sais pas. Je suis descendue par le côté caillouteux de la pointe en me frayant un chemin parmi les galets. Malgré leurs talons plats, mes chaussures n'étaient guère appropriées à ce sol accidenté, et je progressais lentement. Je me suis tout de suite dit qu'il faudrait que je fasse très attention, que je ne pouvais pas me permettre de trébucher ou de me tordre une cheville. Si je tombais, je pourrais faire mal à Caroline, et en plus, à la pointe, c'était l'isolement complet. M'entendrait-on crier s'il m'arrivait quelque chose ? En regardant autour de moi, je me suis dit que non. La maison coloniale bleue au bord de la grande route, qui était l'habitation la plus proche, était trop loin pour que mes appels parviennent jusque-là : le bruit du ressac et celui du vent couvriraient ma voix, surtout si toutes les portes et fenêtres étaient fermées comme il se devait un soir de grand froid.

La nuit tombait vite, on aurait dit une brume qui montait au-dessus de la grisaille de la baie. Déjà je ne distinguais plus l'horizon — je ne voyais que le spot du phare à intervalles réguliers. Il y avait des algues sur les galets, de vieilles planches abîmées par les intempéries — du bois flotté, des carapaces de crabes vides, des petits morceaux violets de coquilles de moule. En passant devant l'atelier, j'ai senti traîner une odeur de feu couvert. Cet atelier m'intriguait. Je suis allée jusque-là et j'ai essayé de regarder par les fenêtres, mais, au crépuscule, je n'ai pas vu grand-chose : deux ou trois chaises de jardin en aluminium et en plastique ; une pile de casiers à lattes dans un coin ; un banc en bois le long d'un des murs, une petite cheminée pleine de cendres. Je pensais à ces hommes qui se retrouvaient là dans la journée, j'imaginais leurs voix dans l'atmosphère tiède et confinée de la pièce pendant qu'ils réparaient leur matériel. Je me demandais ce qu'ils se disaient, de quoi ils parlaient ensemble.

J'ai traversé les herbes au milieu de la pointe pour passer sur l'autre plage, et il m'a semblé bon de marcher sur le sable dur après tous ces galets irréguliers. J'ai pensé un instant aux « pots de miel » contre lesquels Willis m'avait mise en garde, mais je n'y croyais pas trop ; je réfléchissais que, de toute façon, si je restais près de la ligne de marée haute, je ne risquais pas d'en trouver.

Quand je suis arrivée tout au bout de la pointe, le langoustier vert et blanc avait perdu sa couleur. On percevait encore vaguement ses contours et on le sentait se balancer sur l'eau. Seul un équipement pour le mauvais temps, de couleur jaune, accroché près de la cabine, captait ce qui restait de lumière. Cet attirail avait l'air d'un homme qui bougeait avec le bateau — à tel point, en fait, que j'avais l'impression que quelqu'un m'observait.

Je pensais à ce Jack dont Willis m'avait parlé, à sa femme Rebecca, qui faisait de la dépression, et à ce moment-là j'ai négligemment enfoncé mon petit doigt dans la bouche de Caroline comme une sucette. Je faisais cela parfois quand l'idée m'en venait, car c'était une chose qui semblait la calmer, mais cette fois, quand j'ai mis mon doigt, elle l'a mordu immédiatement, et — surprise ! — j'ai senti la petite chose pointue. C'était donc pour cela qu'elle était si mal et si agitée : ma fille avait une nouvelle dent, en haut cette fois-ci. Je ne sentais qu'un léger renflement sur la gencive ; je ne pouvais pas voir la dent dans le noir. Elle m'a regardée et elle m'a souri. Elle paraissait aussi soulagée que moi que j'aie résolu cette énigme. Alors je me suis souvenu que je n'avais pas d'aspirine pour bébés. Je me suis demandé quel remède utilisaient les femmes de Saint-Hilaire quand leurs bébés perçaient des dents — leur passait-elle un peu de gnaule sur les gencives, leur donnaient-elles une croûte de pain à mâcher, ou bien avaient-elles recours à la banale aspirine pour bébé que j'aurais utilisée moi-même si seulement j'avais pensé à en acheter en faisant mes courses ?

J'ai entendu un moteur dans le chemin. Je me suis retournée pour regarder du côté par lequel j'étais arrivée, mais la nuit était tombée si vite que je ne voyais plus le cottage, juste le clignotement des phares d'un véhicule qui avançait en cahotant sur la route de terre en direction de la plage. Je me suis dit que cela pouvait être Willis, à la recherche de compagnie — peut-être pensait-il que je faiblirais après une journée entière seule avec le bébé, et peut-être voulait-il tenter sa chance encore une fois, maintenant qu'il faisait nuit. Mais quand j'ai vu les phares avancer tout droit vers la plage, inexplicablement, j'ai eu peur, comme si j'étais en terrain interdit et que j'allais me faire prendre et chapitrer. J'étais sur la rive sud de la pointe, et le camion avançait sur la rive nord. J'étais sûre que j'allais bientôt être prise dans les phares, mais le camion s'est arrêté juste avant cela. Le conducteur a laissé les phares allumés et il est sorti de la cabine. Il avait toujours son ciré jaune ; c'est la première chose qu'on voyait. Je suis restée immobile derrière un petit monticule de sable. J'ai mis mon doigt dans la bouche de Caroline pour l'empêcher de pleurer, mais ça n'était pas la peine ; finalement, elle s'était endormie.

J'ai regardé le dénommé Jack aller jusqu'à son canot sur le sable. Il s'est penché pour en retirer une boîte métallique, comme une boîte à outils, mais en se redressant il a paru hésiter. Il a reposé la boîte sur le bord du canot et il a penché la tête, comme s'il réfléchissait. Il a remis la boîte dans le canot, il est retourné à son camion et il a éteint les phares. Je ne savais que penser. C'est à peine si je le voyais à présent — je devinais tout juste le ciré jaune qui repartait sur le sable en direction du canot. Il est monté dedans et s'est assis. Il ne bougeait pas.

J'aurais pu faire demi-tour et rentrer au cottage par la plage de galets. Il m'aurait entendue, mais comme je ne serais pas allée de son côté, il n'aurait pas eu besoin de m'interpeller ou de me parler. J'aurais pu faire cela. Mais je ne l'ai pas fait.

Je suis restée là à bercer le bébé, en laissant mon doigt dans sa bouche. Je regardais cet homme dans son canot — une vague forme jaune sur le noir du sable et de la mer. Le peu de lumière naturelle qu'il restait abusait mes yeux. Déjà il était impossible de distinguer la mer du rivage, et je ne savais plus où le camion était arrêté. L'homme a allumé une cigarette. J'ai vu la flamme soudaine de l'allumette, et puis une lueur rouge.

Nous sommes restés ainsi, moi debout, lui assis, pendant cinq minutes peut-être. Je ne sais pas ce que j'avais dans la tête ; je ne faisais que regarder, en essayant de ne pas penser. Je ne me suis pas dit délibérément : Oui, je vais aller lui parler ; je n'avais aucune raison de le faire, en dehors d'une vague curiosité, d'une sorte d'envie de savoir de quoi sa vie était faite, avec sa femme, ses enfants, son bateau. Il est possible aussi que j'aie voulu dissiper l'idée que j'étais en terrain interdit, que cette image de moi m'esquivant furtivement ne m'ait guère plu.

178

J'ai franchi le monticule pour passer sur la rive nord de la pointe, j'ai marché dans sa direction et, aussi naturellement que possible — comme s'il était midi, en plein été, et que je faisais une petite promenade sur la plage avec ma fille —, je lui ai dit *bonjour* en passant.

Je l'ai fait sursauter, j'ai bien vu. Il était perdu dans ses pensées, ou alors il a été surpris de trouver là un autre être humain. Je me suis dit qu'il avait sans doute l'habitude d'avoir ces lieux pour lui tout seul, et qu'il avait oublié qu'il y avait une voiture au cottage.

Il s'est levé, il est sorti du canot, il s'est tourné vers moi. J'ai répété mon bonjour, et je crois qu'il a dû me répondre, ou faire un signe de tête.

Je me suis rapprochée de lui. Maintenant que je l'avais dérangé, il fallait que je me montre à lui — encore qu'avec mon manteau et mon écharpe il ne pouvait sans doute voir qu'une forme grise.

Ma première impression de lui est claire et distincte. Cette image ne se superpose pas à d'autres, plus tard, en pleine lumière, à la lueur du feu, ou au lever du jour. Il avait le visage anguleux, et je me suis aperçu aussi qu'il était plus grand que je ne croyais. Il avait des rides profondes qui allaient du nez à la base du menton de chaque côté de la bouche, mais je n'ai pas eu l'impression qu'elles étaient dues à l'âge, même s'il avait l'air d'avoir une quarantaine d'années. Elles étaient dues aux intempéries ; il avait le visage buriné. Ça se voyait même dans l'obscurité : la peau tannée, les yeux plissés. Il avait les cheveux bouclés, d'une longueur normale. Dans la nuit, on ne voyait pas leur vraie couleur, mais je savais déjà qu'ils étaient de la teinte du sable sec. Sous son ciré, il portait un gros pull irlandais en laine écrue dont le tricot se défaisait à l'endroit de la clavicule. Il a jeté sa cigarette dans le sable.

« Vous êtes là avec un bébé », a-t-il dit. Il parlait lentement, d'une voix grave et hésitante, mais il n'avait pas l'air surpris. Il avait un peu l'accent du Maine, reconnaissable aux intonations et aux voyelles. Mais son parler était plus proche de celui de Julia Strout, sa cousine, que de celui de Willis Beale.

J'ai regardé Caroline.

« Je me suis aperçu qu'elle perçait des dents et je voulais qu'elle arrête de pleurer, c'est pour ça que je l'ai emmenée faire un tour dans le porte-bébé.

— Ça a marché, on dirait, a-t-il dit.

— Oui. » J'ai souri. « Je loue la petite maison, là. »

Il a paru enregistrer ce que je disais. Il a regardé du côté du cottage.

« Oui, on m'a dit qu'il y avait quelqu'un, et j'ai vu votre voiture. »

Nous ne nous sommes pas présentés et nous n'avons pas échangé de poignée de main. Pourquoi ? Sur le moment, ça m'est apparu comme une chose superflue, comme s'il nous semblait que nous n'allions pas nous fréquenter longtemps, ou pas du tout.

« Je vous ai déjà vu, ai-je dit. Et votre bateau aussi.

— Je le mène au port si le temps est trop mauvais. Autrement je le laisse ici jusqu'à la mi-janvier. Il arrive qu'on ait un redoux au début de janvier.

— Ah oui.

— Mais ce soir, il fait froid.

— Et malgré ça, vous êtes sorti en mer aujourd'hui.

— Oui. Pour pas grand-chose.

— Willis Beale m'a apporté du poisson, et on vous a vu rentrer. Il a dit que vous étiez fou de sortir par un temps pareil. »

Il a eu un gloussement, une sorte de rire. « Willis », a-t-il dit, comme s'il ne fallait pas trop faire attention à ce que disait Willis. Mais je le savais déjà.

180

Son regard s'était porté du côté où il aurait pu voir son bateau s'il y avait eu encore un peu de clarté, et moi je regardais son profil. Ravagé, me suis-je dit, je me souviens, par les éléments, ou par autre chose. Qu'avait-il donc ce visage ? Les yeux — des yeux de vieil homme, ou simplement des yeux las. Et pourtant il m'attirait, à cause de sa forme, de l'impression de calme qui se dégageait de la bouche — ou du moins de ce que, dans la semi-obscurité, je prenais pour du calme. Le corps était mince, mais on sentait sa robustesse, comme s'il était ancré là dans le sable. Sa force tranquille. C'est le sentiment que j'avais en le regardant quand il faisait un mouvement.

La brise s'est levée, poussant une mèche de cheveux en travers de son front.

« Il faut que j'aille la mettre au lit, ai-je dit en protégeant la tête de Caroline avec mes bras.

— Il se fait tard », a-t-il répliqué.

Il s'est penché pour reprendre la boîte à outils dans le canot. Je me suis éloignée.

Ni « A un de ces jours », ni « Content d'avoir fait votre connaissance », rien.

J'étais à mi-chemin sur la plage quand j'ai entendu démarrer le moteur du camion. Pendant un instant j'ai marché dans la lumière des phares, consciente d'être éclairée de dos, et puis plus rien, le camion a tourné dans le chemin. Je me suis arrêtée pour suivre son trajet, pour voir ses lumières danser sur le sol rocailleux, tourner à gauche sur la route de la côte, et le faisceau lumineux avancer vers le sud en direction du village.

Mes journées se déroulaient selon un certain rythme, qui s'était établi avant même que j'en prenne conscience, un schéma insistant qui s'imposait à moi aux limites de ma conscience.

Chaque jour je me réveillais avec le ronronnement sourd d'un moteur dans le chemin. Par la fenêtre, on ne voyait encore qu'une vague grisaille, premier signe du jour. J'écoutais les camions rouler sur le sable, et au bout d'un temps j'ai commencé à pouvoir identifier les bruits quotidiens : une portière qui se refermait, un objet que l'on traînait au fond d'un camion, un petit bruit d'éclaboussure quand un canot était mis à la mer, les planches qui craquaient sous le poids d'un homme, le claquement d'un sillage contre un grand bateau. Et puis un autre moteur se mettait en route, semblait grogner un peu comme s'il renâclait, et enfin il y avait ce doux gémissement qui allait en mourant tandis que le bateau s'éloignait de son mouillage.

Je faisais mon grand lit chaque jour. Je tirais les draps et remettais la courtepointe. Il y avait dans ces gestes une pureté monacale, un retour à moi-même. Si le bébé n'était pas encore réveillé, je descendais à la cuisine me faire une tasse de café et je restais à table en chemise de nuit et en cardigan à regarder la mer changer de couleur avec le lever du jour.

Au début, je n'ai même pas pu lire. Les livres étaient là, mais pendant des jours entiers ils sont restés fermés sur la table. J'avais juste envie de regarder.

On était en hiver, au cœur de l'hiver, à l'époque de l'année où tout dort, et pourtant j'étais continuellement surprise par les changements incessants du paysage. Parfois la marée descendait si bas qu'il ne restait de la mer que des flaques. A d'autres moments, à marée haute, on aurait dit que la pointe là devant moi n'était plus que le bout d'un fuseau.

J'étais très ignorante. Les tout premiers jours, j'étais incapable de prévoir les marées ; c'était une surprise continuelle. Je me trompais régulièrement. Je reconnaissais les mouettes, mais il y avait d'autres oiseaux que je n'avais jamais vus auparavant. Parfois, je croyais voir des phoques, oui, j'en étais sûre, et puis quand je regardais de nouveau, la bosse sombre que j'avais prise pour un phoque n'était qu'un rocher battu par les flots.

J'avais mes occupations domestiques, bien sûr. Je faisais la lessive à la main, je mettais à bouillir les couches et j'étendais le linge sur un fil derrière la maison. J'aimais bien voir notre lessive flotter au vent — les maillots de corps de bébé à côté de mes jeans.

Il y avait de l'activité tout autour de moi, et c'est peut-être ce qui m'entraînait. Comment pouvais-je rester à ne rien faire alors que, chaque matin, des hommes venaient à la pointe réparer leurs casiers et leurs nasses abîmés, ou bien sortaient en mer ? D'abord, il y avait les camions, et puis le bruit d'un moteur de bateau, ou une volute de fumée qui montait de l'atelier. Quelquefois il y avait à la pointe trois camions, ou même quatre. Par moments, j'entendais une voix, ou un peu de musique, parfois un cri et puis un éclat de rire. Et en début d'après-midi, je voyais le langoustier vert et blanc revenir de derrière une île couverte de pins sombres. C'était un jalon dans ma journée, un signe de ponctuation, et je ne manquais jamais d'observer l'homme au ciré jaune accomplir son rituel de retour.

Mais quand le camion noir était reparti dans le chemin, la journée semblait perdre son rythme. Tous ces mouvements que j'avais entendus, compris, attendus disparaissaient soudain et, jusqu'à la nuit, j'avais plus de mal à tuer le temps. J'essayais de remplir ces heures-là en allant faire un tour en voiture ou à pied, ou en faisant une sieste. Mais je savais bien que c'étaient des gestes de défi, que je me battais contre le vide du temps.

Finalement, la deuxième semaine, j'ai établi une routine qui me convenait et paraissait s'accorder avec le monde qui m'entourait. J'ai acheté quelques écheveaux de laine et je me suis mise au tricot, un pull pour moi et un pour Caroline. Le matin, pendant qu'elle dormait, je tricotais. C'est ma mère qui m'avait appris quand j'étais petite, mais je ne m'y étais jamais remise depuis que j'étais partie à New York. J'avais le sentiment que cela me liait à elle, à quelque chose qu'elle m'avait donné, qui se traduisait maintenant par une chose que je pouvais donner à ma fille. J'aimais bien aussi cette impression d'accomplir un travail manuel — une sorte de contrepoint au travail des hommes autour de moi.

J'appelais ma mère une fois par semaine le samedi, de la cabine de l'A & P à Machias. C'était une habitude établie, et je savais qu'elle s'inquiéterait si elle n'avait pas de mes nouvelles. Je ne lui avais pas dit où j'étais ni ce qui s'était passé. Je faisais comme si tout allait bien.

Willis passait presque tous les jours, sous un prétexte ou un autre. Il avait du poisson pour moi, ou bien il voulait se réchauffer un peu à la cuisine. Une fois, il avait sculpté au couteau une petite figurine en bois pour Caroline. Chaque jour, il venait s'asseoir à la table de la cuisine. Il regardait mon visage. Je savais bien que mes contusions s'arrangeaient et n'étaient plus aussi à vif que lorsque j'étais arrivée. Mais quand il m'observait ainsi, je détournais mon regard.

Je le laissais presque toujours entrer, ne fût-ce que par politesse, et il s'attardait rarement. Il se comportait un peu en propriétaire à mon égard. Il n'a jamais reparlé de « se mignoter un peu », selon l'expression qu'il avait employée ce fameux jour, mais la question semblait toujours plus ou moins dans l'air : s'il insistait suffisamment, est-ce que je ne finirais pas par changer d'avis ?

Vous vous demanderez peut-être pourquoi je le laissais venir me voir, et parfois je me le demande aussi. Je crois que je ne voulais pas me le mettre à dos — pas plus que quiconque au village, en fait. Et je ne voulais pas non plus attirer l'attention sur moi plus qu'il n'était nécessaire. Je devais espérer que

Willis se lasserait de ma froideur, et qu'il cesserait de venir.

Quand Willis était parti, je donnais le sein au bébé et puis je me préparais à déjeuner. Généralement, j'avais fini le ménage à midi. Ensuite je sortais avec Caroline. Si le temps le permettait, je la mettais dans le porte-bébé et nous faisions l'aller-retour jusqu'au bout de la pointe, ou bien nous allions du côté sud sur les galets. Lors d'une de mes incursions à Machias, je m'étais acheté une paire de baskets pour pouvoir marcher plus aisément sur les galets. Quelquefois je ramassais des choses : des petits cailloux mauves et lisses un jour, des coquillages parfaitement blancs le lendemain. A la maison, les bocaux et les tasses de petits cailloux et de coquillages s'accumulaient sur le rebord des fenêtres.

Après la promenade, je mettais Caroline dans la voiture et nous allions à Saint-Hilaire. Je faisais mes courses à l'épicerie tous les jours, et je choisissais au début de l'après-midi ce que je me ferais pour le dîner. J'ai appris à affronter le regard torve de l'œil de verre, les bavardages, les questions — et même, au bout d'un temps, tout cela est devenu un but agréable, un fil ténu qui me reliait au village.

Deux fois par semaine, les jours d'ouverture, j'allais à la bibliothèque. Je m'étais finalement mise à la lecture, et une fois lancée j'avais envie de lire davantage. Je lisais le soir et tard dans la nuit, dévorant parfois un livre par jour. Je n'avais jamais eu autant de temps, me semblait-il, et la lecture était un luxe que je redécouvrais.

La bibliothèque n'était pas très riche, comme tant d'autres sans doute — il n'y avait guère de livres récents —, mais il y avait les classiques, et j'avais largement de quoi m'occuper. Je lisais Hardy, je me souviens, Jack London, Dickens, Virginia Woolf et Willa Cather.

Ces visites dans le petit bâtiment de pierre étaient

pour moi un des plaisirs de la semaine. Il y avait là une certaine Mme Jewett qui avait d'abord hésité à m'accorder une carte de membre parce que je n'étais que locataire d'une maison, mais finalement j'avais réussi à l'amadouer. Réticence vraiment surprenante de sa part quand j'y pense, car j'étais presque toujours la seule personne qu'elle voyait de la journée, et je sais qu'elle attendait mes visites avec plaisir.

Finalement, j'ai pris l'habitude d'aller prendre une tasse de thé chez Julia Strout. Oui, parfois je me sentais seule — même si j'appréciais ma solitude, curieux paradoxe —, et c'est ce qui m'a poussée, après toute une série de jours gris la deuxième semaine, à aller rendre visite à cette grande femme aux dents écartées. En sortant de la boutique d'Everett et en voyant la maison de Julia de l'autre côté du communal, je me suis dit : Je pourrais trouver un prétexte pour m'arrêter chez elle — le robinet de la cuisine fuyait ? j'avais besoin de couvertures supplémentaires ? Mais quand j'ai gravi les marches de sa véranda et frappé à sa porte, mes prétextes se sont envolés ; et quand elle m'a ouvert, avec un brin de surprise dans le regard sur le moment, mais son visage ne laissant rien paraître ou presque, j'ai dit que je passais juste lui dire bonjour.

Je n'étais jamais entrée chez elle, et je me figurais qu'elle avait un intérieur ordinaire, encombré de petits objets, avec des babioles et des dessus de théière tricotés partout. Avais-je cette idée seulement parce qu'elle était d'une autre génération que moi ? En fait, sa maison n'avait rien de surchargé, elle était au contraire étonnamment sobre et attrayante. Je me souviens surtout des planchers, en bois sombre et luisant, dont elle m'a avoué plus tard qu'elle se mettait à quatre pattes pour les cirer. C'était un rite chez elle, m'a-t-elle dit, de se lever à six heures tous les matins et de passer les deux premières heures de la journée à nettoyer et à briquer, pour être débarrassée du ménage le reste du temps. Elle avait une assez grande cuisine, avec des panneaux blancs verticaux le long des murs et un sol d'ardoise gris-vert. Elle m'a fait entrer à la cuisine en disant qu'elle allait nous préparer une tasse de thé. Il y avait une cheminée et une grande table ronde en chêne. Cet après-midi-là, comme toujours, elle portait un pantalon en gros velours côtelé et un pull. Je ne crois pas l'avoir jamais vue en jupe pendant tout le temps où je l'ai connue. Elle avait les mains et les avant-bras robustes et musclés, chose que j'ai remarquée particulièrement quand elle a posé la bouilloire sur la cuisinière. Je me souviens aussi qu'il y avait un grand nombre de livres dans sa cuisine — pas des livres de cuisine, non, des romans, des biographies, des livres d'histoire — et j'ai eu l'impression qu'elle se tenait dans cette pièce-là, en hiver du moins.

J'ai posé Caroline et je l'ai laissée se traîner par terre en veillant à ce qu'elle n'approche pas de la cheminée. Julia a mis le pare-feu et elle aussi surveillait Caroline, car elle s'est levée à un moment où le bébé s'approchait trop du foyer pour la ramener de l'autre côté de la pièce.

« Vous vous habituez à la maison ? m'a demandé Julia Strout en allant chercher deux tasses dans son buffet.

— Oui, c'est formidable. Très calme.

— Vous savez à peu près combien de temps vous allez rester ? »

C'était une question comme une autre — je crois que ma réponse ne lui importait pas vraiment —, mais j'ai été prise au dépourvu et j'ai dû hésiter, ou bien elle a lu mon affolement sur mon visage, car elle s'est empressée d'ajouter : « Vous pouvez rester aussi longtemps qu'il le faudra ou que vous en aurez envie. Je n'attends pas d'autres locataires.

— Ah bon.

— Du lait ou de l'alcool ?

— Comment ?

— Moi je préfère la gnaule quand il fait froid, mais c'est comme vous voudrez.

— Un peu de gnaule, alors. »

Je l'ai regardée verser une bonne rasade du liquide ambré dans les tasses. Elle n'était peut-être pas aussi raisonnable que je l'avais cru.

Elle a apporté les tasses bouillantes sur la table. J'ai bu une gorgée. C'était de l'alcool fort et j'ai eu une sensation de chaleur à l'intérieur.

Elle s'est assise en face de moi, elle a avalé une gorgée de thé.

« Vous allez chercher du travail ? »

Je ne savais pas quoi répondre à sa question. J'ai regardé Caroline.

« Je ne sais pas. Oui, sans doute, il va bien falloir finalement. Mais j'ai l'impression qu'il n'y a guère de possibilités. Je ne sais pas très bien ce que je pourrais faire.

— Vous avez de l'argent pour un moment ? a-t-elle dit prudemment.

— Oui.

— Et quand vous n'en aurez plus... ?

— Eh bien oui.

— Je vois. » Elle s'est tournée sur sa chaise.

« Moi aussi j'aime bien vivre seule, même si cette maison est ridiculement grande pour une personne seule. Mais le cottage est agréable.

— Très agréable.

— Ici, j'ai fermé la plupart des pièces. Je ne me verrais pas vivre avec quelqu'un à présent. Il y a trop longtemps que je vis seule. »

J'ai compris ce qu'elle voulait me laisser entendre — qu'il ne fallait pas que j'aie peur de vivre seule. J'ai pris une autre gorgée de thé. Caroline roucoulait dans un coin, fascinée par les pieds sculptés et tournés d'un grand fauteuil de bois qu'elle avait trouvé là.

« Vous vous cachez, c'est ça ? m'a demandé Julia

Strout brusquement et sans détours. Vous êtes partie de chez vous ? »

Je n'ai pas répondu tout de suite.

« Vous n'êtes pas obligée de me le dire. Ça ne me regarde pas.

— Je n'ai pas pu faire autrement », ai-je fini par avouer.

Elle a gardé les yeux fixés un moment sur son genou, qui était croisé sur l'autre jambe. Elle avait des chaussures de travail lacées jusqu'à la cheville.

« C'est pas très bon d'être tout le temps seule avec un bébé. Je peux toujours vous garder la petite une heure ou deux si vous voulez un peu de répit.

— Merci, mais je ne pourrais...

— Bon, bon, vous réfléchirez.

— Entendu. »

Le silence s'est fait dans la cuisine. Dans le coin, à quatre pattes, Caroline a perdu l'équilibre et elle s'est cogné la tête contre le pied du fauteuil. Je suis allée la ramasser. J'avais d'ailleurs presque fini mon thé et j'ai dit qu'il fallait que je parte. Julia n'avait pas l'air pressée de me laisser partir, et je me suis dit qu'elle se sentait peut-être parfois un peu seule elle aussi.

Elle m'a accompagnée à la porte.

« Revenez prendre une tasse de thé quand vous voudrez », m'a-t-elle dit.

J'ai accepté en la remerciant. Elle m'a regardée mettre la combinaison à Caroline et m'enrouler dans mon écharpe.

« Il ne vous trouvera pas ici », m'a-t-elle dit.

Ce jour-là, au lieu de rentrer au cottage, je suis allée à Machias. Je voulais m'acheter quelque chose au Prisunic. Je suis entrée dans le magasin et je me suis acheté une chemise de nuit — une chemise de nuit longue, en flanelle, à petits bleuets, une chemise de nuit longue toute simple pour me tenir

189

chaud dans mon lit solitaire, le genre de chemise de nuit qui s'avachit et s'élime à l'usure.

Une chemise de nuit qui n'aurait pas plu à Harrold.

A la mi-décembre, une dizaine de jours avant Noël, il y a eu un soudain déploiement d'activité à la pointe : trois bateaux sur les quatre qui étaient dans le chenal ont été halés sur des bers pour l'hiver. Il y avait des remorques, des treuils, de grosses poulies, et un plus grand nombre d'hommes que je n'en avais jamais vu là. Un des bateaux qu'on ramenait à terre ce jour-là était le *Jeannine*, le bateau de Willis. Alors, ostensiblement, Willis est monté chez moi deux fois, une fois pour le café et une autre fois pour boire un verre quand le bateau a été sur la terre ferme, comme pour bien montrer aux autres que nous étions de vieux copains et qu'il était presque comme chez lui au cottage. Je me suis demandé s'il arrivait aux autres de lui poser des questions sur moi et, si oui, ce qu'il leur racontait. Est-ce qu'il se bornait à leur dire le peu qu'il savait, ou se sentait-il obligé de broder autour de ces quelques faits pour me présenter, dans ses récits, comme un personnage plus mystérieux et plus fascinant ? Quant au langoustier vert et blanc, il n'a pas été halé ce jour-là, il n'était même pas dans le chenal. Il était sorti à l'aube, comme d'habitude, et il n'est rentré qu'à la nuit tombante, alors que tous les autres bateaux avaient été tirés à terre et que les hommes étaient rentrés chez eux pour le souper.

Le lendemain, j'ai équipé Caroline et je me suis habillée pour une sortie. Je manquais de café, de liquide à vaisselle et de céréales pour bébés que j'avais commencé à donner à ma fille, et je me suis dit que j'allais faire un saut au village pour prendre quelques petites choses chez Everett Shedd. C'était une journée grise et froide, le ciel était couvert, et j'ai pensé que j'avais intérêt à faire cette course avant la nuit et avant qu'il ne fasse trop mauvais temps. J'ai mis Caroline dans son couffin sur le siège arrière et j'ai fait démarrer la voiture. Mais arrivée à la moitié de l'allée gravillonnée, je me suis aperçu que quelque chose n'allait pas. Le volant tirait à droite. Je me suis arrêtée et je suis sortie de la voiture. J'avais un pneu à plat, le pneu avant droit.

Je vais sans doute vous faire sourire — je vous imagine comme quelqu'un qui se targue de se débrouiller seule —, mais je n'avais jamais changé une roue de ma vie. Un ami de ma mère m'avait montré comment faire — c'est lui qui m'avait appris à conduire —, mais je ne m'étais jamais exercée. Par habitude, j'ai regardé autour de moi, comme si quelqu'un allait paraître — où était Willis quand j'avais vraiment besoin de lui ? —, mais ce jour-là le paysage était particulièrement morne et vide. Maintenant que leurs bateaux étaient à terre, les hommes avaient apparemment pris un jour de congé. Et le langoustier vert et blanc n'était toujours pas rentré. Je me suis dit que je pouvais attendre jusqu'au lendemain que quelqu'un vienne, mais je n'étais pas très rassurée de me savoir là avec le bébé sans voiture, au cas où j'aurais une urgence. J'ai remporté Caroline dans la maison pour qu'elle ne prenne pas froid sur le siège arrière, et je l'ai mise sur le tapis dans son couffin. Toutes ces allées et venues l'avaient complètement réveillée et elle pleurait.

J'ai marmonné que je revenais tout de suite, ce qui, en l'occurrence, était follement optimiste, et je suis ressortie pour fouiller dans la malle arrière. J'ai trouvé le cric, la roue de secours et une clef en croix. Je savais ce qu'on était censé faire. J'ai installé le cric, mais je n'arrivais pas à desserrer les boulons. Je me suis mise debout sur la clef, mais, même avec tout mon poids, rien n'a bougé. J'entendais Caroline pleurnicher à l'intérieur de la maison.

Je me disais qu'il faudrait sans doute que

j'attende qu'elle soit endormie, mais il ferait nuit dehors et j'aurais encore plus de difficulté. Je pensais qu'en sautant sur le cric j'arriverais à débloquer les boulons, et c'est pourquoi j'étais là à sauter de toutes mes forces en me tenant à la voiture pour ne pas perdre l'équilibre, et je devais même pester contre ma malchance, quand j'ai entendu une voix derrière moi. Je n'avais pas vu le bateau rentrer. De l'allée, le chenal était moins visible que de la maison. Et je n'avais pas entendu le bruit familier, car les cris de Caroline m'avaient accaparée.

« Ils vous serrent ça tellement fort qu'on se demande qui arrive à les défaire, a-t-il dit. Attendez, laissez-moi essayer. »

Il s'est penché et il a appuyé très fort sur la clef. Je ne voyais que l'arrière de son crâne. Le froid lui faisait les oreilles toutes rouges. Je ne l'avais jamais vu porter un bonnet. Il a desserré les boulons et il les a jetés dans l'enjoliveur. Caroline pleurait comme une folle.

« Il faut que j'aille voir le bébé », lui ai-je dit.

Il m'a fait signe de la tête, et il a démonté la roue à plat. Je suis rentrée dans la maison, j'ai pris Caroline dans mes bras, et je suis retournée pour regarder l'homme au ciré jaune remonter ma roue. Il s'y prenait de façon expéditive et méthodique, comme s'il avait déjà effectué cela une centaine de fois. Il a examiné le pneu crevé en le faisant tourner lentement entre ses mains. Et puis il l'a mis dans le coffre.

« Là tout de suite, je ne vois pas ce qu'il y a. Portez-le à Everett, il vous le réparera s'il peut. » Il s'essuyait les mains à un chiffon de la malle arrière.

« Heureusement que vous êtes arrivé, ai-je dit. Je ne sais pas ce que j'aurais fait toute seule.

— Quelqu'un aurait fini par passer, a-t-il répliqué. Elle perce toujours des dents ? »

J'ai regardé Caroline. « Pas depuis l'autre soir. Ça va bien maintenant. »

J'ai levé les yeux. Il me dévisageait. Je n'avais pas pensé, après tous mes efforts pour changer ce pneu, à remettre mon écharpe. Il m'a fixée pendant quatre ou cinq secondes, sans rien dire, et je n'ai pas cherché à éviter son regard. Je me disais qu'il avait des yeux extraordinaires, qui n'avaient pas l'air de faire partie du reste de son visage. Il a semblé sur le point de parler, mais il s'est arrêté.

Il a jeté le chiffon dans le coffre et il l'a refermé.

« Merci, ai-je dit.

— De rien », et il est parti.

Juste à ce moment-là, un camion rouge a tourné dans le chemin à assez vive allure et s'est arrêté en faisant gicler des gravillons sur ma voiture comme une volée de plombs de chasse. L'homme au ciré jaune, en retournant à son camion, et tout en continuant à marcher, a fait à Willis un signe de la main.

Willis a sauté de la cabine, il a regardé du côté de Jack Strout avant de me regarder moi.

« Qu'est-ce que c'est que cette histoire ? a-t-il demandé, comme s'il était à bout de souffle.

— Quelle histoire ?

— Avec Jack. Qu'est-ce qu'il fait ici ? »

J'ai trouvé la question plutôt étrange.

« J'avais un pneu à plat. Il m'a vue essayer de réparer et il est venu m'aider.

— Ah ouais. »

Il a fait sortir une cigarette du paquet qui était dans la poche de sa veste, et il a mis la cigarette à ses lèvres. Il avait l'air particulièrement nerveux.

« Il faut que je m'en aille. Il faut que je fasse réparer mon pneu chez Everett.

— J'vais y aller, a-t-il dit aussitôt. J'vous le rapporterai tout de suite et je vous le remonterai.

— Non, mais merci tout de même. J'ai des choses à acheter. » Je me suis avancée près de ma voiture.

« J'venais vous prévenir pour le feu de joie.

— Quel feu de joie ?

— C'est la tradition au village. Chaque année, la

193

veille de Noël, on se rassemble sur le communal, tout le village, et on fait un grand feu en chantant des chants de Noël. Tout le monde y va. A l'église, les femmes font du cidre chaud et des gâteaux pour les gosses. Vous devriez venir ; vous enveloppez bien le bébé. On croirait jamais la chaleur que ça dégage ; ça vous réchauffe même si la nuit est glaciale. » Il a levé les yeux vers le ciel qui menaçait. « J'crois bien qu'on va encore avoir de la tempête ce soir. »

Je me suis dit qu'il devait être à court de prétextes pour venir chez moi. On était à plus d'une semaine de Noël.

« Eh bien, je verrai », ai-je dit.

Il a tiré longuement sur sa cigarette.

« Vous voulez que j'roule derrière vous jusqu'au village ? Pour être sûr qu'y aura pas d'ennuis, sans roue de secours ni rien ?

— Non, ça va aller.

— Vous êtes bien sûre de ça, la Rouquine ?

— Oui, certaine, ai-je dit en allant à ma voiture.

— Alors, très bien, a-t-il dit en regardant la silhouette en ciré jaune qui se dirigeait vers le bout de la pointe. J'crois que j'vais aller voir c'que devient ce vieux Jack. Dommage que je sois pas arrivé plus tôt. J'aurais pu vous changer votre roue ; vous auriez pas eu besoin d'embêter ce vieux Jack.

— Je ne l'ai pas embêté. C'est lui qui...

— Ouais, enfin, m'a interrompue Willis. Alors faites bien attention à vous, avec la tempête, s'il se met à neiger.

— Ça ira », ai-je dit avec plus de fermeté peut-être qu'il n'en était besoin. Je suis montée en voiture, j'ai mis Caroline derrière, j'ai fermé la portière. Willis descendait à la pointe, les épaules remontées sous sa veste. J'ai mis le contact, j'ai respiré à fond. Soudain, j'ai cru voir Harrold tourner dans le chemin à toute allure en criblant ma voiture de graviers comme une volée de plombs de chasse.

Je me suis vue dans la voiture avec Caroline, Harrold penché au-dessus de nous et essayant d'entrer.

Je me suis demandé où il était à présent, à quoi il pensait, ce qu'il avait fait pour me retrouver.

Il y a des périodes de mon séjour à Saint-Hilaire qui sont maintenant très brumeuses dans mon esprit. Les quelques jours avant Noël, par exemple. J'ai un souvenir très net de la veille de Noël, du feu de joie, mais les jours précédents sont flous.

La veille de Noël, Caroline a beaucoup pleuré ; elle perçait deux autres dents à la fois, et mes efforts pour la calmer étaient vains. Même l'aspirine pour bébés que j'avais enfin achetée semblait n'avoir aucun effet. En dernier ressort, je l'ai mise dans la voiture et j'ai roulé sans but sur la route de la côte pendant au moins une heure pour qu'elle s'endorme. C'était une journée lumineuse, limpide. A ma gauche, tandis que je roulais vers le sud en direction du village, la baie était parsemée de joyaux qui scintillaient, bougeaient sans cesse et étincelaient au soleil à son zénith. J'avais mis mes lunettes noires par nécessité autant que pour me camoufler. Le langoustier vert et blanc n'était plus là quand j'avais emmitouflé Caroline pour l'emmener en voiture, et pendant que je roulais — d'abord vers le sud, puis vers le nord en regardant la mer par la portière du passager — j'espérais sans doute voir un point qui aurait pu être un bateau apparaître du côté abrité d'une île ou passer lentement parmi tout un semis de flotteurs.

Dans la journée, des hommes allaient et venaient à la pointe. J'entendais un moteur, et puis peut-être une voix qui en appelait une autre. Des mots brefs, des éclats de voix portés par le vent, des paroles un peu bourrues d'hommes qui ne s'arrêtent pas de travailler pour se saluer ou se parler.

J'ai dû me dire que j'allais juste jeter un coup d'œil au feu de joie, et qu'ensuite je ramènerais

Caroline à la maison. J'étais curieuse de voir l'événement et, si je n'avais pas craint de sortir Caroline par un soir aussi glacial, j'aurais été contente d'avoir un but, quelque chose qui couronne ma journée.

Je n'avais jamais pris la route de la côte de nuit, sauf ce premier soir où je m'étais à moitié perdue en allant au motel, mais maintenant que je connaissais mieux la route et que j'avais des repères pour me guider, je reconnaissais plus facilement des maisons qui m'étaient devenues familières. Ce soir-là le ciel semblait immense, plein d'étoiles, et la lune, crème et basse à l'horizon, envoyait sur la mer un faisceau de lumière ondulante, éclairant, par l'est, les formes toutes simples des vieilles maisons, des cottages et des fermes.

De nombreuses maisons avaient des guirlandes lumineuses de Noël accrochées le long des chéneaux, ou des bougies électriques aux fenêtres. Çà et là, je voyais un sapin dans une salle de séjour et, j'avais beau ce soir-là être assez indifférente à tout cela, je réfléchissais à l'étrangeté de cette coutume d'apporter un arbre à l'intérieur de la maison, de le décorer de verroteries et de clinquant et de le couvrir d'ampoules électriques de couleur. J'essayais d'imaginer ce que j'aurais pensé de cette coutume s'il m'était arrivé d'être à Karachi ou au Caire en été et de voir les gens, pour une fête musulmane, apporter chez eux un arbre en fleur qu'ils auraient décoré de la même façon. Mais je n'étais pas indifférente au point de ne pas avoir, par moments, à la vue de ces intérieurs sur la route de la côte, des souvenirs très vifs des fêtes passées avec ma mère, des souvenirs de noëls qu'elle m'avait préparés — les bas accrochés à la bibliothèque, les fragiles décorations de verre sur les plus hautes branches de notre sapin, les bougies électriques aux fenêtres, et la pile de cadeaux (des pulls, des gants, des bonnets tricotés à la main, et toute une collection de jouets).

La lueur du feu de joie était visible dès les abords

du village. Je me suis garée sur le terrain derrière l'église, j'ai mis Caroline dans le porte-bébé et je l'ai enveloppée dans mon manteau, si bien qu'elle n'avait que la tête qui dépassait, dans son bonnet de laine, au-dessus des boutons de mon manteau. Elle s'était un peu apaisée depuis la fin de l'après-midi, et je me suis dit qu'elle allait probablement dormir pendant que je ferais mon tour à pied.

Je me suis dirigée vers la lueur du feu, et je suis restée un peu en arrière, au dernier rang des spectateurs. Il m'a semblé qu'il y avait déjà bien deux cents personnes sur le communal, presque toutes autour du feu. Tout en avant se trouvaient de jeunes garçons, le visage éclairé d'une lumière orangée : ils s'élançaient imprudemment vers les flammes et revenaient ensuite dans le cercle, ils jetaient des brindilles et des débris de bois sur le bûcher, et ils levaient la tête quand un plumet d'étincelles jaillissait au-dessus de la foule. Le feu faisait du bruit, on l'entendait crépiter, exploser, et tout autour aussi il y avait une bruyante agitation : les jeunes poussaient des cris, les adultes faisaient des recommandations, parlaient confusément, se saluaient, frappaient des mains pour se réchauffer — et pourtant, même au dernier rang, je sentais la chaleur du feu. Une fois ou deux, j'ai vu un adolescent un peu plus âgé passer dans la foule en brandissant un panneau pour la paix ; un autre avait une pancarte en carton qui disait : « Arrêtez la guerre. » La lumière s'échappait par les brèches dans le cercle des spectateurs, éclairant la pierre du monument aux morts, une Volkswagen verte garée le long du communal, un grand arbre tout droit dont je ne voyais pas le faîte.

Moi, je trouvais ce brasier dangereux ; il me semblait que des flammèches pourraient aisément mettre le feu à l'épicerie ou à la maison de Julia, qui étaient de vieilles constructions en bois, ou même aux arbres au-dessus de nous — mais apparemment les gens ne se souciaient pas du danger. Comme, depuis tant d'années, ils n'avaient pas eu d'incident, ils s'en remettaient peut-être à un hasard favorable, ou peut-être avaient-ils pris des précautions que j'ignorais. Peut-être que des branches gelées ne prennent pas feu facilement, je ne sais pas.

Je me sentais bien dans la pénombre du dernier rang ; j'étais là en voyeur, emmitouflée dans mon manteau et mon écharpe, même si, de temps en temps, on me jetait un regard entendu. Presque tout le monde savait sans doute déjà qu'il y avait une nouvelle venue au village, avec un bébé ; certains pensaient peut-être que j'étais une parente d'une famille de Saint-Hilaire chez qui j'étais venue passer Noël. Les hommes et les femmes avaient presque tous un gros manteau trois-quarts, une écharpe autour du cou et un bonnet en tricot. La nuit était glaciale, avec de petits nuages de condensation, d'haleine tiède dans l'air froid. Parmi les hommes, certains buvaient une petite goutte de temps en temps à une bouteille cachée dans un sac en papier, et une fois ou deux j'ai senti en passant une odeur de marijuana, sans pourtant voir vraiment quelqu'un fumer un joint.

« C'est du bois vermoulu de vieux casiers. »

Surprise, je me suis tournée du côté de la voix, à la hauteur de mon épaule. Willis tenait une canette de bière dans une main, et il avait l'autre main dans la poche de sa veste en jean. Il avait du givre sur sa moustache et, quand le feu lui a éclairé le visage, j'ai vu que ses yeux étaient très injectés.

« Le feu, a-t-il continué, on fait un grand tas avec nos vieux casiers et d'autres trucs. Ça flambe drôlement, hein. »

Il me regardait tout en disant cela, il me jaugeait. Il agitait une jambe nerveusement.

« Où est votre famille ? me suis-je empressée de lui demander.

— Jeannine a emmené les garçons dans l'église

pour boire du cidre et je sais pas trop quoi. J'vous ai vue depuis l'autre côté. »

Il a pris une dernière gorgée de bière, il a laissé tomber la canette par terre et l'a écrasée avec son pied.

« Alors qu'est-ce que vous pensez de notre feu, là ? C'est quelque chose, non ?

— C'est vraiment formidable.

— Ça fait cinquante ans qu'on fait ça. Mon pater en parlait toujours. Vous voulez que j'aille vous chercher une bière ?

— Non merci. Ça va bien.

— Alors vous voulez une taffe ? J'peux aller nous chercher un joint. »

J'ai entendu le *nous,* et ça ne m'a pas plu. Je n'aimais pas non plus l'image qui me venait à l'esprit : Willis et moi en train de fumer de l'herbe dans l'ombre de l'église.

« Je voudrais bien faire la connaissance de vos fils », ai-je dit.

Il s'est mis à se balancer. Il a paru gêné.

« Ouais, sûr. Ils vont bientôt ressortir », a-t-il répondu d'un air vague.

Les chants de Noël ont commencé, sans qu'on sache d'où ils étaient partis, à quel signal. Pendant une ou deux mesures, un homme a chanté seul, et puis une demi-douzaine d'autres se sont joints à lui, et puis tout le monde a chanté ensemble, les gens ont cessé de bavarder avec leurs voisins en entendant monter le chant. A la fin de *O douce nuit*, tout le village était à l'unisson, les graves des voix de basse masculines contrebalancés à certains moments par les trilles aigus des femmes les plus âgées.

Ensuite ils ont entonné un air plus gai — *Ecoutez les anges* ou *Dieu vous garde, joyeux sires* — et je les ai regardés chanter tous ensemble. Je m'étais mise à chanter moi-même, ce qui coupait court à toute conversation avec Willis. Il s'agitait à côté de moi, se balançant ou remuant nerveusement, je ne savais pas trop. C'est au milieu de ce chant-là que j'ai vu Jack, deux ou trois rangs devant moi. Il me tournait le dos, mais il était un peu de côté et il se penchait vers une adolescente près de lui, si bien que je voyais son visage pendant qu'il lui parlait. Elle avait renversé son cidre sur ses gants — apparemment, c'était ça le problème. J'ai vu Jack lui ôter ses gants et les mettre dans sa poche, et puis retirer ses propres gants de ses mains pour les lui donner. Il lui a tenu son gobelet de cidre chaud pendant qu'elle les enfilait. Je ne voyais pas le visage de la fillette — elle me tournait le dos —, mais j'ai été frappée par la masse de cheveux qui dépassait de son bonnet : elle avait les cheveux de la même couleur que ceux de son père, et ils étaient longs et bouclés.

Il y a peut-être eu un léger mouvement de foule, ou bien un homme a bougé devant moi et m'a bouché la vue, mais j'ai dû essayer de me hausser ou tendre le cou pour observer la scène entre Jack et sa fille, car je me suis rendu compte brusquement que Willis me regardait fixement. Il m'a d'abord dévisagée, et puis il a voulu voir ce qui retenait mon attention. Il s'est ensuite retourné vers moi. J'ai croisé son regard, et j'ai détourné les yeux. J'étais gênée, je pense. Je n'avais pas pu déchiffrer son expression pendant qu'il réfléchissait, mais son regard m'avait semblé plus clair et plus vif qu'avant.

« Je vais boire un peu de cidre », ai-je dit bien vite en m'éloignant de lui.

Il faisait chaud dans l'église, qui était tout illuminée. Les gens enlevaient leur écharpe, leur bonnet et leurs gants dès qu'ils y pénétraient, et ceux qui portaient des lunettes étaient obligés de les retirer pour essuyer la buée. Le cidre était servi dans la salle paroissiale, qui communiquait avec l'église. J'ai suivi les autres vers une longue table recouverte d'une nappe rouge. Dessus étaient posés des chaudrons noirs de cidre chaud, des assiettes de petits biscuits et de gâteaux, et des bougies entourées de houx. L'odeur piquante du cidre était délicieuse et emplissait la salle. On avait accroché des guirlandes argentées à un rideau de velours vert sur une estrade, et il y avait un grand arbre de Noël dans un coin.

Caroline s'est réveillée, m'a regardée et s'est frotté les yeux. Je me suis dit un instant qu'il faudrait sans doute que je lui donne bientôt la tétée, et je me suis demandé si je ne ferais pas mieux de rentrer directement. J'avais chaud avec mon écharpe à l'intérieur de l'église. Malgré la bonne odeur du cidre, j'étais trop mal pour rester là plus longtemps. J'ai aussi pensé que Caroline allait se mettre à transpirer, et je n'avais guère envie de la sortir du porte-bébé et de la dévêtir juste pour boire une chope de cidre.

Ça a presque été un soulagement de retrouver le froid extérieur. Je suis restée sur les marches à regarder le tableau qui s'offrait à moi. Un vent violent s'était mis à souffler de l'océan, attisant le feu, le faisant flamber plus vivement, et envoyant dans le ciel des plumets de flammèches encore plus gros. Une femme est sortie de l'église et elle est restée à côté de moi sur les marches le temps de mettre ses gants et d'ajuster son bonnet. En entendant les gens chanter *Joie sur la terre*, je me suis dit que les chants et le feu semblaient atteindre un degré d'ardeur inquiétant.

La femme qui était à côté de moi avait l'air de penser la même chose.

« Je sais bien que c'est tous les ans comme ça, m'a-t-elle dit en secouant la tête, mais pas plus tard que ce matin j'ai dit à Everett qu'il allait se mettre un fiasco sur les bras une année ou l'autre. »

Elle m'a fait un rapide signe de tête, elle a tiré sur ses gants, et elle a descendu les marches pour se mêler à la foule.

Je serais bien restée plus longtemps, certes, mais

la perspective de rentrer au cottage pour donner le sein à Caroline et retrouver mon grand lit blanc ne me déplaisait pas non plus. Caroline m'épuisait avec cette poussée de dents, et je savais qu'elle se réveillerait de bonne heure. J'ai descendu les marches en ayant vaguement l'impression qu'avec le bébé accroché à moi j'avais de nouveau un gros ventre disgracieux de femme enceinte, et j'allais tourner vers l'endroit où j'avais garé ma voiture quand j'ai entendu un cri, et de grosses voix qui grondaient. Les chants se sont arrêtés, mais les gens restaient en cercle, face au feu. Je me suis approchée, me demandant quelle était la cause de ce silence soudain. Le vent soufflait violemment sur le communal et me mordait les joues. J'ai relevé mon écharpe sur mon visage, en gardant Caroline bien au chaud sous mon manteau.

En arrivant dans la foule, je me suis hissée sur la pointe des pieds pour voir. Il y avait de la bagarre près du feu. Un groupe de jeunes, en un mouvement de va-et-vient, refluait vers les flammes ou s'en écartait. La pancarte « Arrêtez la guerre » était par terre. Dans l'assistance, des hommes s'avançaient pour maîtriser ou faire cesser cette échauffourée, et les spectateurs non impliqués dans l'affaire, reculant pour faire de la place, poussaient ceux qui étaient derrière. A l'extérieur du cercle, les gens essayaient de s'avancer, comme si tout le monde voulait voir ce qui se passait au centre.

Il y avait des râles et des cris, des bras qui battaient l'air, des têtes rejetées en arrière. J'ai vu Everett dans la mêlée. Il tenait un jeune par la fermeture Eclair de son blouson de cuir, et puis il s'est fait assener un coup brutal par-derrière et il en a perdu son couvre-chef. Willis était au milieu de la bagarre, fou de rage et ne sachant guère ce qu'il faisait. Je ne comprenais pas quel parti il avait pris, mais je l'ai vu donner un coup de pied dans l'aine à un des jeunes gens. Les femmes qui se trouvaient tout près hurlaient et vociféraient en criant des noms : *Billy ! Brewer ! John ! John ! Arrêtez ! Arrêtez donc !*

J'ai reculé et j'ai serré le bébé dans mes bras. La bousculade risquait de se répercuter vers l'extérieur, et je craignais pour Caroline. Le feu ronflait tout près de la mêlée, mais personne n'y prenait garde.

La foule s'est écartée et Everett en est sorti. Il était tout rouge, sa veste était déchirée, et il n'avait pas récupéré son couvre-chef. Il tenait un jeune par le col et, en dépit de son âge, il menait le garçon à un train que celui-ci ne pouvait pas suivre. D'autres hommes, d'une quarantaine d'années, ramenaient aussi des jeunes en les traînant derrière eux, et les gens se retournaient pour les voir défiler. Everett a emmené le délinquant dans l'église, et les autres ont suivi. Où seraient-ils allés ? Il n'y avait pas de poste de police.

Puis l'assistance s'est retournée sur elle-même. Il y a eu des murmures pleins d'émoi, de nombreux témoignages confus. Quelqu'un a lancé qu'un groupe de jeunes avait voulu transformer le grand feu de Noël en manifestation contre la guerre. J'ai entendu un homme près de moi dire que les jeunes étaient ivres, comme s'il ne fallait pas chercher plus loin.

Le feu continuait à brûler sans plus attirer l'attention de personne ; ce que les gens se racontaient entre eux avec des airs intrigués ou entendus avait beaucoup plus d'intérêt. J'ai jeté un coup d'œil aux maisons blanches le long du communal, et j'ai vu Julia sur sa véranda. J'ai eu l'idée d'aller lui dire quelques mots et de lui souhaiter un joyeux Noël. Mais j'avais du mal à m'arracher à la foule, ou au feu de joie. Le feu m'inquiétait, plus qu'il n'en valait la peine sans doute. J'avais dans l'idée que j'allais partir et que, le lendemain, j'apprendrais qu'une maison ou un arbre avaient pris feu et brûlé. Alors je me suis dit que je devrais faire part de mes craintes, mais je ne voulais pas attirer l'attention sur moi. Je me suis dit que je pourrais en toucher deux mots à Julia Strout ; elle saurait quoi faire.

Je me revois là debout, plus ou moins paralysée par mon indécision, à regarder le feu et la foule. Les images de la bagarre ont commencé à se confondre avec les visages des gens alentour. J'étais sûre de voir Willis frapper encore une fois un jeune sur le côté du visage, et sa main décrivait un arc de cercle dans l'air glacé. L'air se raréfiait. Le feu aspirait l'air autour de nous, et j'avais du mal à respirer. J'ai regardé autour de moi pour voir si les autres avaient du mal à respirer eux aussi. J'ai senti que le cœur me manquait. Et puis j'ai levé les yeux, et les arbres se sont mis à tourner.

Sûr qu'après la veillée de Noël tout le monde ici savait qui c'était, même si les gens avaient encore entendu parler de rien. Je sais pas exactement ce qui lui a causé ça ; la bagarre, j'crois bien. Peut-être que ce qu'elle a vu lui a rappelé de mauvais souvenirs, vous comprenez. Ou alors elle était en bien plus mauvaise forme qu'on avait cru, tous autant qu'on est. Julia Strout se reproche de pas s'en être aperçu, mais elle a tort. On est pas responsable de quelqu'un juste parce qu'on lui loue une maison.

Tous les ans à la Noël, on fait un grand feu de joie là sur le communal. C'est rituel ; on fait ça depuis, attendez voir, depuis 1910 ou quelque chose comme ça. Ça a commencé une année que les pêcheurs se sont mis à brûler leur matériel pourri là sur l'herbe, et y a des gens qui ont chanté et tout ça, et d'année en année ça a pris de l'ampleur, et maintenant on fait un vrai feu de joie avec les casiers qui peuvent plus servir — ils sont tout vermoulus — et on se rassemble autour du feu pour chanter des chants de Noël, et les gamins tournent autour et on boit du cidre et on mange des gâteaux, et y a toujours des jeunes qui sont un peu éméchés, mais c'est une manière d'être tous ensemble pour fêter Noël et, faut dire c'qui est, de se défouler un peu. Ma femme, elle, c'est un oiseau de mauvais augure ; tous les ans elle me dit que ça va être un fiasco. Jusque-là je trouvais que c'était une bonne idée — ça calme les gars pour le reste de l'hiver ou presque, jusqu'à ce qu'ils retournent en mer —, mais cette année, ça a un peu mal tourné et on s'est offert une belle petite castagne.

Ce qui s'est passé c'est qu'il y a deux jeunes — le garçon de Sean Kelly et le fils de Hiram Tibbett — qui s'étaient mis dans la tête de faire une manifestation, vous comprenez, et puis il y a un autre groupe qui était derrière l'église avec une ou deux bouteilles de bourbon, et je me suis pas aperçu qu'ils buvaient, et puis les voilà qui s'amènent près du feu et voilà les deux groupes qui se mettent à s'injurier et à se battre — vous savez bien comment ça se passe avec les jeunes quand ils ont bu — et alors ils se déchaînent complètement, et voilà que les adultes s'en mêlent aussi, et il a fallu que j'y aille pour faire la loi. Tout ça pour vous expliquer que, quand c'est arrivé, j'étais dans l'église et, pour tout vous avouer, j'avais reçu un fameux coup, et j'avais beau mettre mon point d'honneur à pas le montrer, j'étais un peu dans les vapes et j'ai pas réagi aussi vite que j'aurais dû.

C'est Malcolm Jewett qui m'a alerté en arrivant dans l'église comme une tornade ; j'avais ces jeunes en main et on était en train de régler la situation, et le voilà qui m'crie qu'y a quelqu'un par terre, la femme avec le bébé. Je vois tout de suite de qui il parle, parce que j'avais vu Mary circuler avec le bébé plus tôt dans la soirée. Elle est tombée, qu'il dit, et il y a une femme qui a dégagé le bébé de ce machin qui sert à le porter, le bébé a pas de mal mais il pleure. Alors je laisse les jeunes entre les mains de Dick Gibb et je me précipite sur le communal, mais je vois que Jack Strout l'a déjà relevée et lui arrange son écharpe. Julia est là aussi ; je crois qu'elle a vu Mary de sa véranda, c'est toujours là qu'elle se met pour regarder le feu. Tous les ans elle a peur qu'il y ait des flammèches qui arrivent jusque-là, alors elle reste postée devant chez elle avec deux ou trois seaux d'eau. Je mets la pompe à incendie derrière l'épicerie au cas où on réussirait plus à maîtriser le feu, mais c'est encore jamais arrivé. Il y a eu des années où on avait bien du mal à le faire flamber parce qu'il neigeait, mais, touchons du bois, on n'a encore jamais eu d'accident. Alors Julia emmène Mary et le bébé chez elle. Jack est pas entré avec elles, je suis à peu près sûr. Mais comme je vous dis, c'est à partir de ce moment-là que tout le monde a su qui elle était, avant la fin de la soirée, même ceux qui avaient jamais entendu parler d'elle.

Apparemment elle est tombée dans les pommes, tout simplement. Evanouie.

Elle a eu une sacrée veine, si vous voulez savoir. Si elle était tombée du mauvais côté, elle aurait vraiment pu esquinter le bébé, vous savez. D'après Elna Coffin, qui était à côté d'elle, elle a juste tourné de l'œil. Comme ça. Elle était là debout, et l'instant d'après elle était par terre. Elna a d'abord cru qu'elle avait reçu un coup ou qu'on l'avait bousculée, et puis le bébé s'est mis à pleurer, et Jack s'est trouvé là, et elle est revenue à elle. Et c'est à peu près tout, autant que je me rappelle.

Le lendemain, tous ceux qu'on rencontrait nous posaient des questions, à Julia et à moi, et peut-être qu'ils en ont posé à Jack aussi, j'en sais rien, mais de toute façon il aurait pas su quoi répondre, ni comment elle allait ni rien, et Julia, elle parle pas beaucoup, et elle a jamais eu grand-chose à dire sur Mary Amesbury à des gens qui voulaient juste savoir par curiosité ou pour être au courant des potins. Et je crois que les gens ont fini par comprendre que Mary avait des ennuis.

Alors quand cet homme est venu, vous savez, ce

type de New York — euh, voyons, c'était deux semaines après, vous savez, après le 1ᵉʳ de l'an —, quand il est venu nous poser des questions sur une femme avec un bébé, personne n'était prêt à dire grand-chose. Ils ont pris modèle sur Julia ; elle a beaucoup d'autorité dans le village. Les gens se disaient que si Julia avait ses raisons, ils pouvaient s'y fier et faire comme elle.

Mais il est vrai aussi, et j'ai le regret de le dire, ça a pas été l'avis de tout le monde. Je veux dire qu'en fin de compte quelqu'un a lâché quelque chose à ce type.

J'ai mon idée là-dessus, et Julia aussi, je le sais, mais je crois que je suis pas prêt à en dire plus pour l'instant.

Mary Amesbury venait de temps en temps prendre une tasse de thé chez moi avec le bébé. Et puis je l'ai eue chez moi la veille de Noël, le soir. C'est ce soir-là qu'elle s'est évanouie sur le communal.

J'étais sur la véranda, et j'ai vu la chose arriver. Je voulais justement aller lui dire deux mots. Plus précisément, je voulais m'assurer qu'elle n'allait pas rester seule le jour de Noël. Je ne supportais pas bien l'idée qu'elle serait seule là-bas dans le cottage le jour de Noël, sans personne chez qui aller. Mais je ne voulais pas m'éloigner de ma véranda juste à ce moment-là, car j'avais l'impression que le feu flambait trop fort.

Everett vous a déjà dit ce qu'il en était ? Je sais bien qu'on n'a jamais eu d'accident, mais je préfère être sur mes gardes. Je reste sur ma véranda avec quelques seaux d'eau au cas où des flammèches viendraient se perdre jusque-là. Je fais la même chose au moment de la fête nationale quand on tire un feu d'artifice pour les enfants sur le communal. C'est aussi Everett qui s'en occupe. Il dit qu'il met la pompe à incendie derrière son épicerie, je sais bien, mais il suffit d'une flammèche égarée. Ce sont des maisons très anciennes et entièrement construites en bois, et si le feu y prenait, on n'arriverait pas à l'arrêter.

Comme je vous disais, je l'ai vue tomber. J'ai d'abord cru qu'on l'avait poussée, mais quand je suis arrivée elle était livide ; ça se voyait tout de suite, même dans le noir. C'est une chose qui arrive. J'ai déjà vu ça. On m'a dit que j'avais blêmi comme ça quand on m'a annoncé que mon mari s'était noyé, mais laissons ça.

Jack Strout, le cousin de mon mari, était penché sur elle quand je suis arrivée, et il criait aux gens de s'écarter pour lui laisser de l'air. Elna Coffin avait déjà sorti l'enfant du porte-bébé. Le bébé avait eu peur. C'est tout. On voyait bien qu'il n'avait pas de mal. Et quand je l'ai ramené à la maison, je l'ai déshabillé pour l'examiner entièrement. Jack m'a aidée à relever Mary. Le sol était trop froid pour qu'on la laisse allongée par terre. Elle aurait attrapé une pneumonie ou même pire que ça. Et quand on l'a relevée, elle est revenue à elle. J'ai des sels chez moi, et j'aurais probablement demandé à quelqu'un d'aller les chercher, mais on n'en a pas eu besoin. Elle est revenue à elle tout de suite. Elle était terriblement gênée et elle n'arrêtait pas de me demander ce qu'il en était du bébé. Elle était très secouée. Elle aurait vraiment pu lui faire du mal si elle était tombée du mauvais côté.

Je l'ai emmenée chez moi et j'ai essayé de lui faire boire un peu d'alcool et un peu de thé chaud, et je n'ai pas voulu la laisser partir avant qu'elle ait mangé un peu, mais elle était en état de choc et elle n'a pas pu avaler grand-chose. Je me disais qu'elle s'était peut-être évanouie parce qu'elle ne mangeait pas assez, qu'elle ne prenait pas assez soin d'elle-même, mais elle m'a dit que non, qu'elle avait eu un vertige, et j'ai pensé que c'était peut-être la bagarre qui l'avait bouleversée.

Oui, si vous voulez la raison, la voilà. C'est la bagarre qui l'avait bouleversée. Peut-être que ça lui rappelait de mauvais souvenirs. Moi, je dirais que c'est ça. Elle-même n'en a pas beaucoup parlé, et je n'ai pas voulu être indiscrète.

Elle avait pris tout ça à cœur, si vous voyez ce que je veux dire.

J'ai proposé de la raccompagner en voiture, mais elle a dit que non, ça irait très bien. Elle a carrément refusé. Elle m'a remerciée de l'inviter pour le repas de Noël, mais elle m'a dit qu'elle ne se sentait pas encore à l'aise avec d'autres gens, et qu'elle ne viendrait sans doute pas. Mais elle avait un coup de téléphone à donner et elle m'a demandé si elle pouvait venir appeler de chez moi, car l'A & P serait fermé le jour de Noël. J'ai pensé qu'elle n'aurait probablement pas envie d'être là en même temps que Jack, Rebecca et les enfants, alors je lui ai dit de venir vers midi. Les autres ne devaient arriver que vers trois heures.

Oui, elle est venue téléphoner.

Elle n'a pas téléphoné devant moi, alors je ne sais pas qui elle a appelé ni ce qu'elle a dit, et de toute façon il me semble que ça ne nous regarde pas. Mais elle m'a donné 4 dollars pour la communication. Je n'ai pas voulu des 4 dollars, et on est finalement tombées d'accord pour 2 dollars.

Après ça je n'ai pas revu Mary pendant quelque temps. J'avais toutes sortes de choses à faire, et après Noël j'aime bien me reposer un peu, et il s'est écoulé presque deux semaines avant que je puisse aller jusqu'au cottage.

Je dis ça seulement pour vous expliquer que j'ai mis plus longtemps que je n'aurais dû à comprendre ce qui se passait.

Je me suis évanouie sur le communal. Ça ne m'était jamais arrivé de ma vie. Eh bien c'est arrivé. Voilà tout.

J'ai reconnu l'homme qui était penché au-dessus de moi. Il n'avait pas le regard jeune, son visage était buriné. Il me disait que le bébé n'avait pas de mal, et il me demandait si je pouvais me relever. Et puis j'ai vu Julia et j'ai tout de suite pensé à Caroline. J'ai demandé où elle était en regardant tout autour de moi, affolée. Une femme qui était à côté de moi m'a montré Caroline mais elle n'a pas voulu me la donner. Elle allait très bien, me répétait-on.

Je suis entrée chez Julia qui tenait le bébé. J'ai senti les mains de l'homme à côté de moi, et puis il a disparu. J'ai bu l'alcool que m'a donné Julia, mais j'ai eu du mal à manger quelque chose. Je n'arrivais pas à lui parler de ce que j'avais vu, de ces images qui m'avaient troublée. J'avais juste conscience de m'être donnée en spectacle et d'avoir entendu les gens tourner autour de moi. Je me rendais compte aussi de la chance que j'avais eue quand je pensais à ce qui aurait pu arriver à Caroline...

Je n'ai aucun souvenir du jour de Noël. Je ne me rappelle rien de ce jour-là. Ma mère dit que je l'ai appelée à midi et que je lui ai raconté que nous allions nous mettre à table pour le repas de Noël, Caroline, Harrold et moi, mais je ne m'en souviens pas du tout.

Je n'ai pas dormi cette nuit-là ni la suivante.

J'ai reçu votre lettre ce matin. Oui, je comprends l'échéance de septembre et le problème de la date de sortie de l'article : je ferai aussi vite que possible pour les notes suivantes.

Maintenant, j'écris toute la nuit. Je dors rarement. Ma compagne de cellule et moi, nous faisons parfaitement équipe. Plus je veille, plus elle dort, comme pour équilibrer les choses.

Parfois je me pose des questions sur votre vie. Je n'ai pas cessé de vous parler de moi, mais je ne sais presque rien de vous. Je songe à cette absence de réciprocité et je me demande ce que vous allez faire de toutes ces pages que je vous ai envoyées.

Quelques jours après Noël, comme prévu, avec le redoux, la côte s'est réchauffée. Et le redoux a amené le brouillard. Un matin en me réveillant, j'ai compris qu'il y avait quelque chose d'anormal. Je n'avais pas entendu le bruit du moteur dans le chemin. Je suis allée à la fenêtre, mais on ne voyait rien. Je suis descendue et, quand j'ai ouvert dans la salle de bains, j'ai vu le brouillard s'infiltrer dans la maison par le rebord de la fenêtre.

Et puis, de la cuisine, j'ai entendu les cornes de brume, l'une au nord, l'autre au sud, légèrement déphasées, l'une, sur un ton bas et lugubre, parlant à l'autre, un peu moins grave, à travers une vaste étendue de grisaille humide et d'eau. Entre chaque appel des cornes de brume on entendait le doux clapotis de la mer.

Nous avons eu six jours de brouillard, mais pas de façon continue. Deux ou trois fois, le matin, pendant cette période de redoux, il n'y avait pas de brouillard quand je me réveillais. Et puis, en fin de matinée, pendant que je donnais le sein à Caroline ou que je faisais la vaisselle, le brouillard arrivait subrepticement, oblitérait les couleurs, et puis les formes, et enfin le soleil. On voyait d'abord venir des houppes de brume de l'autre côté de la barre, et bientôt l'île disparaissait. C'est ça — elle disparaissait tout bonnement. Elle n'existait plus.

Le premier jour du redoux, le langoustier vert et blanc n'est pas sorti, le deuxième jour non plus, mais le matin du troisième jour j'ai entendu le camion. C'était un des jours où le brouillard ne s'était pas encore levé, et moi qui ignorais tout de ses mouvements, j'étais soudain pleine d'entrain à l'idée que les îles allaient apparaître au loin au lever du jour. Quand j'ai vu à quel point le retour du soleil me redonnait le moral — et nous n'avions encore eu que deux jours complets de brouillard — j'ai commencé à mieux comprendre cet état de dépression que Willis m'avait décrit, cette dépression dont souffraient parfois les femmes ici. Je me demandais pourquoi Willis n'avait cité que des cas de femmes déprimées pendant l'hiver. Les hommes n'étaient-ils donc pas affectés eux aussi par la grisaille ? Ou bien était-ce plus facile pour eux parce qu'ils pouvaient défier cette grisaille en sortant en mer ?

Comme si mon humeur était contagieuse, Caroline ce matin-là était particulièrement satisfaite et joyeuse. Depuis deux semaines déjà elle s'exerçait à se tenir à quatre pattes, et elle avait appris à se lancer en avant. De là à ramper, il n'y avait plus qu'un rien — je le voyais bien en l'observant de la table de la cuisine. Mais je n'étais pas impatiente, pas plus pour cela que pour autre chose. Noël était passé, je n'avais pas à aller où que ce soit, je n'avais rien de particulier à faire, et je me satisfaisais de plus en plus de laisser les journées m'imposer leur rythme.

Je lisais, et Caroline faisait un somme au premier quand le brouillard est revenu. Par minces traînées d'abord, délicates et passagères, et puis comme un linceul qui a tout recouvert. Le jour s'est assombri au point qu'on avait l'impression d'être à la tombée de la nuit alors qu'il n'était que midi. J'ai été obligée d'allumer une lampe pour lire. Avec le brouillard, la température a baissé dans la pièce, ou peut-être n'était-ce qu'une impression, le soleil ayant disparu. Je suis allée à la fenêtre. Je ne voyais même plus l'atelier maintenant, mais je devinais encore à peine l'arrière d'un camion rouge. L'extrémité de la pointe avait entièrement disparu.

On a frappé à la porte.

Willis est entré comme un personnage émergeant des flots. Le brouillard semblait s'accrocher à lui sous la forme d'une myriade de gouttelettes d'humidité — sur sa veste en jean, sur sa moustache, sur ses cheveux. Il avait une grande tasse à la main.

« Cette fois j'ai apporté mon café », a-t-il dit en refermant la porte derrière lui.

Heureusement, je m'étais habillée de bonne heure.

« Nous v'là bloqués, a-t-il continué.

— Moi qui croyais que c'était la fin du brouillard. »

A la radio, il y avait un enregistrement d'un quatuor à cordes. On aurait dit que cette musique mélancolique soulignait la tristesse de ce qu'on voyait par la fenêtre.

Il a fait un bruit de gorge méprisant, comme lorsque votre interlocuteur vous dit quelque chose d'incroyablement naïf.

« Pensez-vous ! On en a encore pour plusieurs jours. Ouais, la Rouquine, y a intérêt à s'y habituer. Ça vous embête ?

— Non, ai-je répondu en mentant. Pas du tout.

— Alors c'est bien. » Il s'est assis à la table de la cuisine. Il m'a dévisagée.

« Jack est sorti, a-t-il dit.

— Ah.

— Il croyait p't-être qu'il allait r'pousser le brouillard.

— Ah oui.

— C'est pas moi qu'on ferait sortir par un jour pareil.

— Non.

— Alors qu'est-ce que vous allez faire de toute vot'journée ?

— La même chose que les autres jours. M'occuper du bébé.

— Ça vous manque pas ?

— Quoi donc ?

— Votre vie d'avant. Là d'où vous venez.

— Non.

— Ça devait pas être tout rose. Avec votre mec. »

Je n'ai rien répondu.

« Syracuse, c'est ça ? »

J'ai fait signe que oui.

« C'est chouette, Syracuse ?

J'ai haussé les épaules. « Je me plais mieux ici, ai-je dit.

— Vous avez l'air d'aller mieux.

— Tant mieux. »

Soupir.

« Bon, eh bien, la Rouquine, à présent j'vais y aller. J'rentre déjeuner chez moi. J'dois commencer à travailler pour une compagnie de transports la semaine prochaine. Ça me plaît pas du tout, mais j'ai besoin du fric. Vous avez besoin de quelque chose ? »

Il me demandait cela tous les jours.

« Non. »

Caroline s'est mise à pleurer. Heureusement.

« J'espère que c'est pas moi qui l'a réveillée. »

J'ai fait non de la tête. Il s'est levé pour partir. Il

est allé jusqu'à la porte, il l'a ouverte, il a hésité. Le brouillard s'est enroulé autour de lui.

« Ouvrez bien l'œil pour voir Jack », a-t-il dit avec un sourire.

Le langoustier vert et blanc n'est pas rentré à deux heures comme d'habitude. Je me disais qu'il aurait sans doute du retard à cause du brouillard, alors je ne m'inquiétais pas vraiment. J'étais seulement sensible au fait qu'il n'était pas rentré. Je vous l'ai déjà dit, mes journées étaient en quelque sorte ponctuées par la vue du bateau surgissant de derrière l'île, et si je ne le voyais pas revenir, la journée me paraissait incomplète, comme une phrase sans point final.

J'avais entrepris de tricoter un second pull pour Caroline ; j'en étais à la moitié du dos. Elle était couchée, elle faisait sa sieste. J'ai pris mon tricot, et j'ai mis la radio pour avoir un fond sonore.

C'est bizarre, à y repenser, que je ne me sois pas mise à écrire à ce moment-là. Ou peut-être que ça n'est pas bizarre du tout. Pour écrire, il aurait fallu que j'évoque des souvenirs.

Trois heures, quatre heures : le bateau n'était toujours pas rentré. Je m'étais habituée à tous les bruits qui parvenaient de la mer ou de la pointe, et j'allais souvent à la fenêtre pour scruter la grisaille. A quatre heures, il faisait nuit, et tous les camions sauf un étaient repartis. Il est vrai que, par temps de brouillard, la nuit tombait de bonne heure à la pointe. Je prenais Caroline dans mes bras, ou bien je lui donnais le sein. Et puis je me suis fait une tasse de thé. J'ai écouté les nouvelles à la radio. Finalement, je me suis fait à dîner. A six heures, l'obscurité au-dehors était impénétrable. J'ai commencé à me demander si je ne devrais pas aller jusqu'à la maison aux bardeaux bleus prévenir que le langoustier vert et blanc n'était pas encore rentré. Je me suis demandé si c'était à moi de le faire. Mais qui d'autre saurait qu'il n'était pas revenu : sa femme et sa fille ? Est-ce qu'elles m'en voudraient de m'inquiéter, de me mêler de cela ? C'était peut-être normal qu'il ne revienne pas certaines fois. Et s'il avait décidé d'amarrer son bateau à la jetée ? Il avait dit que, par mauvais temps, il lui arrivait d'emmener son bateau au port. C'est peut-être ce qu'il avait fait plus tôt dans la journée, sachant que le brouillard allait se lever, et j'attendais en vain de le voir revenir. Si je donnais l'alerte, j'aurais tout simplement l'air d'une idiote, aussi naïve que Willis me l'avait fait remarquer, et j'attirerais encore plus l'attention sur moi.

A six heures et demie, j'ai emmitouflé Caroline dans sa combinaison, je l'ai mise dans le porte-bébé et je l'ai emmenée faire une promenade. Je ne supportais plus d'être enfermée. Ça m'était égal de ne presque rien voir. J'avais absolument besoin de prendre l'air.

Je me suis mise à marcher avec précaution le long de la pointe. J'avais le sentiment de connaître suffisamment le chemin pour avancer sans risque, ni pour moi ni pour le bébé. Je sentirais bien le gravier, les herbes, ou le sable sous mes pas, et je saurais me diriger d'après la nature du sol.

L'air vous transperçait. On était trempé presque tout de suite. Je tenais Caroline serrée contre moi. Je sentais les galets de la plage sous mes baskets. Au bout d'une quinzaine de mètres à peine, je me suis retournée pour voir d'où j'étais partie. Le cottage avait déjà disparu dans le brouillard. Les lumières qui brûlaient dans la salle de séjour étaient mortes. Je ne voyais pas à plus d'un mètre devant moi. Et voilà. C'était une sensation inquiétante et surnaturelle. Je n'avais pas peur, pas exactement, je ne crois pas, mais je n'oublierai jamais ce que j'ai ressenti alors. Le monde avait entièrement disparu. Il n'y avait plus que mon enfant et moi. Par moments, j'entendais des bruits provenant du monde que j'avais quitté — les cornes de brume, une voiture qui passait sur la route au bout du chemin, et, au-dessus de ma tête, un cri étrange, qui ressemblait à celui des chauves-souris — mais dans toute cette obscurité, c'était impossible de croire à la réalité du monde. Peut-être que j'avais peur après tout, mais j'étais euphorique aussi. Etre là, anonyme, seule, en sécurité — c'était parfait. A présent personne, absolument personne ne nous trouverait : ni Harrold, ni Willis, ni même, en dépit de toutes leurs bonnes intentions, Julia ou ma mère. C'était ce que j'avais imaginé en rêve : mon enfant et moi, à l'abri sous ce linceul.

C'est alors que j'ai entendu le moteur. Je l'aurais reconnu entre mille. Le bruit est devenu plus fort, encore plus fort, et puis il s'est arrêté. Je me demandais comment il avait pu trouver ses amarres. J'ai entendu le claquement du canot, tous les bruits rituels du retour. Je me suis peut-être dirigée naturellement du côté de ces bruits. Mes pieds connaissaient peut-être le chemin mieux que je ne l'aurais cru.

A présent je me demande — et c'est une question que je me suis souvent posée — si les choses auraient tourné à cela sans cette rencontre dans le brouillard, sans cette sensation que nous avons eue que nous étions parfaitement isolés, que le monde s'était évanoui autour de nous.

Il est soudain apparu parmi la brume épaisse, comme s'il sortait d'un rêve, et moi aussi sans doute. Je me suis rendu compte qu'il allait être plus surpris de me voir là que moi de me trouver devant lui, alors j'ai parlé la première.

« Vous voilà revenu », ai-je dit.

Le ton de ma voix m'a semblé naturel et enjoué.

Je l'ai surpris en effet. Sortant de son canot, il allait rejoindre son camion, mais il s'est arrêté. Il avait deux seaux, un à chaque main. A l'intérieur des seaux, j'entendais bouger les homards sans vraiment les voir.

Il les a posés par terre.

« Vous n'avez pas de mal ? a-t-il demandé.

— Non, non. Ça va bien.

— Qu'est-ce que vous faites ici ?

— Je me promenais un peu, c'est tout. J'avais besoin de prendre l'air.

Il m'a regardée dans les yeux, et il a regardé l'enfant dans le porte-bébé.

« Vous n'auriez pas dû venir par ici. Le brouillard est vraiment dangereux aujourd'hui. Vous pourriez vous perdre.

— Je ne vois pas comment je pourrais me perdre, ai-je dit, mais sur un ton qui manquait de conviction.

— J'ai passé toute ma vie ici. Cette côte et la mer, je les connais aussi bien que mes propres enfants. Mais dans le brouillard, je ne m'y reconnais pas plus qu'un étranger. Dans le brouillard, je ne me fie à rien. A rien.

— Pourquoi est-ce que vous êtes sorti alors ? »

Il a tourné la tête du côté de la mer. « Je ne sais pas. J'ai cru que j'allais le faire reculer. Mais je me suis fait prendre de l'autre côté de l'île de Swale. J'ai mis toute la journée à rentrer à une allure de tortue. Pas malin. C'était pas une chose à faire. »

Il parlait bas, d'une voix neutre, sans guère d'émotion, mais j'ai compris qu'il prenait parfois des risques lui aussi. Il admettait simplement son imprudence, sans se donner trop de remords. Au loin, on entendait les cornes de brume.

« Votre femme va être inquiète.

— J'ai pu la joindre par la C.B. Elle sait que je suis rentré. »

Il m'a regardée avec l'air de réfléchir à quelque chose.

« Venez avec moi jusqu'au camion, je vais déposer tout ça, et après je vous accompagnerai jusqu'au cottage.

— Je vais me..., ai-je commencé.

— Je ne vous laisserai pas ici sans m'assurer que vous êtes bien rentrée », a-t-il dit en attrapant les deux seaux, comme s'il n'y avait rien à répliquer à cela.

J'ai marché un peu derrière lui. Je voyais ses longues épaules tombantes sous le ciré jaune. La brume s'accrochait dans ses cheveux, et son ciré était mouillé. Il avait de grandes bottes qui lui montaient au-dessus du genou, par-dessus son jean. Il avait de grandes mains aux doigts longs. Je regardais ses mains agrippées à la poignée des seaux.

Arrivé au camion, il a fait glisser son chargement sur le plateau à l'arrière.

« Voilà, allons-y. »

Il s'est retourné, et nous nous sommes dirigés vers la maison. Il semblait savoir mieux que moi par où passer, alors j'ai suivi, à quelques pas en arrière. Il avait raison ; je m'en suis aperçue aussitôt. Dans le brouillard, on était désorienté. Je serais partie dans une autre direction, vers le sud, le long de la côte. Je n'aurais pas trouvé la maison tout de suite, mais il me semblait tout de même qu'après plusieurs tentatives je m'y serais retrouvée.

Le cottage s'est dessiné dans la brume. On a d'abord vu la lueur de la lampe dans la salle de séjour, et puis la silhouette de la maison elle-même. La lumière de la pièce donnait une sensation de chaleur engageante.

Il m'a accompagnée jusqu'en haut, jusqu'à la porte. J'avais la main sur le loquet. Je me faisais l'impression d'une fillette raccompagnée chez elle par un maître d'école trop timide pour faire la conversation.

« Merci », ai-je dit.

Il m'a regardée. « Je boirais bien une tasse de thé », a-t-il dit.

Il parlait si bas que je n'étais pas sûre d'avoir bien compris.

« Vous voulez une tasse de thé ? ai-je demandé.

— Ça n'est pas de refus. J'ai pris un coup de froid avec ce temps humide.

— Votre femme et vos enfants ne vont pas... ?

— Ils savent que je suis rentré. A présent, ils ne s'inquiéteront plus. »

J'ai ouvert la porte, et nous sommes entrés. Je suis allée droit vers la cuisinière pour prendre la bouilloire, que j'ai remplie, et j'ai allumé dessous.

« Surveillez la bouilloire. Il faut que je monte coucher Caroline. »

Dans la salle de séjour, je me suis débarrassée de mon manteau et j'ai sorti Caroline du porte-bébé. Je l'ai montée au premier, je l'ai mise en pyjama et je lui ai donné le sein sur le lit. Au bout d'un petit moment, j'ai entendu la bouilloire siffler, et le bruit des tasses et des soucoupes que l'on prenait dans le placard. J'ai entendu Jack se laver les mains dans l'évier. Je l'ai entendu ouvrir et refermer le réfrigérateur. Fouiller dans le tiroir aux couverts.

Quand je suis redescendue, il était assis à table. Son ciré était accroché derrière la porte et dégoulinait sur le lino. Il avait enlevé ses bottes, il était en chaussettes. La pièce sentait la mer, à cause du ciré et des bottes. Je suis restée un instant dans son dos à l'observer et, s'il savait que j'étais là, il ne l'a pas montré. Il avait le dos très long, tellement long que son pull remontait au-dessus de la taille de son jean. Mais il était large de carrure et il n'avait pas les épaules aussi tombantes qu'il m'avait semblé sous le ciré. Il buvait son thé à petites gorgées et il ne s'est pas retourné. A la place qui était à angle droit de la sienne, il y avait une tasse de thé pour moi. Il l'avait laissé infuser, il avait retiré le sachet. Il avait mis du sucre et du lait sur la table.

Je me suis assise. J'ai levé les yeux vers lui. Je n'avais jamais vu son visage en pleine lumière. Il ne bougeait pas, et son regard se déplaçait lentement. Cette fois encore j'ai été frappée par les rides qui lui creusaient le visage de part et d'autre de la bouche. Il avait le visage coloré, buriné en permanence. Il m'a regardée, mais sans parler.

« Ça réchauffe un peu, a-t-il fini par dire.

— Vous avez pris beaucoup de langoustes aujourd'hui ? lui ai-je demandé.

— Avant le brouillard, la pêche a été bonne. Mais, tout compte fait, je n'ai pas eu grand-chose. Mais c'est pas grave.

— Pourquoi ?

— A cette époque de l'année, même si on ne prend pas grand-chose, c'est toujours mieux que rien.

— Pourquoi faites-vous ça ? Pourquoi êtes-vous le seul à sortir en mer par ce temps-là ? »

Il a eu une sorte de gloussement de dérision. « Sans doute parce que les autres n'y vont pas. Non, en fait, je me plais bien en mer. Autrement je m'énerve...

— Ça paraît dangereux. Il me semble qu'on annonce tout le temps à la radio que des pêcheurs se sont noyés.

— Oui, ça peut arriver...

— Quand on n'est pas prudent ?

— Même en étant prudent. Il y a des choses contre lesquelles on ne peut rien. Aujourd'hui, non. Aujourd'hui, j'aurais dû être plus malin. Mais on ne peut pas toujours prévoir un brusque coup de vent, ou une panne de moteur...

— Qu'est-ce que vous faites dans ces cas-là ?

— On essaie de rentrer comme on peut. On essaie de ne pas commettre d'erreurs. » Il s'est appuyé d'un côté sur le coude en se tournant légèrement vers moi.

« Alors vous allez bien maintenant, a-t-il dit. Depuis la veille de Noël, je veux dire.

— Ah oui. Merci. Cet évanouissement, c'était hor-

224

rible. Je ne me suis jamais évanouie de ma vie. Je ne sais pas ce qui m'est arrivé.

— C'était juste une poignée de jeunes qui manifestaient contre la guerre. Mon fils aurait sans doute été avec eux, seulement il était resté à la maison avec... ma femme. Vous aviez l'air secouée. Comme si vous étiez en état de choc.

— Ah, c'est vrai ? ai-je dit en baissant les yeux.

— Qu'est-ce qui vous est arrivé ? a-t-il demandé tranquillement. Pourquoi est-ce que vous êtes ici ? »

La question est venue, si soudainement qu'elle m'a fait l'effet d'une piqûre d'insecte. Etait-ce le calme de sa voix, ou la façon dont je l'avais rencontré dans le brouillard, ou la simplicité de sa question, qui exigeait une réponse sincère ? J'ai porté une main à ma bouche. J'avais les lèvres serrées. A ma grande horreur, mes yeux se sont emplis de larmes, comme si j'avais effectivement été piquée. Je ne pouvais pas parler. J'avais peur de baisser les paupières, j'avais peur de bouger. Depuis que j'avais quitté l'appartement de New York, je n'avais pas pleuré une seule fois. J'étais trop paralysée par la situation pour pleurer, ou trop sur mes gardes.

Il m'a pris la main pour l'écarter de mes lèvres et la poser sur la table en la gardant dans la sienne sur la toile cirée. Sans dire un mot. En continuant à me regarder de ses yeux gris.

« J'étais mariée à un homme qui me battait », ai-je fini par répondre. J'ai laissé échapper un long soupir après avoir prononcé ces mots.

Ce que je venais de dire paraissait effroyable et irréel, là dans cette petite maison.

« Vous l'avez quitté », a-t-il dit.

J'ai fait signe que oui.

« C'est récent. Vous vous êtes sauvée.

— Oui.

— Il sait où vous êtes ?

— Je ne crois pas, ai-je dit en secouant la tête.

S'il le savait, il viendrait me chercher ; ça, j'en suis sûre.

— Vous avez peur de lui.

— Oui.

— C'est lui qui vous a fait ça ? »

D'un mouvement de tête, il a indiqué mon visage. Mes contusions se guérissaient, je le savais, elles étaient passées du violet ou du bleu à une couleur jaunâtre ou marron clair, mais elles se voyaient toujours.

J'ai fait signe que oui.

« Vous croyez qu'il a des chances de vous retrouver ? »

J'ai réfléchi un instant.

« Je crois que oui. C'est son métier, d'une certaine manière, de faire des enquêtes. Il sait comment trouver ce qu'il cherche.

— Et qu'est-ce que vous croyez qu'il va vous arriver quand il vous retrouvera ? »

J'ai regardé sa main qui tenait la mienne. Elle n'avait pas bougé ; elle était fermement posée sur la mienne.

« Je pense qu'il me tuera, ai-je dit simplement. Je pense qu'il me tuera parce qu'il ne pourra pas se contrôler.

— Vous êtes allée à la police ?

— Je ne peux pas aller à la police, je ne crois pas.

— Pourquoi ?

— Parce que je lui ai volé son enfant.

— Mais vous étiez bien obligée, pour en sortir vivante.

— Ça n'est pas comme ça qu'on écrira l'histoire. Il est très fort. »

Lui aussi a baissé les yeux sur ma main qu'il tenait dans la sienne. Et puis il s'est mis à me caresser le bras à partir du poignet en remontant vers le coude. J'étais en pull et mes manches étaient relevées jusqu'aux coudes, de sorte que c'était la peau qu'il caressait, lentement et doucement.

« Vous êtes marié », ai-je dit.

Il a acquiescé. « Ma femme n'est pas... » Il n'a pas fini sa phrase.

J'ai attendu.

« Elle est malade, a-t-il fini par dire. Une maladie chronique. On vit ensemble, mais on n'a pas ce qui s'appelle...

— Une vie de couple.

— Non. »

Il me caressait toujours. J'aurais pu retirer mon bras, mais je ne l'ai pas fait. J'étais incapable de bouger. Il y avait si longtemps que personne ne m'avait caressée avec tant de douceur, tant de gentillesse, que j'étais submergée de gratitude.

« Il y a des années qu'on ne... se touche plus.

— Vous ne m'avez même pas dit votre nom, mais je le connais déjà.

— C'est Jack.

— Mon vrai nom est Maureen. Maureen English. Mais maintenant je suis Mary. J'ai pris ce nom-là. Et je le garderai.

— Votre fille s'appelle Caroline.

— Oui.

— C'est son vrai nom.

— Oui, je n'aurais pas pu lui donner un faux nom. »

Il a souri et acquiescé en silence.

« Mais ça, ai-je dit, je ne peux pas. Je ne peux plus. »

Mais je n'ai pas retiré mon bras pour autant. La caresse régulière de ses doigts avait l'effet apaisant d'une vague tiède qui serait passée sur moi, et tout ce que je savais c'est que je n'avais pas envie que ça cesse.

« J'ai peur, ai-je dit.

— Je sais.

— Vous pourriez être mon père. » Cela m'était venu à l'esprit — était-ce à l'instant, ou depuis plusieurs jours déjà ? — et je sentais qu'il fallait que je le dise, tout de suite, pour qu'on n'en parle plus.

« Pas vraiment, a-t-il dit. Enfin, théoriquement, peut-être. J'ai quarante-trois ans.

— J'en ai vingt-six. »

Il a hoché la tête, comme s'il avait déjà deviné mon âge, à un ou deux ans près.

Au-dehors, les cornes de brume se faisaient entendre implacablement, pressantes et réprobatrices.

Il a retiré sa main et il s'est levé pour porter sa tasse dans l'évier.

« Je vais m'en aller à présent, a-t-il dit en faisant un pas vers la porte où était accroché son ciré. Il y a déjà assez longtemps que je suis dehors. Je ne peux pas laisser ma femme toute seule trop longtemps. »

Je me suis levée sans rien dire.

« Mais je reviendrai, a-t-il ajouté. Je ne peux pas dire quand... »

J'ai fait un signe de tête.

« Il ne faut pas avoir peur », a-t-il dit.

C'est le bruit du moteur dans le chemin qui m'a réveillée. Dehors, il n'y avait encore qu'une traînée grise, mais, par les fenêtres, je voyais la cime des arbres. Le brouillard n'était pas encore levé. J'ai entendu le moteur s'arrêter, mais pas à l'extrémité de la pointe, juste au pied de la maison.

Rejetant les couvertures, je suis descendue comme une folle dans la cuisine. Je priais le ciel que ce ne soit pas Harrold, ça n'était pas possible qu'il m'ait déjà retrouvée. Mon cœur battait la chamade.

Et puis, par la vitre de la porte, j'ai vaguement aperçu le jaune d'un ciré.

J'ai déverrouillé la porte.

Jack est entré et il m'a prise dans ses bras.

Je suis restée muette un instant.

Puis j'ai dit : « Vous sentez la mer.

— Oui, je crois que c'est tout le temps. »

Plus tard, avant que le soleil ne soit levé complètement, nous avons quitté mon lit pour retourner à la cuisine. Il avait pris ses vêtements à la main, et il s'est rhabillé debout sur le lino. Il n'était pas gêné de se rhabiller devant moi, et pourtant il savait que je le regardais.

Moi, j'avais enfilé ma chemise de nuit et ma veste de laine dans la chambre. J'ai préparé le petit déjeuner : du café et des céréales. Nous ne nous sommes pas parlé pendant qu'il s'habillait ; il a allumé une cigarette et il a fumé à table pendant que je faisais le café. J'ai apporté les bols de céréales sur la table.

« D'habitude je me fais un petit déjeuner avant de partir de chez moi, mais ce matin je n'ai rien pu avaler », a-t-il dit en écrasant sa cigarette dans un cendrier que je lui avais donné.

J'ai souri.

« Je n'ai pas pu dormir non plus », a-t-il dit en me rendant mon sourire.

J'avais envie de remonter me coucher, de me blottir contre sa poitrine et de dormir près de lui sous les couvertures remontées au-dessus de nos têtes.

« Quand as-tu décidé de venir ? lui ai-je demandé.

— A un moment au milieu de la nuit. Dès que ma décision a été prise, j'ai eu envie de me lever et de venir aussitôt, mais je ne pouvais pas... »

J'ai fait signe que je comprenais. Je savais que c'était à cause de sa femme.

« C'est très dur de se lever si tôt pour aller travailler ?

— Pas trop. On s'y habitue. Ça ne me gêne pas.

— Willis m'a dit que tu as fait des études, et que tu as été obligé de revenir.

— Willis », s'est-il écrié avec une sorte de grognement.

Je le regardais manger ses céréales.

« Oui, a-t-il dit finalement. J'étais en troisième

année, mon père s'est cassé les bras sur son bateau. Il a fallu que je revienne pour travailler à sa place. »

Il ne s'est pas expliqué plus avant.

« Est-ce que tu as regretté ? De ne pas pouvoir finir tes études ? »

Il n'a pas répondu tout de suite.

« Peut-être un peu, au début, a-t-il dit lentement, sans me regarder. Et puis on s'habitue, il y a la maison, le travail, les enfants. On ne peut pas vraiment regretter ce qui vous a amené à avoir des enfants. »

Je l'ai regardé. Je le comprenais. Quant à moi, même si mon mariage avait été une faillite indicible, je n'aurais pas pu maintenant imaginer la vie sans Caroline.

Juste à ce moment-là, le soleil a émergé au-dessus de la ligne d'horizon, inondant la pièce d'une vive lumière rosée. Jack a eu le visage illuminé par cet embrasement soudain. J'ai trouvé que son visage était beau, le plus beau visage que j'aie jamais vu, et pourtant je maudissais le soleil, sachant que maintenant il allait devoir partir. Je le comprenais à ses gestes, à la tension subite de ses muscles, à sa manière de s'écarter de la table.

Il s'est levé, il est allé chercher son ciré à la porte. Il l'a mis sous son bras et il est venu se poster derrière ma chaise. De sa main libre, il a soulevé mes cheveux dans mon dos et il m'a embrassée dans le cou.

« Je ne peux pas te donner grand-chose », a-t-il dit.

Je sentais son haleine sur ma peau.

Il est parti avant que les autres camions ne soient arrivés à la pointe. Il a laissé son camion près de son canot. Ce jour-là il est sorti en mer avec son langoustier vert et blanc, mais il est rentré avant que le brouillard ne s'installe. Il s'est trouvé que je me promenais à la pointe avec Caroline quand il est rentré, mais il m'a seulement fait un signe depuis son camion — ce que les hommes qui étaient dans l'atelier interpréteraient comme un simple geste amical —, nous ne nous sommes pas parlé. Après cela, il a pris l'habitude de garer son camion près de son canot et de revenir à pied jusqu'au cottage, où il restait jusqu'au lever du soleil. Il était entendu entre nous, tacitement, que personne ne devait savoir qu'il venait chez moi ainsi. Par égard pour sa femme et ses enfants.

Il venait chaque matin au lever du jour. Il y avait le bruit du moteur dans le chemin et puis celui de ses pas dans l'escalier. Je ne fermais pas la porte de la cuisine à clef. Je dormais quand il arrivait, et parfois j'avais l'impression qu'il allait entrer dans mes rêves. Il faisait nuit dans la chambre ; seul un soupçon de clarté me permettait d'apercevoir sa silhouette debout au pied du lit, ou quand il s'asseyait au bord et se penchait pour retirer ses chaussures. Et quand je me tournais vers lui dans ce lit que j'avais réchauffé toute la nuit, nos retrouvailles faisaient déjà partie, en quelque sorte, du rythme de la vie à la pointe, c'était une chose aussi naturelle et nécessaire que le cri des mouettes qui, au réveil, cherchaient leur nourriture, ou que la lumière qui, à l'heure où il me quittait, était bleu lavande ou rose à la surface de l'eau.

Après le premier matin, j'avais installé Caroline dans la chambre du bas. C'était dur pour moi de me séparer d'elle ainsi, mais je savais que c'était devenu une nécessité. Les cloisons étaient minces et je n'avais pas de mal à l'entendre de mon lit quand elle pleurait.

Vous voulez des détails ? Il y a des moments dont je ne parlerai à aucun prix — des souvenirs, des paroles, des images que je garde en moi comme un trésor. Je vous dirai seulement qu'il ne m'a jamais demandé plus que je ne pouvais donner, et qu'il prenait soin d'être aussi doux que possible, comme si j'étais meurtrie de partout. Parfois il me tenait seulement contre lui ; et cela suffisait. A d'autres moments, je donnais ce que je pouvais.

Le troisième ou le quatrième jour, j'ai attendu que le soleil soit presque levé pour qu'il y ait de la lumière dans la chambre. Je suis sortie du lit et je me suis mise debout devant lui. Je l'ai laissé me regarder. Je l'ai même obligé à me regarder. Je savais que j'étais abîmée à certains endroits, pas belle à voir à d'autres, mais je ne craignais pas de me montrer à lui. Je n'avais pas honte de moi, et je ne redoutais pas son jugement. Je n'avais pas besoin qu'il me dise que j'étais belle ; ce n'était pas ce que j'attendais. Je voulais seulement en finir avec cela, que ce soit chose faite. Mais à ce moment-là, il a fait quelque chose d'étonnant. Il est sorti du lit, de son côté. Une cicatrice due à un appendice rompu lui barrait l'abdomen, et il me l'a fait remarquer. Il s'est tenu debout sur un pied pour me montrer une entaille faite par une corde qui lui avait râpé le tibia. Il avait de nombreuses traces de coupures sur les mains, m'a-t-il dit en les exhibant, et j'ai vu une marque, qui semblait avoir été faite par des ciseaux dentés, en haut de son bras. Ça datait de son enfance, m'a-t-il dit : pendant que son père lui faisait tenir des homards, il avait été piqué par une abeille ; il avait à moitié lâché l'animal, qui l'avait pincé. Je me suis mise à rire.

« Bon, d'accord, ai-je dit en retournant me glisser sous les draps.

— Ce sont les marques de la vie, c'est tout », m'a-t-il dit en les touchant l'une après l'autre sur mon corps.

Nous étions très intimes, mais sans possessivité. Curieusement, nous ne nous sommes jamais dit que nous nous aimions, et pourtant j'étais certaine qu'il s'agissait d'une forme d'amour, que jamais je n'aurais cru connaître. Tout simplement, je crois, nous étions sûrs de nous aimer, mais le mot n'avait

232

plus d'importance pour nous. Je me doutais que lui aussi autrefois avait dit « je t'aime » — à sa femme —, et que la perplexité et le désarroi étaient venus quand la certitude était devenue incertitude, et puis s'était changée en déception.

Nous ignorions tant de choses l'un de l'autre, et il ne pourrait jamais en être autrement. Il avait été façonné, marqué par sa vie en mer, comme je l'avais été par ma vie avec ma mère et en ville. Il ne connaîtrait jamais rien des contraintes des dates limites, ou de mon travail au magazine, qui consistait à mettre bout à bout des mots et des phrases, pas plus que je ne saurais jamais ce que c'était que d'être perdu en mer dans le brouillard et de ne pouvoir s'en remettre qu'à sa raison et à son instinct pour regagner le rivage sain et sauf. Je ne savais pas grand-chose non plus de son mariage. Il était tacitement entendu qu'il ne parlerait pas de sa femme, et que je poserais le moins de questions possible. C'était chez lui un point sensible causé par une tristesse ancienne que je m'efforçais de ne pas réveiller, tout comme lui-même hésitait à poser trop de questions sur cette folie qu'avait été mon mariage. Une fois pourtant, il m'a fait savoir nettement ce qu'il en pensait. Je venais de lui dire que c'était sans doute moi qui avais attiré cette violence sur moi-même en servant de catalyseur à la colère de mon mari. Jack m'a prise par le poignet et il m'a obligée à le regarder dans les yeux. Non, je n'avais pas suscité ces violences, m'a-t-il dit clairement. Seul l'homme qui m'avait battue en portait la responsabilité. Il fallait que je comprenne bien cela.

Un matin que nous étions couchés ensemble, il m'a semblé entendre pleurer. Je me suis raidie, pour écouter, et j'ai senti Jack s'écarter de moi pour écouter lui aussi.

C'était Caroline qui, apparemment, pleurait parce qu'elle avait mal. Je me suis dit : Il faut que j'aille voir — mais bizarrement, j'étais paralysée, renvoyée en arrière à un autre lit, à d'autres pleurs. L'espace d'un instant, j'ai eu du mal à respirer et j'ai dû avoir l'air paniquée, car Jack, s'écartant un peu plus et me regardant bien en face, m'a demandé : « Qu'est-ce qui ne va pas ? Tu n'es pas bien ?

— C'est Caroline, ai-je murmuré.

— Je sais. Va la voir. Ou bien veux-tu que j'y aille ? »

La question m'a ramenée dans l'instant présent. J'ai repoussé les couvertures et enfilé ma chemise de nuit. Je suis descendue dans sa chambre. Elle était sur le dos, dans son petit lit, les genoux en l'air. C'était bien parce qu'elle avait mal qu'elle pleurait. Je l'ai prise dans mes bras et je me suis mise à faire avec elle le circuit habituel, le tour de la cuisine, de la salle de séjour et de sa chambre, mais cette fois je n'arrivais pas à la calmer en la promenant ainsi. Jack est descendu en caleçon. Il était tout décoiffé, et il était nu-pieds — le plancher était glacé.

« Donne-la-moi une minute », a-t-il dit quand je suis passée pour la seconde fois.

C'est ce que j'ai fait, et elle l'a regardé d'un air étonné avant de se remettre à pleurer. Il est allé s'asseoir avec elle sur le canapé près de la fenêtre et il l'a posée, sur le ventre, sur ses genoux légèrement écartés. Et puis il s'est mis à remuer les genoux de bas en haut, opérant en somme sur le bébé une sorte de massage de l'estomac. Presque aussitôt, Caroline a cessé de pleurer.

« Je ne sais pas pourquoi ça marche, a-t-il dit, l'air content de lui, mais ça marche. J'étais tout le temps obligé de faire ça avec ma fille quand elle était bébé. Ça fait remonter les gaz, je crois, ou ça les fait partir. Je ne sais plus qui m'a appris ça. »

Je suis restée à l'autre bout de la pièce à le regarder avec Caroline. Ils étaient drôles tous les deux — Jack en caleçon, les yeux bouffis, les cheveux aplatis, Caroline allongée sur ses grandes jambes, me regardant comme si elle voulait dire : *Eh bien quoi ?*

Il faisait tellement froid dans la pièce que je m'étais mise à grelotter. Je suis allée reprendre Caroline. Elle s'est nichée dans mon épaule comme pour se rendormir.

« Tu es parfait avec les enfants, ai-je dit. Je t'ai vu avec ta fille devant le feu de joie.

— Parfait avec ses enfants, odieux avec ses épouses, a-t-il dit en se levant du canapé.

— Tu en as eu plusieurs ?

— Une seule suffit. » Il a croisé les bras sur sa poitrine en les frottant pour les réchauffer.

« Ton ménage va si mal que ça ? » ai-je demandé en me balançant légèrement d'un côté et de l'autre avec Caroline.

Il a haussé les épaules. « Quand on fait une erreur, on n'a plus qu'à rester couché avec. »

La formule était intéressante.

« Pourquoi est-ce que tu ne la quittes pas ?

— Je ne peux pas. Ça n'est pas dans les choses possibles. »

Il y avait quelque chose d'irrévocable dans cette déclaration et, comme pour bien le marquer, il s'est tourné pour regarder par la fenêtre du côté de l'horizon, où il a vu la même chose que moi — un petit morceau de soleil cramoisi qui apparaissait au-dessus de la mer.

Je craignais qu'il n'ait mal interprété ma question, alors j'ai dit : « Je ne te demande pas de la quitter ; ça n'est pas ce que j'ai voulu dire. »

Il s'est tourné vers moi.

« Je sais. »

Nous sommes restés là face à face et, à y repenser à présent, j'ai l'impression qu'en cet instant nous nous sommes dit des tas de choses.

« Je ferais bien de partir maintenant », a-t-il dit finalement.

Je me suis approchée de lui et j'ai effleuré le côté de son bras, et puis j'ai caressé ce bras comme il avait un jour caressé le mien. Je ne voyais pas ce que je pouvais faire de mieux.

Je ne savais pas grand-chose de sa vie en mer, mais une fois, vers la fin, un dimanche, jour où les hommes ne venaient pas à la pointe, il m'a emmenée sur son bateau. Quand il a proposé cette sortie, j'ai immédiatement pensé à Caroline, mais il a dit que nous pouvions l'emmener avec nous, dans le porte-bébé si je voulais. Lui-même emmenait ses enfants en mer quand ils étaient bébés, m'a-t-il dit. Le balancement du bateau ou les vibrations du moteur les endormaient presque aussitôt. En fait, les femmes de pêcheur qui avaient des bébés grincheux demandaient souvent à leur mari de les emmener avec eux à la pêche une journée pour avoir un peu de répit.

J'ai réveillé Caroline de bonne heure, et nous étions prêtes quand il est venu nous chercher. Il faisait froid, mais il n'y avait pas de vent, et la vue était dégagée jusqu'au phare. Il n'y avait pas de vagues, mais je savais qu'au milieu de la matinée, avec le vent, la mer serait plus agitée. Jack a détaché le canot de son anneau et il l'a fait glisser jusqu'au bord de l'eau.

« Monte à l'avant », m'a-t-il dit.

Le canot était en piteux état ; même moi je m'en rendais compte. Ça faisait un an qu'il voulait le remplacer, a-t-il dit, mais il ne l'avait toujours pas fait.

« On va aller doucement. »

Je me suis assise à l'avant avec le bébé, comme il m'avait dit. Il est monté à l'arrière, pas debout mais à genoux, pour ne pas risquer de nous toucher. Quand il est monté, la surcharge a paru excessive pour le canot et, en regardant par-dessus bord, j'ai vu que nous étions presque au ras de l'eau. Je n'ai pas bougé pendant qu'il ramait pour nous emmener jusqu'au bateau, dans le chenal, à une cinquantaine de mètres de là environ. Ce n'était qu'une petite distance, mais cette traversée m'angoissait. Je regrettais de ne pas avoir de gilet de sauvetage, tout en me souvenant de ce que Julia m'avait raconté à propos de son mari, qui était mort de froid avant même de se noyer. Pour tout dire, j'ai eu tellement peur à un moment que j'ai trempé ma main dans l'eau glacée subrepticement pour faire un signe de croix sur le front de Caroline — geste étonnant de ma part, quand j'y pense à présent. Je n'avais pas fait baptiser Caroline, et je ne supportais pas l'idée d'être séparée d'elle pour l'éternité — et pourtant, si vous me posiez la question maintenant, ici dans cette pièce, il faudrait bien que je vous avoue que je ne crois pas en l'éternité.

Pendant que Jack ramait, j'avais une vue très nette de la pointe du côté est, et aussi du cottage. Vu de la mer, le cottage semblait encore plus isolé que de la terre. Tout autour, de part et d'autre, aussi loin que s'étendait la vue, ce n'étaient que des broussailles naines et le rivage.

Jack a finalement réussi à nous faire monter dans le bateau, encore que le bébé attaché autour de ma taille ait entravé mes mouvements et qu'il ait fallu me hisser à bord. Il m'a dit de m'asseoir sur une caisse dans le poste de pilotage pendant qu'il levait l'ancre. Je l'ai regardé ouvrir la timonerie, soulever le couvercle de la machine et faire démarrer le moteur. Il a fouillé à l'avant et il m'a passé un gilet de sauvetage. C'était le modèle réglementaire des garde-côtes, mais j'ai bien vu qu'il n'avait pas beaucoup servi. Je l'ai mis par-dessus mon manteau et quand Jack s'est retourné pour me regarder, il a hoché la tête et levé les sourcils, et il a souri. Et puis nous sommes partis.

A bâbord, le côté du bateau était fermé par l'équipement de gros temps, pendu à un crochet. A tribord, il était ouvert. C'est là que se trouvait le gouvernail, ainsi qu'un engin hydraulique pour remonter les casiers. Au-dessus du gouvernail, il y avait une radio C.B., mais ce jour-là il ne s'en est pas servi. Il y avait aussi d'autres appareils — une sonde, une jauge de carburant. A côté de moi, il y avait un baril d'appâts. Jack était au gouvernail et il nous a fait contourner l'île. Puis il m'a fait signe de venir à côté de lui.

Je me tenais à un poteau central et je regardais la terre reculer derrière le bateau. Nous avions du mal à nous entendre avec le bruit du moteur, alors nous ne parlions pas beaucoup. Il m'a crié que nous allions droit à son lieu de pêche pour relever une vingtaine de casiers qu'il avait posés quelques jours auparavant. A la fin de la semaine, il ferait haler son bateau. Quand il aurait fini de relever ses casiers, il nous emmènerait à l'île de Swale. C'était très beau ; il y avait là la plus belle plage de cette partie du Maine.

Dès que le moteur a démarré, Caroline s'est endormie et elle ne s'est réveillée que lorsque nous nous sommes arrêtés dans le port naturel de Swale. L'air était glacial, mais en me tenant près de Jack, au fond de la timonerie, je ne sentais pas le vent. Il me semblait que Caroline devait avoir assez chaud, mais je n'étais pas tranquille en pensant à tout ce qui pourrait arriver et je me disais qu'en un lieu pareil on avait vite fait de mourir.

Jack était détendu, à l'aise et réjoui, me souriant comme il le faisait rarement quand nous nous voyions chez moi. Peut-être était-ce l'incongruité de ma présence sur son bateau avec le bébé qui l'amusait, ou peut-être était-ce mon allure qui continuait à le faire rire, avec le bébé contre mon ventre et le gilet de sauvetage attaché autour de moi. Il y avait peu de bateaux dehors. En fait, une fois la côte derrière nous, il n'y avait plus que des îles, et j'avais l'impression d'être très loin. Au début, j'avais aperçu le village de Saint-Hilaire depuis le large, mais maintenant on n'en voyait plus rien, pas même le clocher de l'église. Le soleil était levé, mais la côte n'était qu'une ligne bleutée.

Au bout d'environ trois quarts d'heure, nous sommes arrivés à un endroit où il a coupé les gaz et laissé aller le bateau. Il a décroché l'équipement de gros temps, mais il n'a mis que le bas. Il avait déjà son ciré jaune par-dessus son pull. Il a passé la bavette de la salopette par-dessus la veste, comme un tablier. Je lui ai demandé à quoi il se repérait. Il a montré du doigt une petite crique dans une île proche, et aussi un récif. Je ne voyais pas ce qui les distinguait des autres petites criques et des autres récifs que nous avions vus. Ça l'a fait rire. Il se servait aussi de la sonde, a-t-il dit. Et puis, bien sûr, tout autour de nous, il y avait ses flotteurs, rouges en haut et en bas, avec une bande jaune entre les deux.

Je l'ai regardé remonter ses casiers. Chaque fois, il en sortait des homards, il leur attachait les pinces avec de l'élastique, il les mettait dans un des seaux qu'il avait remplis d'eau, il rejetait à la mer les détritus qui pouvaient se trouver au fond des casiers, et il empilait ceux-ci les uns sur les autres.

« D'habitude, je remets de l'appât et je les relance à la mer, mais cette fois je les rentre pour l'hiver », a-t-il dit.

C'était un travail dur, et empreint d'une certaine laideur. Je trouvais que ça n'avait rien de romantique de remonter ces casiers, il faisait froid, c'était difficile. Jack avait mis de grands gants en coton, mais je me disais qu'il devait avoir les mains glacées. Sa salopette était tout éclaboussée, et nous avions de l'eau tout autour des pieds.

Quand il a eu fini, le petit poste de pilotage était encombré de seaux, de casiers et de flotteurs, et j'avais perdu ma place sur la caisse.

Il a mis le cap vers le sud, en direction de l'île de Swale, qu'il m'a montrée du doigt lorsqu'elle a été visible. Comme nous approchions de la côte nord

239

de l'île, j'ai vu plusieurs grandes maisons de bois, entourées de champs, m'a-t-il semblé.

« C'est propriété privée, a-t-il dit, mais on va tous sur la plage de l'autre côté. C'est là qu'on fait nos pique-niques en famille, par exemple. »

En parlant de famille, il a détourné son regard et s'est occupé du gouvernail. Il a vérifié la sonde et il a regardé vers l'ouest, du côté de la côte. Je savais qu'il lui en avait coûté de m'accorder tout ce temps un dimanche, et qu'il n'y aurait peut-être plus d'autres dimanches. Le bateau sur lequel nous étions portait le nom de sa femme et certaines choses me le rappelaient par moments, comme lorsqu'il me disait, employant une expression courante : « Je l'emmène pêcher un peu. »

Nous nous sommes approchés tout près de la côte ouest de l'île pour que je puisse voir les récifs ou apercevoir un phoque. Puis il a franchi le goulet et nous nous sommes retrouvés dans le port naturel en forme de croissant, bordé d'une plage d'un blanc presque pur. C'était une plage sauvage, loin de toute civilisation. On ne pouvait y arriver que par bateau. Il a arrêté le moteur et jeté l'ancre. Le bébé s'est réveillé.

« J'ai apporté un pique-nique, a-t-il dit.

— Il faut que je fasse téter Caroline », ai-je dit. Je ne l'avais jamais fait devant lui. Il a débarrassé deux sièges face à face dans le poste de pilotage. Il m'a aidée à retirer le gilet de sauvetage et a sorti Caroline du porte-bébé. Pendant qu'il la tenait, il m'a dit d'aller voir à l'avant si je ne trouvais pas un vieux drap de bain qu'il pensait avoir laissé là. On en ferait une espèce de tente pour protéger Caroline du vent pendant la tétée.

Je suis donc allée voir dans la petite cabine. Je suppose que Jack s'y retrouvait dans tout ce désordre, mais pour moi c'était un véritable fouillis. Il y avait du matériel, des cordes, une bâche, des chiffons. J'ai ouvert la porte d'un petit placard. Ce sont les livres qui ont d'abord retenu mon attention. Il y avait une demi-douzaine de livres de poche. Un volume de poèmes de Yeats, je me rappelle, *L'Homme de Kiev* de Malamud. C'étaient de vieux livres, cornés, dont certains avaient des taches d'eau. Il y avait aussi de vieilles cartes marines, cent fois pliées et repliées. Une torche électrique, des fusées éclairantes, un lance-fusées. Une bouteille de whisky, dont il ne restait qu'un tiers. J'ai vu le drap de bain et je l'ai pris. Dessous, il y avait encore une arme, un revolver. Je l'ai pris dans ma main, et puis je l'ai remis en place. Je suis revenue près de Jack avec le drap de bain.

« J'ai trouvé, lui ai-je crié en remontant, m'arrêtant un instant pour le regarder tenir Caroline, et j'ai trouvé un revolver avec.

— Ah oui », a-t-il dit. Il n'avait pas l'air plus ému que si j'avais trouvé une montre qu'il aurait égarée. « On en a tous un », a-t-il ajouté. C'est pour faire fuir les braconniers. Je tire un ou deux coups de temps en temps pour l'empêcher de rouiller, mais c'est tout.

— Il est chargé ? ai-je demandé.

— Ça ne servirait pas à grand-chose d'avoir un revolver s'il n'était pas chargé. De toute façon, je suis toujours seul à bord.

— J'ai aussi trouvé des livres. Des livres de poche. Tu lis quand tu es ici ? »

Il a eu l'air surpris, gêné.

« Quand j'ai le temps, a-t-il dit en riant. Enfin, il m'arrive de prendre le temps. Ici, on est au calme. »

Je lui ai repris le bébé et je me suis assise. J'ai ouvert mon manteau et relevé mon pull. J'ai tout de suite senti l'air froid sur ma peau nue. Il a secoué le drap de bain et il l'a mis sur mon épaule pour protéger du froid le visage de Caroline. Il est allé chercher la bouteille de whisky dans la cabine. Et puis il s'est assis pour déballer le pique-nique. En des instants comme celui-là, il m'arrivait de fermer les yeux une seconde et de me représenter très fugitivement ce qu'aurait pu être ma vie si c'était Jack que j'avais rencontré des années auparavant et pas Harrold, mais aussitôt je chassais ces images. C'était un terrain dangereux, j'étais sur des sables mouvants.

Il avait préparé des sandwichs au lard et une Thermos de café. Il n'y avait rien d'autre, mais il y en avait plein, et et j avais une faim de loup. Ciel, vous n'imaginez pas comme c'est bon, les sandwichs au lard, quand on a faim. Il avait fait griller le pain et, même froids, ces sandwichs étaient un pur délice. Jack a versé une bonne dose de whisky dans le café. C'était l'habitude ici, apparemment, de corser le café ou le thé avec de l'alcool. Il m'a donné le gobelet qui servait de bouchon ; et lui a bu à la Thermos. Le soleil resplendissait autour de nous et faisait de son mieux pour nous réchauffer. Il se réverbérait sur la plage blanche et sur la mer. Jack s'est assis en face de moi ; nos genoux se touchaient. J'avais un sandwich dans une main, et je tenais le bébé de l'autre. Le bateau se balançait doucement. Je regardais le visage buriné de Jack, ses rides, ses yeux gris. Sous son pull, il avait remonté bien haut le col de sa chemise de flanelle. Nous étions seuls avec toute cette eau, tout ce sable, tout ce ciel.

« C'est... » Je n'ai pas pu finir ma phrase.

Il m'a regardée.

Il a arrangé le drap de bain sur mon épaule.

Il a hoché la tête en détournant les yeux.

Nous avons sans doute parlé en mangeant nos sandwichs. Sûrement même, sinon je ne vois pas quand j'aurais appris ce que je sais maintenant. Le matin, nous ne parlions guère, et il n'était pas loquace de nature, il n'était pas habitué à communiquer ses pensées et ses sentiments — ou peut-être en avait-il perdu l'habitude depuis longtemps. En quoi je nous trouvais assez semblables, car, pour ma part, j'avais appris à être sur mes gardes quand je parlais à quelqu'un. Si on ne peut pas parler de ce qui est au centre de sa vie — si on ne peut rien laisser échapper de crainte de révéler l'histoire tout entière —, on finit par devenir naturellement peu loquace, et par prendre l'habitude d'écouter plutôt que de se raconter soi-même. Mais ce jour-là, il me semble bien qu'il a parlé de sa famille : pas de sa femme et de ses enfants, mais de son père et de son grand-père. C'étaient des pêcheurs de langouste eux aussi, le père du moins. Le grand-père avait d'abord pêché la morue, et puis il était passé à la langouste quand la demande était devenue plus forte après la Seconde Guerre mondiale. Son grand-père était mort à présent, et son père, s'il était toujours là et vivait avec sa femme un peu au sud du village, ne pouvait plus pêcher. Je ne sais plus bien en quels termes Jack a décrit l'accident de son père, mais j'ai compris que l'accident lui-même et la retraite prématurée qui s'était nécessairement ensuivie avaient été un véritable drame.

Je n'ai jamais fait la connaissance de son père, mais je me le suis parfois représenté : Jack en plus âgé, plus petit, les bras atrophiés, assis dans un fauteuil dans la salle de séjour d'une de ces maisons anciennes du Maine, face à la baie.

Quand nous avons eu fini nos sandwichs, Jack a déclaré qu'il était temps de rentrer. Il allait me déposer à la pointe, et ensuite il emmènerait son bateau à la jetée pour le laver à grande eau et décharger ses casiers sur le quai. Ce serait plus commode de les reprendre là que de les transporter dans le canot.

Nous n'avons pas parlé pendant le retour — encore une fois le moteur faisait trop de bruit —, mais la traversée a été confortable et, étonnamment, il faisait très doux. Nous avions le vent dans le dos.

Nous avons contourné une île couverte de pins, et je distinguais tout juste la pointe et ma petite maison.

« Bon Dieu ! » s'est écrié Jack.

J'ai essayé de voir ce qui avait attiré son attention, mais en mer il avait la vue plus perçante que moi. J'ai lorgné en direction du cottage. Et alors, quand nous avons été un peu plus près, j'ai vu : il y avait un camion rouge devant la cabane.

« Il y a un camion devant l'atelier, ai-je dit.

— Tu sais qui c'est ?

— Oui.

— On ne peut pas faire demi-tour...

— Non, ça n'est pas possible.

— Eh bien tant pis. Qu'est-ce qu'il fait là un dimanche, bon Dieu ? »

Je savais, mais je n'ai rien dit.

Jack a amarré son bateau, il m'a fait descendre dans le canot, et il nous a ramenés à la rame jusqu'au rivage. Le temps de tirer le canot sur le sable assez loin pour que je puisse en sortir, Willis avait traversé toute la plage.

« Jack.

— Willis. »

Il se sont dit bonjour, mais Jack n'a pas levé les yeux du côté de Willis. Celui-ci fumait une cigarette.

« La Rouquine. »

J'ai fait un signe de tête, et j'ai piqué du nez vers le bébé.

« T'es en balade ou quoi ? a-t-il demandé à Jack.

— Je relève des casiers.

— Un dimanche. Eh ben bravo. J'ai toujours dit que t'étais un vrai bosseur, Jack. »

Jack a repoussé le canot à la mer, prêt à remonter dedans.

« Et t'as emmené la Rouquine avec toi. »

Jack m'a regardée depuis le canot. « Oui », a-t-il dit.

Pas de prétextes. Pas d'explications.

« Alors la Rouquine, qu'est-ce que vous en dites ? Ça vous plaît ou quoi ? »

Willis avait des lunettes de soleil, comme moi. Je ne voyais pas ses yeux, mais je l'ai regardé bien en face.

« Ça a été instructif, lui ai-je dit. Très instructif. »

Jack s'est écarté du rivage en poussant avec la rame. Il m'a semblé qu'il souriait.

« Allez, au revoir, a-t-il dit.

— Merci pour la promenade », lui ai-je répondu aussi naturellement que possible.

Je me disais : Dans quelques heures, je vais le revoir.

Peut-être que lui aussi se disait la même chose.

Willis a commencé à me raccompagner. Il m'a dit : « J'ai vu que vot'voiture était là. J'ai frappé à la porte une ou deux fois. Pas de réponse. Je m'suis inquiété, je m'suis dit que vous aviez peut-être eu un accident ou quelque chose, ou que vous étiez tombée dans un pot de miel. Une demi-heure de plus et j'serais allé chercher Everett.

— Ça n'aurait pas été malin, ai-je dit.

— C'est dangereux d'aller en bateau l'hiver avec un petit bébé. Il faut penser au bébé, vous savez.

— Je n'arrête pas d'y penser. Et ne vous en faites pas pour moi. Je suis assez grande pour me débrouiller toute seule. »

Nous étions arrivés à son camion. Je n'avais pas l'intention de le faire entrer, même s'il s'invitait, et je suppose qu'il l'a senti, car il n'a rien demandé.

« C'est vrai ? » a-t-il dit en touchant la joue de Caroline.

WILLIS BEALE

Bon bah, il va bien falloir que quelqu'un vous raconte toute la vérité sur Jack et Mary, je suppose. J'prétends pas qu'y a un rapport entre leur histoire et le crime lui-même, j'voudrais pas que vous pensiez ça. J'suis pas en train de dire que c'est ça qui l'a poussée, c'est pas du tout c'que j'dis, et malgré tout, faut peut-être quand même en tenir compte un peu, mais ce qui est sûr, c'est qu'elle a pas perdu de temps pour se mettre avec Jack Strout.

Quelqu'un vous a déjà raconté l'histoire, non ?

Au tribunal, il en a pas été beaucoup question, parce que ceux qui ont témoigné voulaient pas trop donner de détails. C'est-à-dire qu'on en a parlé comme ça en passant, et Mary, il a bien fallu qu'elle le dise, mais l'accusation a glissé sur les détails. Mais si vous devez faire votre fameux article, j'pense qu'i'faut que vous sachiez tout, seulement je tiens pas à ce que vous alliez raconter que c'est moi qui vous a dit tout ça. C'est ce que vous appelez des renseignements confidentiels...

Enfin, disons, des renseignements d'ordre général.

J'veux juste que mon nom soit pas mêlé à ça. Mais c'est vrai qu'elle a pas perdu de temps, si vous

246

suivez ma pensée. Je peux pas vous dire exactement quand ça a commencé, mais ce que je peux vous dire c'est que la veille de Noël, je me suis douté de quelque chose. Appelez ça de l'intuition tout simplement. Avec les gens, j'ai du flair, vous voyez ce que je veux dire ? C'est seulement, euh, au moins une ou deux semaines plus tard que je les ai réellement vus ensemble, mais j'ai commencé à avoir la puce à l'oreille en les observant. Jugez vous-même. Elle est arrivée ici le 3 décembre. A Noël, ça faisait seulement trois semaines qu'elle était là. C'est ce qu'on appelle aller vite en besogne, non ?

Alors quand on réfléchit un instant à tout ça, on se met à avoir une idée assez différente de Mary Amesbury. Elle était peut-être pas exactement la victime qu'elle a voulu paraître, vous voyez. Peut-être qu'à New York elle courait un peu trop après les hommes, et que son mari avait de bonnes raisons de la soupçonner, vous me suivez. J'sais pas, mais i'me semble que si ma femme couchait à droite et à gauche — après tout, est-ce qu'on sait seulement si l'enfant était de lui ? —, eh ben, y a de quoi vous faire perdre la tête, alors pas étonnant que le mari se soit un peu énervé.

Je dis juste que ça vaut qu'on y réfléchisse, c'est tout.

Jack, lui, c'était le modèle du bon père de famille. Jamais le moindre écart de son côté, ni de la part de Rebecca. Et à vrai dire, tout ça est franchement triste. Quand j'pense à ce qui est arrivé...

Donc, ce que j'essaie de vous faire comprendre, c'est que je pense pas que c'est Jack qu'a fait le premier pas. Je l'connais Jack. Pas déloyal pour un sou. Fidèle à sa femme, malgré tous ses ennuis. Jamais un regard sur une autre femme, non, même pas ça, pas à ma connaissance, j'serais sûrement au courant. Alors vous voyez c'qui s'est passé. C'est-à-dire que Mary Amesbury, c'était une belle fille, même après tout ce qui lui était arrivé, et je suppose que même Jack, j'veux dire que quand une femme vous court vraiment après, bon ben, c'est humain, non, et peut-être qu'il a fini par se laisser faire. Ce que je veux dire, c'est que j'peux pas croire que c'est Jack qu'a fait le premier pas. C'est pas son genre.

Ouais, je les ai vus ensemble. J'les ai pris la main dans le sac, pour ainsi dire, même s'ils étaient pas vraiment... vous comprenez. C'était un dimanche après-midi et j'étais à la pointe, j'allais chercher du matériel à l'atelier, et j'me suis dit que j'allais m'arrêter chez elle, juste pour voir si ça allait. Je m'sentais un peu responsable d'elle, vous comprenez, vu que j'étais pratiquement la première personne sur qui elle était tombée en arrivant, et j'ai remarqué que sa voiture était là, mais qu'il y avait trace d'elle nulle part. Au bout d'un moment, j'ai commencé à me faire de la bile, à me dire qu'elle avait peut-être eu un accident ou quelque chose, et puis j'les ai vus qui revenaient. Il l'avait emmenée faire un tour en bateau. Un dimanche, rien que ça. Alors j'ai compris tout de suite qu'y avait quelque chose là-dessous. Sinon pourquoi est-ce qu'il l'aurait justement emmenée se balader le jour où il savait qu'il y aurait personne à la pointe ? Pas vrai ? Alors j'descends leur dire bonjour, pour être sympa, et j'les trouve tous les deux avec l'air de pas savoir où se foutre. Ça se voyait sur leur figure. Et elle avait le bébé avec elle, rien que ça. Je me demande ce qu'ils ont fait du bébé pendant qu'ils... vous comprenez. Enfin, ça me regarde pas, hein ?

En fait, il allait chez elle le matin, avant de sortir en mer. Ça a commencé à se savoir au village, mais à présent c'est difficile de dire si on l'a su avant ou après. J'me rappelle pas vraiment. Moi je savais, mais évidemment, c'est pas moi qui serais allé le dire à quelqu'un. Sauf à Jeannine, peut-être. Je l'ai peut-être dit à Jeannine. Ça m'a plutôt déçu de la part de Mary, cette histoire. Elle était pas comme j'avais cru, vous me suivez ?

Enfin, comme j'vous disais, ça n'a sans doute pas de rapport. Mais seulement fallait quand même que vous sachiez tout ça, i'me semble.

MARY AMESBURY

Cette nuit-là j'ai été réveillée par les pleurs de Caroline. Elle poussait des cris aigus et impérieux et, quand je suis arrivée dans sa chambre, elle était à quatre pattes dans son petit lit et elle essayait de se hisser en haut des barreaux. Elle avait le visage déformé par la douleur, et en feu. Je l'ai prise dans mes bras et j'ai immédiatement senti qu'elle était fiévreuse. J'ai mis ma main sur son front. Elle m'a repoussée en se débattant. Jamais je n'avais touché un front aussi chaud.

Je me suis précipitée à la cuisine pour lui préparer un cachet d'aspirine pour bébés qui ne s'est pas bien dissous dans le jus de pomme, et quand j'ai essayé de le lui faire boire, elle a renversé la tête en arrière et s'est mise à hurler, refusant de prendre le biberon. Ne sachant plus quoi essayer, je l'ai promenée dans mes bras en faisant le tour habituel de la maison, mais en vain. Je m'efforçais de la tenir tout contre ma poitrine pour la soulager. Mais alors elle détournait la tête et ensuite elle laissait retomber son visage contre moi d'un côté et de l'autre. J'essayais de ne pas m'affoler, de garder les idées claires, mais ce mouvement de la tête m'inquiétait. Jack est arrivé juste avant le point du jour, comme à

250

l'ordinaire. J'avais mis Caroline sur le petit tapis orangé dans la salle de bains. Je lui avais enlevé son pyjama et sa couche, et j'essayais de la laver avec des gants de toilette humectés d'eau fraîche pour faire tomber la fièvre. Le contact des gants de toilette sur sa peau devait être insupportable, car elle s'est mise à hurler encore plus fort à ce moment-là.

Jack s'est arrêté à la porte. Il avait son ciré et ses grandes bottes.

« Qu'est-ce qui se passe ? a-t-il demandé.

— Elle est chaude et fiévreuse. Je ne comprends pas ce qu'elle a. »

Il s'est accroupi pour tâter son front.

« Ciel, elle est brûlante. »

J'avais essayé de me persuader que cet accès de fièvre n'était pas si grave, mais, à l'entendre s'écrier *Ciel*, j'ai compris que je me trompais. « Je voulais attendre l'ouverture du dispensaire de Machias, ai-je dit précipitamment. Mais je ne sais pas. Qu'est-ce que tu en penses ? »

Il a regardé sa montre. « Il est cinq heures et demie. Il n'y aura personne avant neuf heures. »

Il s'est relevé, dépliant son grand corps dans un crissement de bottes et de ciré.

« Je vais aller chez LeBlanc. Je vais appeler le médecin de service.

— Tu ne peux pas faire ça », lui ai-je dit en levant les yeux vers lui. Je me disais qu'en allant chez LeBlanc pour moi il allait se compromettre et que je lui faisais courir trop de risques.

« Je dirai que tu m'as appelé au secours de ta porte au moment où je passais pour aller à mon bateau.

— Ils ne te croiront pas.

— Je n'en sais rien, mais je pense qu'on a mieux à faire pour l'instant que de se soucier de savoir s'ils me croiront ou pas. »

Quand il est revenu, j'étais dans la baignoire avec Caroline. C'était un bain sinistre, qui me paraissait froid et affreux même à moi, mais je n'avais rien trouvé d'autre pour faire tomber la fièvre, et je n'avais que cette idée en tête.

« Allons-y, m'a-t-il dit de la porte. Le médecin va nous rejoindre sur place. »

Je me suis tournée vers lui d'un air interrogateur. Son regard, son regard gris, était vif et concentré.

« Tu crois que tu devrais... ?» ai-je commencé.

Il a hoché la tête, comme pour écarter ma question. « Je t'emmène. Habille-toi. »

Je me suis levée et je lui ai passé Caroline. Il l'a enveloppée dans une serviette de bain orangée. Il l'a tenue pendant que je montais m'habiller. Et puis je suis redescendue et je l'ai préparée. Pendant tout ce temps, elle a continué à crier et à tourner la tête d'un côté et de l'autre, si bien que même Jack, que j'avais cru imperturbable, était inquiet. A un moment où je l'avais mise sur le dos et où j'essayais de lui enfiler un pied dans la jambe de sa grenouillère, elle s'est mise à se frapper le côté du visage. J'ai regardé Jack, mais il n'a pas voulu répondre à mon regard. Alors j'ai renoncé à habiller Caroline, je l'ai juste enveloppée dans une couverture de laine.

Jack l'a tenue pendant que je grimpais dans la cabine du camion. Le ciel était violet, et à l'ouest, à l'horizon, je voyais encore quelques étoiles. Il n'y avait pratiquement pas de circulation sur la route, mais à l'intérieur des maisons, des lumières étaient allumées dans les chambres. Il n'y avait ni mouvement ni bruit dans la petite ville de Machias quand nous l'avons traversée, comme si ses habitants l'avaient désertée.

Le médecin était arrivé. Il avait allumé la lumière à l'entrée du dispensaire. Il s'est montré quand nous sommes entrés dans la salle d'attente, et j'ai été surprise de voir combien il était jeune. Je suis sûre qu'il n'avait pas plus de trente ans, et il n'avait pas l'air d'un médecin. Il était en jeans et en chemise de travail bleue froissée, comme s'il avait sauté dans les vêtements qui étaient par terre à côté de son lit. Il nous a fait entrer dans un cabinet d'auscultation et il m'a demandé de déshabiller le bébé. Ce faisant, je lui ai expliqué qu'elle criait et tournait la tête sans arrêt, et qu'elle s'était donné des coups sur le côté du visage.

Il ne lui a pas pris la température. Il avait l'air de trouver que ça n'était pas la peine. Il lui a examiné la gorge, et puis les deux oreilles.

Il s'est levé. Il lui a tâté le front. « Otite, a-t-il déclaré d'une voix neutre. C'est un peu ce que j'avais pensé. Elle a une superbe double otite. »

Il a pris une petite fiole dans un placard, et il a versé une goutte de liquide dans chaque oreille. « Ceci va calmer la douleur un petit moment. Mais il va falloir la mettre sous antibiotique tout de suite. En fait, si vous êtes d'accord, j'aimerais lui faire une piqûre immédiatement, en attendant que la pharmacie ouvre et que vous puissiez obtenir ce que je vais prescrire. Très franchement, cette fièvre ne me plaît pas beaucoup, et je pense qu'il faut la faire tomber le plus vite possible. » Il lui a encore tâté le front. « Je vais prendre sa température, mais à mon avis elle a plus de quarante. » Le ton de sa voix était calme, mais j'ai compris que cette fièvre l'inquiétait.

Alors la pièce s'est vidée de son air, comme si j'étais sous une cloche de verre. Le sol s'est dérobé sous moi. J'ai mis la main sur le bord de la table d'auscultation. J'essayais de réfléchir, de me souvenir. Mais ce que je cherchais, ce dont j'avais besoin, je l'avais sur le bout de la langue sans pouvoir le retrouver, comme un problème de calcul mystificateur qui refuse de livrer ses secrets.

« Ah non », ai-je dit tout bas, de façon à peine audible.

Le docteur m'a entendue, mais il a mal compris ma réaction. Jack aussi a eu l'air surpris. Cette otite était plutôt une bonne nouvelle, non ? Ça aurait pu être bien pire.

« Ça va aller », s'est empressé de me dire le médecin pour me rassurer, avec, peut-être, une nuance faussement joviale dans la voix. Il a attrapé un thermomètre dans un bocal de verre rempli de liquide et il a pris la température de Caroline en lui tenant les jambes. Elle s'est débattue en se tortillant, mais il la tenait ferme. « Si j'avais autant de sous que je vois d'otites dans la saison, je serais riche, croyez-moi. Si je lui fais une piqûre tout de suite, la fièvre va sans doute tomber avant la fin de la journée. Dès demain, elle aura retrouvé sa forme, mais il faudra continuer l'antibiotique pendant dix jours. »

J'ai secoué la tête.

« Qu'est-ce qu'il y a ? » C'était Jack. Il me regardait bizarrement. La lumière crue du cabinet d'auscultation accusait encore l'aspect rugueux de sa peau et les deux sillons creusés de chaque côté de sa bouche. Je me disais que les marques de coup sur mon visage, bien que presque résorbées, devaient se voir davantage aussi. Je me demandais si Jack était déjà venu là, s'il avait déjà attendu dans ce même cabinet, sa femme à la place où j'étais en ce moment, et un de ses propres enfants sur la table d'auscultation.

« Elle est allergique à un antibiotique, ai-je dit aussi calmement que possible, mais je ne sais plus lequel.

— Ça ne pose pas de problème, a dit le docteur en sortant le thermomètre. Ouais, quarante et un dixième. En plein dans le mille. Il ne faut pas plaisanter avec ça. Je vais aussi lui donner quelque chose pour la fièvre. Qui l'a soignée ? Je vais passer un coup de fil. Ça doit être dans son dossier. »

A ce moment-là, Jack a compris. Il a changé de position et il m'a regardée encore une fois.

« Elle avait trois mois. » Je parlais plutôt pour moi-même que pour le docteur ou Jack. « Elle avait

254

de la fièvre, mais le pédiatre ne voyait pas quelle était la cause. Il a ordonné quelque chose, je ne sais plus quoi, mais ça a déclenché une éruption de boutons et elle a enflé de partout. Alors on lui a donné autre chose, mais je ne sais plus non plus ce que c'était. Je crois que c'était de la pénicilline, mais je n'en suis pas sûre. On lui a aussi donné des sulfamides, je crois, mais je n'arrive pas à me rappeler. »

Il s'est fait un silence dans la pièce.

« Je suis désolée de ne pas me rappeler. Je n'étais pas très...

— Bon, eh bien », a interrompu le docteur. Il paraissait agacé par mon incapacité à faciliter la solution du problème. « C'est très important. Une réaction allergique de ce genre peut être fatale la seconde fois. Mais ça n'est pas insoluble. Comme je viens de vous le dire, si vous pouvez m'indiquer où elle a été soignée, je pourrai appeler pour qu'on regarde dans son dossier. »

Jack était impassible. « Est-ce qu'on ne peut pas donner au bébé un médicament autre que les deux que Mary a cités, et qui serait sans risques ? » a-t-il demandé.

Le docteur l'a regardé, il m'a regardée. On voyait, à son expression, qu'il commençait à comprendre.

« Je vais appeler », ai-je dit vivement.

Le docteur a hoché la tête. « Non, c'est à moi de le faire. On ne vous donnerait sans doute pas le renseignement, et de toute façon vous risqueriez de ne pas bien comprendre. Et je pense qu'il ne faut plus perdre de temps. »

J'ai été sur le point de dire quelque chose, j'ai hésité.

« Il y a un problème apparemment », a dit le docteur.

Caroline, qui n'avait plus mal pour l'instant, mais qui était complètement abattue par la fièvre, a tourné les yeux vers moi de la table d'auscultation.

« Non, ai-je répondu aussitôt, d'une voix sans

doute un peu trop forte pour la dimension de la pièce. Non, il n'y a pas de problème. »

J'ai donné le nom et l'adresse du pédiatre à New York. Je savais même le numéro de téléphone.

Nous avons quitté le dispensaire et nous avons regagné le camion noir qui était garé devant. Jack portait Caroline. Il y avait vraiment très peu de chances que mon mari pense à interroger le pédiatre, m'a-t-il dit, pas plus d'une chance sur un million. A mon tour, pour le rassurer, j'ai prétendu que j'étais d'accord avec lui, qu'il y avait une chance sur un million, pas plus.

Mais je pensais tout le contraire.

Jack m'a ramenée au cottage avec le bébé. L'aube se levait quand nous avons abordé les creux et les bosses du chemin, et déjà l'océan devenait d'un mauve bleuté. L'air était clair et vif, comme purifié, et très froid. Depuis trois jours, le temps était limpide et glacial, et je sentais que le redoux était fini, que maintenant nous n'aurions plus de brouillard ni de températures clémentes pendant quelque temps. La veille, Jack avait dit qu'il allait bientôt haler son bateau.

Il m'a déposée à la maison et il est retourné à Machias pour attendre l'ouverture de la pharmacie et prendre les médicaments prescrits. Ce qui voulait dire qu'il aurait du retard pour sortir en mer, et qu'à l'atelier les pêcheurs le verraient peut-être me rapporter l'ordonnance. Je lui avais dit que j'irais en ville moi-même, mais il n'avait rien voulu entendre. Il pensait que ma place était à la maison avec Caroline. C'est lui qui irait.

Il s'est trouvé que le camion rouge était à l'atelier quand Jack est revenu. Il m'a donné le paquet à la porte. Il m'a demandé comment allait Caroline. Je lui ai dit qu'elle paraissait mieux, que pour le moment elle dormait. J'avais envie qu'il entre, et je sentais que lui aussi voulait franchir le seuil et refermer cette porte ouverte du côté de la pointe, car il la maintenait avec l'épaule et se penchait en avant, comme en suspens, sur le point de prendre une décision.

« Entre », ai-je dit, tout en sachant qu'il serait obligé de refuser. Il faisait grand jour maintenant, et je sentais que Willis nous guettait de l'atelier, derrière les fenêtres couvertes de sel. Je m'attendais à le voir sortir à tout instant.

« C'est impossible », a dit Jack.

J'ai tendu la main et je l'ai glissée sous le col de sa chemise de flanelle et sous son pull. Ce geste, on ne pouvait pas le voir de l'atelier. Sa peau était tiède. Je tremblais de froid et d'impatience. Je lisais sur son visage un désir semblable au mien. Plus loin, les mouettes, avides de leur pâture matinale, tournoyaient en décrivant de grands cercles.

Le temps se resserrait — encore plus peut-être depuis les événements du petit matin. Jack mesurait, comme moi, je le savais, combien les minutes que nous avions à passer ensemble étaient précieuses. Quand son bateau serait mis sur cales dans quelques jours, il ne pourrait plus venir me voir à l'aube — et cela jusqu'au printemps, lorsque la saison reprendrait. Il ne pourrait pas venir me voir quand il réparerait son matériel à l'atelier, car les autres le verraient. Et il ne pourrait plus se lever à quatre heures du matin. Il n'aurait plus, pour sa femme, le prétexte d'aller à son bateau. Combien de matins restait-il ? Trois ou quatre ?

« Il faut que je parte à présent. »

J'ai retiré ma main.

« Tu viendras demain ?

— Oui », a-t-il dit en se retournant brusquement pour descendre à pas vifs jusqu'à l'extrémité de la pointe.

J'ai veillé sur Caroline toute la journée et toute la nuit, m'assoupissant quand elle dormait et la tenant dans mes bras quand elle était réveillée. L'antibiotique l'avait assommée, mais elle n'avait pas l'air d'avoir trop mal, Dieu merci, et la fièvre diminuait. Dans la soirée, elle a retrouvé un peu d'entrain et nous avons joué ensemble. J'étais allongée sur le tapis et elle grimpait sur moi, et puis je l'attrapais et la soulevais en l'air, ou je la mettais à côté de moi et je la chatouillais. Elle gloussait et riait, d'un gros rire qui me donnait envie de la serrer dans mes bras encore plus fort.

Jack est venu juste avant l'aube. J'étais réveillée et je l'attendais. Ses pas dans l'escalier semblaient impatients. Il enlevait déjà son ciré en ouvrant la porte de ma chambre. Je me suis redressée dans le lit pour l'accueillir et il m'a enlacée avant même d'avoir ôté tous ses vêtements. Ce matin-là, l'ardeur de son désir était si vive que nous avons roulé sur le lit comme une mer houleuse. Je sentais en lui quelque chose de nouveau — une frustration, l'envie d'obtenir plus que nous ne pouvions raisonnablement espérer. Après, il est retombé sur le dos et il m'a dit :

« Je veux la quitter. Je veux venir ici avec toi. »

J'ai voulu dire quelque chose, mais il m'a arrêtée.

« Je ne peux pas la quitter. Hier matin, quand tu as donné ce nom et ce numéro de téléphone au médecin, je me suis dit un instant que si tu pouvais prendre ce risque-là, moi aussi je pouvais prendre des risques. Toute la journée j'ai essayé de trouver une solution, d'imaginer un moyen de la quitter sans lui faire de mal, et de venir avec toi, mais c'est impossible. Il n'y a tout simplement pas moyen. Parce que, ce qui est en cause, ce n'est pas moi, c'est elle. Ce que je compromettrais, c'est ce à quoi elle tient — sa famille, son foyer, le peu de stabilité qu'elle a. Et je ne peux pas lui faire ça. Je n'en ai pas le droit. Elle est trop fragile, ce serait... »

J'ai roulé sur lui et j'ai tiré les couvertures sur nos épaules. J'ai mis une main sur sa bouche et j'ai posé la tête sur sa poitrine. « Ne pense plus à tout ça. Contentons-nous de ceci. »

Il m'a entourée de ses bras en me tenant tout contre lui.

« Je te demande pardon », a-t-il dit.

Il y a eu un silence dans la chambre. Et puis, au bout d'un moment :

« Tu sais, je n'ai pas envie que tu t'en ailles, mais tu devrais peut-être envisager de quitter ce lieu, par simple prudence. » Ses bras s'étaient crispés autour de moi. « Juste changer de village, aller t'installer un peu plus au nord, peut-être. »

L'idée m'en était venue, à moi aussi, presque tout de suite, à Machias, au dispensaire, mais je l'avais repoussée avant même qu'elle n'ait vraiment pris forme dans ma tête. Je ne pouvais pas quitter le cottage pour l'instant. Je ne pouvais pas quitter Jack. Je n'en avais pas la force, je le savais bien.

« Quand est-ce que la saison reprend ? ai-je demandé.

— En avril. Mais je pourrais forcer un peu, et ressortir le bateau à la mi-mars.

— Oui, fais comme ça. »

Plus tard, alors qu'il était assis à la table de la cuisine et que je faisais du thé, je lui ai demandé quelles études il avait suivies à l'université, et ce qu'il avait envisagé de faire de ses diplômes. Il faisait encore nuit dehors, et je voyais notre reflet dans les vitres : moi en chemise de nuit de flanelle et en veste de laine, les cheveux trop longs tombant sur les épaules ; Jack en chemise de flanelle et en pull, à demi tourné vers moi pour me regarder près de la cuisinière. Dans la vitre, j'avais l'air d'une femme de pêcheur qui se serait levée de bonne heure pour préparer le petit déjeuner de son mari. L'image renvoyée par les carreaux, me disais-je, n'avait rien d'une liaison amoureuse — elle évoquait quelque chose de plus domestique, de plus familier. Cette vision m'a hantée un moment ; nous avions l'air de ce que nous n'étions pas et ne pourrions jamais être.

« Qu'est-ce qui ne va pas ? » a-t-il demandé.

J'ai répondu d'un signe de tête. J'ai apporté le thé et les toasts sur la table.

« Tu vas rire, a-t-il dit, mais je m'imaginais que je serais professeur d'université un jour. J'ai fait des études grâce à une bourse, et je me disais que je pourrais aider les autres à mon tour. J'adorais la course à pied — il n'y a rien de tel, pas même la pêche au homard — et puis j'ai eu un professeur de littérature anglaise formidable, et alors je me suis dit que je ferais les deux, que je serais professeur et entraîneur.

— Est-ce qu'il t'arrive de songer à reprendre tout ça, les études, l'enseignement ? » Je pensais aux livres que j'avais trouvés sur son bateau.

« Non, s'est-il empressé de répondre en écartant la question. Pas depuis que j'ai arrêté.

— Tu as des regrets ?

— Non », a-t-il répondu d'un ton décidé, comme si c'était une chose à laquelle il avait renoncé depuis des années.

Nous avons pris le petit déjeuner. Il rentrerait son bateau le vendredi si le temps était convenable, a-t-il dit, et puis il se mettrait à réparer son matériel. Il emmenait toujours sa femme et sa fille faire un petit voyage en février, a-t-il ajouté, quelques jours de vacances en somme. Il ne savait pas encore exactement où ils iraient cette année ; lui avait envie de descendre voir son fils à Boston, où il faisait ses études, mais sa fille insistait beaucoup pour aller dans un endroit plus chaud. Sa voix était moins posée que d'habitude ; il parlait plus rapidement ; et je répondais de la même façon, sentant bien que tout ce que nous aurions voulu nous dire, ou que nous aurions encore à nous dire pendant les mois d'hiver, c'était maintenant ou jamais qu'il fallait le faire savoir. Je me demandais si je continuerais à me réveiller de bonne heure, avant l'aube, quand il ne viendrait plus.

Le soleil a paru à l'horizon. Je voyais un filet rouge de métal en fusion. C'était étrange, me disais-je, de haïr la venue du jour, comme si nous étions des créatures de la nuit que la lumière désintégrait. Je me suis levée et je suis allée à la porte pour l'attendre. J'avais toujours horreur du moment où il quittait la maison. Je l'ai regardé se lever de table, enfiler ses bottes et son ciré jaune.

« Peut-être que je ne vais pas te laisser franchir la porte, ai-je dit d'un ton enjoué, en glissant mes bras autour de lui entre le ciré et le pull. Je vais peut-être te garder ici toute la journée. »

Il a enfoui son visage dans mes cheveux. Il m'a prise dans ses bras en relevant ma chemise de nuit pour sentir ma peau.

« Si seulement », a-t-il dit.

Le lendemain matin — le mercredi —, Jack n'est pas venu. Je me suis réveillée, comme d'habitude, juste avant le point du jour, et j'ai attendu, mais il n'y a pas eu de pas dans l'escalier. Couchée dans mon lit, je guettais le bruit du moteur de son camion dans le chemin, mais je n'entendais que les premiers cris des mouettes, et le clapotis des vagues sur les galets. J'ai regardé poindre le jour, et j'ai vu naître l'aube. Quand le soleil a paru au-dessus de l'horizon, j'ai compris qu'il ne viendrait pas. C'était la première fois depuis le brouillard qu'il ne venait pas me voir, et je me suis sentie démunie, j'ai eu l'impression que le jour lui-même avait perdu toute couleur.

Caroline s'est réveillée peu après le lever du soleil. Elle semblait parfaitement en forme, comme le médecin l'avait prédit, mais, suivant les instructions que j'avais reçues, j'ai continué à lui donner l'anti-biotique. Je l'ai installée sur le tapis après lui avoir donné la tétée, et j'ai regardé par la fenêtre du côté de la pointe. Le langoustier vert et blanc dansait sur l'eau comme pour me narguer. Finalement, des camions sont venus se garer près de l'atelier, des hommes en sont sortis, mais Jack n'était pas parmi eux. J'essayais d'imaginer les raisons pour lesquelles il n'était pas venu. Il avait eu un problème chez lui. Rebecca avait peut-être fait une scène. Jack lui avait peut-être tout dit en fin de compte. Ou bien il avait décidé de rompre tout net avec moi — ça lui res-semblait assez. Oui, c'est ça. En me disant au revoir la veille, il savait que c'était pour de bon, et c'est pour cela qu'il m'avait prise dans ses bras de cette façon. Il me disait adieu, seulement je n'avais pas compris.

J'essayais d'accepter cette éventualité, j'essayais d'y croire et de l'admettre. Mais en vain. Je déambu-lais dans la maison, les mains vides, pendant que Caroline jouait par terre. Je n'arrivais pas à rester tranquille. Voulait-il me signifier qu'il était temps que je parte ? Que je quitte ce village pour aller ailleurs ?

Mais je ne pouvais pas partir. Je n'avais aucun désir de partir. Et je ne pouvais pas m'en aller sans avoir d'abord parlé à Jack. Il fallait que je sache s'il avait l'intention de ne plus jamais revenir.

Je me suis habillée et j'ai préparé Caroline. J'aurais voulu aller chez Jack au village lui deman-der pourquoi il n'était pas venu, mais je savais bien que je ne pouvais pas faire une chose pareille. J'entendais des hommes parler près de l'atelier. Je voulais descendre leur demander des nouvelles de Jack — tant pis pour Willis —, mais je savais que ça aussi c'était une idée absurde. Au lieu de cela, j'ai mis Caroline dans le porte-bébé et je l'ai emmenée faire un petit tour. Une promenade ne lui ferait pas de mal, me disais-je, à condition de l'habiller assez chaudement.

L'air était sec, léger, piquant, comme du champagne frappé. Ce n'était pas le temps qui avait empêché Jack de sortir avec son bateau, je le savais. J'ai fait l'aller-retour jusqu'au bout de la pointe en marchant vite. Quelqu'un qui m'aurait vue marcher aurait trouvé que j'avais l'air furieuse. J'ai levé les yeux vers la maison, mais je n'avais pas envie de rentrer tout de suite. J'ai tourné vers le sud et j'ai marché le long de la côte en direction du village. Comme je marchais vite, je suis allée plus loin que jamais auparavant. La mer se retirait, laissant une bande de sable dur. De temps en temps, l'odeur de la marée basse arrivait jusqu'à moi avec le vent, et puis elle était emportée par l'air pur et sec. J'ai marché jusqu'à en avoir les jambes moulues et le dos rompu par le poids de Caroline dans le porte-bébé. Mais je l'avais voulu — j'avais conscience d'avoir cherché à m'épuiser physiquement.

Au retour, j'ai marché plus lentement qu'à l'aller. J'étais partie depuis presque deux heures quand Caroline s'est mise à pleurer. J'avais laissé passer l'heure de la tétée, et il fallait donc que je rentre vite à la maison. J'ai hâté le pas.

Au détour du chemin, j'ai vu le cottage sur son promontoire. Devant la maison, dans l'allée gravillonnée, il y avait une voiture que je n'avais encore jamais vue, une vieille Buick noire. Debout sur les marches, Julia Strout scrutait le paysage du côté de la pointe.

Alors elle m'a vue et elle m'a fait signe. Je lui ai fait signe aussi et j'ai remonté la pente.

« J'ai pensé que vous étiez peut-être partie faire un tour. Le bébé va bien ?

— Elle a faim. Il faut que je lui donne la tétée. Comment allez-vous ? »

Bien, merci, a dit Julia, et elle m'a tenu la porte. Nous sommes entrées. J'ai sorti Caroline du porte-bébé et je me suis débarrassée de mon manteau. Je me suis assise sur le canapé de la salle de séjour et j'ai invité Julia à s'asseoir aussi — ce qu'elle a fait, mais sans retirer son manteau.

« J'ai eu un coup de téléphone de Jack Strout ce matin », m'a-t-elle dit en me regardant attentivement pendant qu'elle me parlait. J'ai essayé de ne rien laisser paraître sur mon visage, mais presque aussitôt j'ai senti un pincement aigu à l'intérieur de ma poitrine. J'ai aspiré profondément. J'avais envie d'ouvrir une fenêtre.

« Il m'a dit que la petite avait été bien malade et que vous l'aviez appelé à l'aide avant-hier matin, qu'il vous avait emmenée à Machias, au dispensaire. »

J'ai acquiescé.

« Elle va bien à présent ?

— Mieux, beaucoup mieux. » Je me rendais compte que j'étais toute raide sur mon siège, que j'avais le souffle court. Et puis je me suis aperçue que le lait ne venait plus. Caroline avait cessé de téter et me regardait. J'ai essayé de respirer régulièrement et de me détendre, pour que le lait revienne. Du calme, me suis-je dit.

« Bref, il voulait que je vous dise qu'il comptait passer aujourd'hui voir si le bébé allait bien et si vous aviez besoin de quelque chose, mais Rebecca, sa femme, a été malade pendant la nuit elle aussi — un méchant virus intestinal, il paraît — et il n'a pas pu la quitter. Alors il a pensé que si je venais par ici je pourrais passer vous voir.

— C'est... c'est gentil de sa part, ai-je dit platement. Et c'est gentil à vous, me suis-je empressée d'ajouter. Vous pouvez lui dire que Caroline va bien. Et moi aussi. Tout le monde va bien. »

Julia m'a regardée bizarrement. Dans cette petite pièce, j'avais l'impression de parler trop fort, d'une voix tendue. Je cherchais comment faire passer un message à Jack par Julia, mais je n'avais pas les idées claires.

« En fait, a-t-elle dit en s'enfonçant dans son fauteuil et en déboutonnant son manteau — il faisait chaud dans la maison —, je voulais venir vous voir de toute façon. Ça n'est peut-être rien, et je ne veux pas vous alarmer, mais il faut que vous sachiez : j'ai vu Everett à l'épicerie ce matin de bonne heure — j'y vais tous les matins chercher le lait et le journal — et il m'a dit qu'hier soir, à l'épicerie, il est venu un individu de New York qui lui a posé des questions sur une certaine Maureen English. »

J'ai dû blêmir, ou accuser le coup d'une façon qui s'est vue sur mon visage, car Julia m'a demandé aussitôt : « Ça ne va pas ?

— J'ai un petit ennui, ai-je dit en montrant que je n'arrivais plus à nourrir Caroline.

— C'est vrai ?

— Oui. Alors cet homme... ?

— D'après Everett, c'était une espèce de détective privé, mais le type ne s'est pas vraiment expliqué. Everett lui a dit qu'il ne connaissait personne du nom de Maureen English, alors le type a fait la description de la femme qu'il recherchait et il a dit qu'elle était avec un bébé, et Everett a répondu que ça ne lui disait rien du tout non plus. »

J'ai fermé les yeux.

« L'homme est parti et il n'est pas revenu. Everett pense qu'il est parti plus loin, dans un autre village. Il lui a dit d'aller voir à Machias, mais le type a dit qu'il y était déjà allé dans l'après-midi, qu'il cherchait dans tous les villages par ici sur la côte. Il avait appris que la femme qu'il recherchait était dans la région. »

J'ai rouvert les yeux en m'efforçant de respirer normalement. Il n'y avait aucun espoir que mon lait revienne maintenant, et Caroline s'est mise à grincher.

« Il faut que je lui fasse un biberon », ai-je dit en me levant.

Julia m'a suivie à la cuisine.

« Je crois que vous n'avez rien à craindre. Everett pense que cet homme a cru à sa bonne foi et qu'il est vraiment parti plus loin. »

J'ai acquiescé. Je ne demandais qu'à la croire.

« Est-ce qu'Everett sait si cet homme a parlé à quelqu'un d'autre au village ? » ai-je demandé.

Julia a hoché la tête. « Non, il n'en sait rien, mais il ne croit pas. Ça paraît logique de venir tout droit à l'épicerie. C'est le seul endroit où il y ait un semblant de vie dans tout le village. »

En temps ordinaire, cette remarque m'aurait fait sourire.

« Je vais la tenir pendant que vous préparez le biberon », a dit Julia. Je lui ai donné Caroline. J'ai fait chauffer du lait sur la cuisinière. Ma chemise était collée à mon dos : j'ai compris que je venais de transpirer.

« Vous devriez aller à la police, a dit Julia. Pas juste voir Everett. La vraie police, à Machias, j'entends. Si vraiment vous avez aussi peur.

— Non, je ne peux pas. Il vaut mieux qu'il ne sache pas du tout où je suis. Si j'allais à la police, ils seraient peut-être obligés d'aviser mon mari et de lui dire où je suis. Je ne sais pas bien comment fonctionne ce genre de choses, mais je ne peux pas courir de risques. »

J'ai pris le biberon sur la cuisinière et j'ai récupéré Caroline. Nous sommes retournées dans la salle de séjour. Caroline a d'abord refusé le biberon, et puis elle s'est mise à boire. Julia s'est rassise en face de moi, comme avant. Elle avait gardé son manteau.

« Vous voulez une tasse de thé ?

— Non, je ne peux pas rester », a-t-elle dit.

Mais elle ne s'est pas pour autant levée pour partir. Elle me regardait donner le biberon à Caroline.

Je me suis dit que si elle s'attardait, c'était peut-être pour s'assurer que tout allait bien avant de me quitter.

« Jack est venu ici ? » m'a-t-elle demandé.

Je n'ai pas détourné la tête, j'ai continué à regarder Caroline. On ne pouvait pas se méprendre sur le sens de la question. Elle n'avait pas dit : « Alors comme ça, mon cousin vous a rendu service ? » ou bien : « Alors vous connaissez Jack à présent. » *Jack est venu ici ?* voilà ce qu'elle avait dit.

Je ne savais pas quoi répondre. Elle voulait peut-être seulement en apprendre davantage.

« Eh bien il m'a rendu ce service. »

Elle a hoché la tête lentement.

Il y a eu un long silence dans la pièce.

« Je serais bien contente que Jack ait un peu de bonheur », a-t-elle fini par dire au bout d'un moment.

Si vraiment elle n'était au courant de rien, c'était une chose extraordinaire à dire. Mais au moment même où elle prononçait ces mots, j'ai senti qu'on changeait de terrain. J'ai eu le sentiment que nous abordions un territoire nouveau. Où il valait mieux ne pas mentir. C'était un territoire tentant. Ou peut-être était-ce moi qui ressentais les choses ainsi parce que je n'avais pas envie de mentir, je voulais dire la vérité à quelqu'un.

« Je crois qu'il a eu un peu de bonheur », ai-je dit prudemment, en évitant le regard de Julia et en regardant par la fenêtre.

Alors elle a changé de sujet. « Vous avez repris meilleure figure. Bien meilleure. »

J'ai fait signe de la tête en essayant de sourire. « C'est toujours cela », ai-je répondu.

Elle s'est levée.

« Il faut vraiment que je parte à présent, a-t-elle dit, tout à ses affaires. Je vais à Machias. Est-ce que je peux vous rapporter quelque chose, pour vous ou pour le bébé ?

— Non, ai-je dit en secouant la tête. Nous avons ce qu'il nous faut. » Je me suis levée moi aussi. « Merci d'être passée me voir. Vraiment. »

Elle a mis son bonnet et ses gants et elle s'est dirigée vers la porte ; j'ai cru qu'elle allait partir, de façon aussi expéditive qu'elle était entrée. Mais non, elle s'est arrêtée, elle a regardé les voitures garées près de l'atelier. Je sentais qu'elle était sur le point d'ajouter quelque chose, de dire *la* chose qu'elle était vraiment venue me dire, mais que sa réserve naturelle et ses usages l'en empêchaient.

« Je repasserai voir si tout va bien dans un ou deux jours. Ou bien c'est Jack qui viendra.

— Je l'aime », me suis-je écriée sans réfléchir.

Elle s'est retournée. Elle a d'abord eu l'air abasourdie. Non parce qu'elle n'avait pas deviné la vérité, mais parce qu'elle était stupéfaite que j'aie parlé. Et puis elle a hoché la tête lentement, comme pour confirmer ses propres pensées.

« C'est bien ce que je pensais », a-t-elle dit.

Et puis elle m'a dévisagée comme si j'étais une fille qui, grandissant trop vite, a échappé à la surveillance de sa mère.

« Prudence, surtout », a-t-elle dit.

Jack n'est pas venu le lendemain matin non plus. On était jeudi, et je pensais qu'il rentrerait son bateau le vendredi. Au mieux, il ne nous restait qu'un matin. J'ai attendu dans mon lit jusqu'au lever du soleil. Et puis je me suis levée et je suis descendue pour regarder son bateau par la fenêtre de la salle de séjour. La peinture blanche avait pris une teinte saumon.

Dans l'après-midi, je suis allée au village, à l'épicerie. J'y allais presque tous les jours, par habitude encore plus que par besoin.

Cet après-midi-là, quand j'ai garé ma voiture de l'autre côté de la route, j'ai vu un camion noir devant la pompe à essence Mobil. Je connaissais bien ce camion, j'en connaissais les bosses et les marques de rouille mieux que celles de ma propre voiture. Sur le siège avant, du côté du passager, il y avait une femme. J'ai coupé le contact et je l'ai regardée. Elle avait les cheveux gris, tirés en arrière de façon austère. Elle portait une sorte de foulard de soie imprimée bleu marine. Elle avait les pommettes hautes, et son visage, dont on sentait qu'il avait été beau, était maintenant d'une maigreur et d'une pâleur qui faisaient peine à voir. Elle avait des lèvres minces et la bouche pincée. Elle était vêtue d'un manteau de lainage bleu marine, et elle semblait tenir ses mains croisées sur les genoux, mais je ne les voyais pas. Elle a dû sentir que quelqu'un la regardait, comme il arrive parfois, car elle a tourné la tête lentement de mon côté.

C'est alors que j'ai vu ses yeux, et en les voyant j'ai compris à quoi Jack devait faire face. Des yeux pâles, d'un bleu laiteux, ou peut-être ai-je eu cette impression parce qu'ils semblaient troubles, embrumés. Et pourtant ils avaient une expression traquée, hagarde. Ils étaient bridés. A les regarder, on ne pouvait pas décrire ce que ces yeux voyaient, mais on devinait que c'était quelque chose de terrible. Elle m'a aussitôt fait l'impression d'une femme qui aurait perdu ses enfants d'une grave maladie ou dans un accident, mais je savais que ce n'était pas le cas.

J'ai regardé ailleurs — autant parce que je ne voulais pas voir ses yeux que pour qu'elle ne s'aperçoive pas que je l'avais observée. Quand j'ai jeté un nouveau coup d'œil, elle regardait droit devant elle, elle attendait.

A ce moment-là je me suis dit que je ferais mieux de redémarrer et de rentrer à la maison. Mais je savais qu'il était à l'épicerie. Je ne pouvais pas laisser passer cette occasion de le voir, même si je ne pouvais pas lui parler.

Je suis descendue de voiture et j'ai sorti Caroline de son couffin. J'ai fait le tour du camion noir avec elle et j'ai monté les marches pour entrer dans la boutique. J'ai été annoncée par la sonnette qui a tinté au-dessus de la porte.

Il était à la caisse avec sa fille. Elle n'avait pas de bonnet et ses cheveux bouclés lui tombaient dans le dos. Elle portait une veste de lainage rouge et une écharpe blanche. Elle s'est retournée pour voir qui était entré, et à ce moment-là il s'est retourné lui aussi. Everett m'a saluée de la tête et m'a dit bonjour. Je regardais Jack. Je me demandais s'il allait dire quelque chose, s'il allait oser montrer qu'il me connaissait. Il s'est tourné vers sa fille et puis, d'une voix aussi naturelle que possible, il m'a demandé : « Comment va le bébé ?

— Ça va mieux », ai-je dit.

Everett nous regardait tous les deux.

Jack a dit à sa fille : « Tu ne connais pas Mary Amesbury, je crois. Elle habite le cottage de Julia, à la pointe, tu sais ? » Et à moi : « Ma fille, Emily. »

J'ai dit bonjour à Emily, et elle m'a saluée avec la timidité de ses quinze ans.

J'ai vu Jack jeter un coup d'œil à son camion par la fenêtre. Il se demandait si j'avais vu Rebecca.

« La petite fille de Mary avait de la fièvre l'autre jour », a-t-il dit à sa fille. Et, en se tournant vers moi : « Mais elle va mieux maintenant ? »

J'ai fait signe que oui.

Autour de moi, les boîtes de conserve et les tubes fluorescents se sont mis à tourner. Tout recommençait comme ce premier soir à l'épicerie, seulement maintenant il y avait Jack. Quand tout s'est mis à tourner, je me suis accrochée à ce visage, et puis j'ai eu conscience que je restais là plus longtemps qu'il n'était normal. Par un effort de volonté qui m'a semblé gigantesque, je me suis forcée à avancer et à dire d'un air dégagé : « Il me faut du lait et quelques petites choses... »

J'ai attendu au fond du magasin le tintement de la sonnette au-dessus de la porte. Quand je suis revenue à la caisse, Everett m'a dit : « Julia m'a appris que le bébé était malade. Mais ça a l'air d'aller maintenant. »

Il a enregistré mes achats. Je n'avais aucune idée de ce que j'avais pris. Dehors, j'ai entendu le camion qui démarrait, le bruit familier du moteur.

« Rebecca est mal en point ces temps, a dit Everett, en hochant la tête au bruit du camion. C'est Jack qui s'occupe de tout. »

Cette nuit-là, alors que j'étais au lit, j'ai entendu le bruit d'un moteur dans le chemin. Il m'a semblé qu'il faisait plus sombre que d'habitude dans la chambre, et je me disais qu'il venait plus tôt que les autres fois. C'était le dernier matin que nous avions à passer ensemble, et, comme moi, il était impatient. Il avait peut-être dit à sa femme qu'il partirait tôt, qu'il y avait beaucoup à faire avant de haler le bateau.

J'ai entendu ses pas sur le lino de la cuisine. Il n'est pas monté directement comme je l'aurais cru, il a dû prendre un verre d'eau au robinet de l'évier. Et puis je l'ai entendu ouvrir la porte de la chambre de Caroline. Oui, me suis-je dit, il va voir si le bébé va bien. Il s'est fait du souci.

Enfin, j'ai entendu ses pas dans l'escalier. Je me suis redressée dans le lit pour l'accueillir. Il a ouvert la porte.

« Jack », ai-je dit dans le noir avec soulagement.

Une silhouette est entrée dans la chambre et s'est penchée au-dessus du lit.

Ce n'était pas Jack.

15 janvier 1971

A présent vous me demandez si j'étais déjà au courant pour Mary et Jack avant ce drame terrible à la pointe. Ma foi, c'est difficile à dire. Je sais que Julia et moi on en a parlé longuement, mais est-ce que c'était avant le meurtre ou après, je ne suis plus très sûr. La mémoire est une drôle de chose. Surtout dans ce cas précis, parce que je sais que quand Julia m'a parlé de Mary et de Jack, je me suis dit que je m'en doutais, ça je me rappelle.

Juste avant la fin, elle est venue à l'épicerie. Et Jack était là avec Emily, et alors tous les deux, Jack et Mary, ils ont un peu parlé ensemble, et je crois bien qu'à ce moment-là j'ai dû me dire : Tiens, ces deux-là se connaissent. Evidemment, je savais qu'il lui avait rendu service le matin où le bébé avait eu de la fièvre. Vous êtes au courant ? C'est important, parce que c'est à cause de ça qu'on l'a retrouvée.

Si j'ai bien compris, le bébé a eu cette poussée de fièvre le lundi matin, et Jack est passé — enfin, qui sait ; il était peut-être déjà sur place — et il l'a emmenée à Machias, au dispensaire, et le Dr Posner, c'est ce jeune homme du Massachusetts qui est venu reprendre le dispensaire quand le Dr Chavenage est parti en retraite, il a vu le bébé, et comme il s'est trouvé que l'enfant était allergique à un certain médicament, il a été obligé de téléphoner à New York pour qu'on cherche dans le dossier, et je suppose qu'il a été obligé de donner son nom et tout, et le mari avait déjà prévenu l'assistante du cabinet médical que Mary avait disparu, et ainsi de suite. Alors après ça, le détective privé n'a pas tardé à venir nous interroger.

Il a pas perdu de temps, j'peux vous le dire, parce que c'est le mardi soir que j'ai vu entrer ce type, je me préparais à fermer le magasin pour aller souper. En fait, il a attiré mon attention avant d'entrer, parce que, comme il avait aux pieds des chaussures noires bien cirées, il a glissé sur les marches et il s'est rattrapé, et je l'ai entendu jurer. Il est entré, donc, et il soufflait dans ses mains ; il avait pas de gants — y'a des gens qui n'ont pas un grain de bon sens, j'vous l'dis — et il m'a demandé si je n'avais pas vu une femme du nom de Maureen English par là autour. Je ne connaissais pas ce nom, bien sûr, mais j'ai tout de suite compris de quoi il s'agissait, et j'ai demandé au type de me montrer une pièce d'identité, ce qu'il a fait, et alors je lui ai dit que j'étais le seul représentant de la loi pour la localité, et ça a paru le satisfaire. Il se disait sans doute qu'il avait frappé à la bonne porte. Alors je lui ai demandé pourquoi on recherchait cette femme, et il m'a répondu que c'était une histoire privée, qu'elle s'était enfuie de chez elle, et ainsi de suite. Et puis il m'a montré une photo, et si jamais j'avais eu un doute, maintenant je savais à quoi m'en tenir, mais naturellement, j'avais compris depuis le début, alors j'ai dit à ce type que je n'avais jamais vu quelqu'un qui ressemblait à ça, et que si quelqu'un au village était au courant, je le saurais. Après ça je lui ai souhaité bonne chance et je lui ai conseillé d'aller voir à Machias.

Alors il m'a dit qu'il y était déjà allé. Il avait appris qu'elle était allée au dispensaire, comme je vous ai dit. Le Dr Posner, il faut lui reconnaître ça, il n'en a pas dit plus long que ce qu'il était bien obligé de dire. Je ne sais pas si elle n'avait pas donné son adresse, ou si elle l'avait donnée et que le docteur n'a pas voulu la communiquer, mais d'après le type, le docteur lui aurait dit qu'il avait bien soigné le bébé mais qu'il n'avait aucune idée de l'endroit où était la mère ; en fait, il avait eu l'impression qu'elle était juste de passage, qu'elle allait plus loin vers le nord.

Evidemment, tout ça n'a plus guère d'importance maintenant, pas vrai ? Je veux dire que, finalement, quelqu'un a lâché le morceau à ce type. Je suppose qu'en retournant à sa voiture il a dû voir des camions près de la coop, et il s'est dit, rien que pour nous embêter, vous voyez, qu'il allait descendre fouiner un peu par là, poser deux-trois questions. Et là, on a dû lui dire qu'on l'avait vue, et où on l'avait vue, et voilà.

J'ai eu le coup de téléphone vers cinq heures un quart du matin, et la voix a dit : *Everett.* J'ai dit : *Quoi ?* Alors la voix a dit : *C'est Jack.* Et j'ai dit : *Jack.* Il a dit : *Tu ferais bien de venir.* Et j'ai demandé : *Rebecca ?*

Et alors il y a eu un long silence, et j'ai cru qu'il avait lâché le téléphone.

Et puis il a dit : *Non, Everett. C'est pas Rebecca.*

Vous n'êtes pas comme moi, je crois. Vous n'auriez pas permis qu'il vous arrive une chose pareille. Je vous vois dans votre tenue kaki, votre tailleur d'été, avec votre regard clair, qui ne faiblit jamais, pas plus que votre style, et je me dis que vous n'auriez pas pu aimer Harrold. Vous l'auriez quitté dès la première nuit.

Avez-vous un amant ? Allez-vous dans les bars le soir quand vous avez fini votre travail ? Habitez-vous chez votre amant ou est-ce lui qui vient chez vous — quand vous en avez envie, quand vous le lui demandez ?

Je vous imagine lisant ceci, et vous disant : Mais pourquoi a-t-elle laissé les choses aller si loin ?

J'écris toute la nuit et toute la journée aussi. J'ai appris à écrire dans la lumière et le bruit et en dépit de cette routine abêtissante. Je dors mal et peu souvent, je m'assoupis avec toutes les lumières allumées et dans le vacarme.

Quand je rêve, je rêve de Harrold.

Harrold était debout au pied du lit. J'étais à genoux sur le lit, tenant les couvertures devant moi jusqu'à la hauteur de mon cou. Il a cherché l'interrupteur, il a appuyé, et la lampe de chevet s'est allumée.

Pendant un instant, la lumière brutale nous a aveuglés tous les deux, et quand je l'ai regardé, il clignait les yeux. Il avait un gros pull rouge et un jean, et son pardessus en cachemire bleu marine. Il avait le teint brouillé et les traits tirés, et j'ai vu qu'il ne s'était pas fait couper les cheveux depuis mon départ. Il s'est frotté les yeux. Il avait des cernes noirs, et le blanc de l'œil était injecté de sang.

« Qu'est-ce que tu fais toute nue ? »

Je n'ai rien répondu, je n'ai pas bougé.

« Enfile quelque chose et descends. Je veux du café. » Sa voix était atone, comme épuisée.

Il s'est retourné et il est sorti de la chambre. J'ai entendu ses pas dans l'escalier. J'ai été presque aussi stupéfaite de ce brusque départ que de son arrivée.

La lumière étant dans mon dos, je projetais une ombre longue sur le mur en face de moi. J'étais toujours à genoux, immobile, les couvertures tirées jusqu'au menton. En bas, j'ai entendu qu'on tirait une chaise sur le lino. Il était assis à la table. J'ai imaginé me glisser par la fenêtre, descendre le long d'un chéneau, me faufiler par la fenêtre dans la chambre du bas pour prendre Caroline, me précipiter dans la voiture et m'en aller. Mais je ne savais même pas s'il y avait un chéneau ; j'avais verrouillé la fenêtre de Caroline pour empêcher les courants d'air ; mon manteau était accroché derrière la porte de la cuisine ; mes clefs étaient sur la table de la cuisine.

Je me suis regardée dans ma nudité. Quelle heure était-il ? Deux heures et demie ? Trois heures ?

Je me suis habillée aussi vite que j'ai pu. J'ai mis plusieurs épaisseurs : un T-shirt, une chemise, un pull, ma veste de laine. J'avais l'impression que ces épaisseurs me protégeaient. J'ai mis un jean, et mes chaussures.

Quand je suis descendue, il était affalé sur une chaise près de la table, la tête rejetée en arrière, appuyée au barreau du haut. Il avait les yeux fermés, et j'ai cru un instant qu'il s'était assoupi. Quand il a entendu mes pas, il s'est redressé et il m'a regardée.

« Je suis venu d'une seule traite », a-t-il dit d'une voix faible et enrouée par le manque de sommeil. Mais c'était aussi une voix sans inflexion, comme s'il était en pilotage automatique, ou comme s'il s'efforçait de contenir ses émotions. « Je n'ai pas dormi depuis deux jours. Il me faut du café. »

Je me suis approchée de la cuisinière.

J'ai saisi la cafetière, je l'ai remplie d'eau et de café que j'ai pris dans une boîte. Je savais qu'il m'observait pendant que j'accomplissais ces gestes, mais je ne lui ai pas rendu son regard. Il avait bu — je l'avais deviné à voir ses yeux, et je l'avais senti en passant à côté de lui — et j'avais peur de le regarder, de dire ou de faire quelque chose qui agirait comme un détonateur.

« Je ne vais pas te faire de mal, a-t-il dit, comme s'il lisait dans mes pensées. Je suis juste venu parler avec toi.

— Parler ? »

J'ai placé la cafetière sur la cuisinière et j'ai allumé le gaz. J'étais devant la cuisinière, les bras croisés, fixant la flamme des yeux. Un peu à ma gauche se trouvait la porte de la chambre de Caroline. Je croyais l'entendre se retourner dans son sommeil et froisser le plastique qui recouvrait le matelas sous le drap du petit lit.

« Comment va-t-elle ? a-t-il demandé. Où en est la fièvre ? Et l'otite ? »

Quelle était la filière ? me demandais-je. Le pédiatre avait appelé Harrold ? Harrold avait appelé ce détective privé dont il utilisait les services pour ses articles, et celui-ci était venu dans le Nord en voiture, il avait parlé au docteur de Machias ? Le docteur connaissait Jack, avait donné son adresse au détective ?

Non, Jack n'aurait rien dit, je le savais bien. Ni Everett non plus. C'était quelqu'un d'autre qui avait parlé. Mais qui ?

« Comment l'as-tu appris ?

— Ta mère a téléphoné, tu le savais ? a-t-il dit sans répondre directement à ma question. Quand tu lui as parlé le jour de Noël, tu avais l'air tellement bizarre, paraît-il, qu'elle a rappelé pour te parler une seconde fois, et, naturellement, il a bien fallu que je lui dise que tu n'étais pas là, que tu étais partie. »

J'ai fermé les yeux. J'ai pensé à ma mère, et au souci qu'elle avait dû se faire. Je me suis aperçu aussi, avec quelque surprise, que je ne lui avais pas parlé depuis Noël.

« Mais c'est le cabinet du pédiatre de Caroline qui m'a donné tes coordonnées. J'avais demandé à une des assistantes de m'appeler si elle avait de tes nouvelles, et c'est ce qu'elle a fait. Elle m'a appelé lundi matin. Alors j'ai contacté Colin — tu te souviens de lui. Il est monté ici le soir même et il t'a trouvée dès le lendemain apparemment. Il ne lui a pas fallu plus d'une journée. Je m'en doutais. Un type d'ici — un certain Williams, ou Willard, quelque chose comme ça — lui a dit qu'il y avait quelqu'un de nouveau au village qui habitait ici, alors Colin a tout de suite fait le joint. » Il s'est penché en avant. « Ecoute-moi. Je ne veux pas de scène ici. Ça n'est pas pour ça que je suis venu. Je suis simplement venu te chercher pour te ramener chez nous avec Caroline — c'est là qu'est ta place. »

Je guettais le café qui commençait à passer.

« Ta mère a été rassurée quand je l'ai appelée. Hier, je lui ai dit que je te ramenais à la maison, et ça l'a rassurée. »

Je regardais le café jaillir par saccades dans le globe de verre à la partie supérieure de la cafetière.

« Caroline va bien, ai-je dit. La fièvre est tombée à présent. »

Il a hoché la tête.

« Elle n'aurait pas eu de fièvre si tu n'avais pas fait cette idiotie de venir ici », a-t-il dit brusquement. Mon sang s'est glacé dans mes veines. « L'assistante m'a dit que c'était une très forte température, que la vie de l'enfant était en danger, nom de Dieu. »

Je n'ai pas bougé.

Il a dû se rendre compte qu'il m'avait fait peur. « Mais nous n'allons pas parler de cela pour l'instant, a-t-il dit en ouvrant les mains, d'un ton plus conciliant. Tout cela est du passé. Toutes ces folies sont derrière nous. »

Je me demandais ce qu'il voulait dire par « toutes ces folies » : le fait que je sois venue ici, ou la manière dont il s'était comporté juste avant que je ne parte.

« Ecoute, je me ferai soigner si tu le souhaites, a-t-il dit, répondant à la question que je me posais. Ça n'arrivera plus. D'accord, j'étais dans mon tort. Tu as été obligée de partir. Mais maintenant, tout ça c'est du passé. Nous pouvons reformer une famille. Caroline a besoin d'un père. »

J'ai éteint le gaz sous la cafetière. J'ai apporté la cafetière sur le plan de travail et j'ai versé du café dans une grande tasse. J'ai emporté la tasse sur la table et je l'ai posée devant Harrold. A ce moment-là, il a levé les yeux vers moi et il a pris ma main dans la sienne.

J'ai dû tressaillir. J'ai voulu retirer ma main, mais il la tenait bon. Il s'est mis à la pétrir avec ses doigts.

« Tu as bonne mine », a-t-il dit avec douceur.

J'avais encore de vagues traces de coups sur le visage, mais je savais qu'il déciderait de ne pas les voir.

« Assieds-toi », a-t-il dit.

Je me suis assise sur la chaise qui était à angle droit de la sienne. Il m'a lâché la main.

« Combien de temps te faut-il pour rassembler tes affaires ? » a-t-il demandé. J'ai vu qu'il ne s'était pas rasé depuis deux jours. « Je crois qu'il vaut mieux qu'on parte d'ici le plus vite possible. On pourra rouler une heure ou deux et s'arrêter dans un motel. Je ne crois pas que je puisse rentrer directement, j'ai besoin d'un peu de sommeil.

— Et au magazine, comment ça va ? » ai-je demandé prudemment.

Il s'est frotté les yeux et il a regardé ailleurs. « Bah, tu sais, toujours pareil. J'ai pris quelques jours de congé pour le moment. »

Il a mis la main devant son visage. Son haleine sentait l'alcool. Il a pris une gorgée de café, il a fait la grimace en se brûlant la langue. Il a soufflé sur le bord de la tasse, il a croisé mon regard.

« Alors allons-y, a-t-il dit. Tu veux que je t'aide à faire tes bagages ? »

J'ai mis mes mains dans les poches de ma veste en les ramenant sur mes genoux. J'ai croisé les jambes et baissé les yeux. Autour de nous, c'était le silence, un silence qui n'en était pas un. Le vent soufflait contre les vitres et dans les cinéraires en sommeil, le robinet gouttait dans l'évier, le réfrigérateur bourdonnait derrière moi.

« Je ne pars pas », ai-je dit calmement.

Il a reposé la tasse lentement.

« Tu ne pars pas ? »

J'ai fait signe que non de la tête. « Je ne pars pas », ai-je répété. Je ne bougeais pas du tout. J'attendais sa réaction. Instinctivement, j'avais bandé toute mon énergie pour parer à ses cris, peut-être même à un coup.

« Il y a quelque chose à manger ? a-t-il demandé.

— Comment ? » Je ne pouvais pas croire que j'avais bien entendu.

283

« A manger, a-t-il répété. J'ai faim. Est-ce que tu as quelque chose à manger ? »

J'étais abasourdie, prise au dépourvu. « A manger », ai-je dit lentement. J'ai réfléchi. « Oui, ai-je fini par répondre. Il y a des choses dans le réfrigérateur. »

Il s'est levé pour aller voir. Il est resté là un moment devant la porte ouverte, à regarder ce qu'il y avait à l'intérieur, tandis que la lumière se répandait autour de lui, et il a sorti une jatte. Il avait toujours sur lui son pardessus bleu marine. N'était-ce qu'une manœuvre, ou avait-il faim, tout simplement ? Etait-il possible qu'il ait changé pendant mon absence ?

« Qu'est-ce que c'est que ça ? »

J'ai essayé de me rappeler. « Une espèce de macaroni au fromage.

— Bon, eh bien, je vais manger ça. »

Il a enlevé l'emballage de plastique et il a posé la jatte sur le plan de travail. Ses gestes étaient lents, réfléchis, comme s'il lui fallait penser ses mouvements à l'avance. Il paraissait vidé. Il a ouvert un placard au-dessus de l'évier et il a pris une petite assiette. Il a regardé dans un tiroir s'il trouvait des couverts, mais il n'y avait que des manches de casserole.

« Où sont les couverts ? »

J'ai montré un tiroir au bout du meuble de cuisine, près de la place où j'étais assise. Il s'est approché, il s'est penché au-dessus du tiroir, une main sur le meuble, l'autre dans le tiroir. Il était penché ainsi, à fouiller dans le tiroir, quand je me suis levée.

« Alors tu es d'accord, ai-je dit.

— D'accord pour quoi ?

— Pour que je ne reparte pas avec toi. Pour que je reste ici. »

Il est resté courbé au-dessus du tiroir. J'entendais le cliquetis des couverts tandis qu'il cherchait une fourchette. Je pensais — quoi donc ? — que c'était le moment de dire tout ce qu'il y avait à dire, jusqu'au bout.

A cet instant précis, je n'avais pas peur de lui. Peut-être parce qu'il courbait le dos, peut-être à cause de ce geste domestique de chercher une fourchette. J'ai fait un pas en avant. Il avait l'air fatigué, puni. Je me disais : Je l'ai aimé. Nous avons fait un enfant ensemble. Nous avons fait Caroline, elle est autant à lui qu'à moi.

Soudain, j'ai revu, l'espace d'un instant, le lit de l'appartement de New York, la table de la cuisine.

J'ai tendu une main vers son dos, et je l'ai retirée. Je me disais que nous allions simplement divorcer, comme tant d'autres, qu'il aurait un droit de visite, qu'il comprendrait que c'était bien ainsi.

« Je crois que nous pouvons nous arranger tous les deux », ai-je dit, en penchant un peu la tête pour lui parler.

Son geste a été d'une rapidité stupéfiante. Je n'ai pas vu sa main décrire l'arc de cercle, j'ai seulement senti un souffle d'air qui semblait chargé d'électricité, et puis le choc d'un objet pointu sur mon visage. Harrold s'était redressé en un éclair et avait balancé le bras de côté. Il avait quelque chose d'argenté à la main, une fourchette. J'ai levé la main et j'ai regardé : il y avait du sang sur mes doigts. Les dents de la fourchette m'avaient égratigné la joue juste au-dessous de l'œil. Il aurait pu me crever l'œil.

Je me suis retournée très vite pour lui échapper. Il m'a tiré la tête en arrière, de sorte que j'ai perdu l'équilibre et titubé, mais il m'a relevée en me tenant par les cheveux. Il m'a remise debout. Il tirait violemment sur mes cheveux avec sa poigne ; il avait le front contre le côté de ma tête. Il a enfoncé les dents de la fourchette dans le creux à la base de mon cou. Je me suis dit : Ça n'est qu'une fourchette. Qu'est-ce qu'il peut faire avec une fourchette ?

Mais je savais qu'il pouvait me tuer. Même sans cette fourchette.

« Alors tu as cru que tu allais t'en tirer comme ça ? » La fin de sa phrase a été comme un sifflement. « Tu as cru que tu pouvais m'humilier, emmener Caroline, t'en tirer comme ça ?

— Harrold, écoute... »

En m'attrapant par la nuque, il m'a poussée dans la salle de séjour. Je suis tombée contre le canapé, j'ai repris mon équilibre et je me suis assise. J'ai serré ma veste contre ma poitrine. Il tenait la fourchette à pleine main, comme un enfant. Il a retiré son pardessus en glissant la fourchette par la manche.

« Déshabille-toi, a-t-il dit.

— Harrold...

— Déshabille-toi », a-t-il répété. Sa voix avait monté d'un ton.

« Harrold, ne fais pas ça. Pense à Caroline.

— Caroline mon cul ! »

J'ai senti un grand souffle, puis l'air a manqué, comme une voile que le vent aurait gonflée brusquement et qui serait ensuite retombée. Rien, rien de ce que Harrold avait dit ou fait jusque-là ne le perçait à jour de façon aussi flagrante. Ces mots, je n'aurais jamais cru un humain capable de les associer de cette façon, comme si, sous cette forme, ils n'étaient plus intelligibles. Mais Harrold les avait prononcés.

Alors j'ai compris qu'il était devenu inaccessible, que, pendant mon absence, il avait fait sauter une barrière.

« Déshabille-toi », a-t-il hurlé.

J'ai commencé à m'exécuter lentement, gagnant du temps pour pouvoir réfléchir. Dans le tiroir où il avait trouvé la fourchette, il y avait un couteau. Pouvais-je l'attraper ? Et si oui, me serait-il d'un secours quelconque ? Que pouvais-je bien faire d'un couteau ?

J'ai retiré les manches de ma veste. Debout en face de moi, il me regardait. Il avait l'air impatient, agacé par ma lenteur. J'ai posé ma veste sur le canapé, en me disant que je pourrais la plier, puis j'ai croisé les bras pour ôter mon pull en le passant par la tête. Au moment où j'avais le pull devant les yeux, il m'a saisie par le bras, il m'a tirée vers lui et traînée par terre.

« Espèce de salope », a-t-il dit.

Il a défait la ceinture de mon jean et descendu la fermeture Eclair par à-coups de sa main libre. Je n'ai pas résisté. Ça n'avait pas d'importance pour moi qu'il me viole. J'avais survécu à cela d'autres fois, même si ça faisait mal. Son corps me râpait la peau, il me labourait, et il tenait la fourchette contre mon cou en appuyant fort. Vers la fin seulement, au moment où, dans sa furie, il appuyait si fort que j'ai cru que la fourchette allait me transpercer la peau, j'ai essayé de soulever les épaules et de le repousser. Alors il s'est relevé au-dessus de moi et, de sa main libre, il m'a frappée sur le côté de la tête.

J'ai perdu connaissance quelques secondes seulement, je pense, mais, quand je suis revenue à moi, je n'ai pas bougé, je n'ai pas ouvert les yeux. Je l'ai laissé croire que j'avais mon compte. Je n'avais pas encore de plan à ce moment-là, mais je pressentais que s'il me croyait évanouie il lâcherait peut-être prise.

Combien de temps suis-je restée là par terre ? Une minute, cinq minutes, dix minutes ? Au début, je le sentais peser sur moi de tout son poids, et puis il m'a semblé qu'il glissait sur le côté, qu'il roulait sur le dos.

Je n'ai pas bougé ; je suis restée complètement molle. C'est au moins une chose que j'ai su faire bien.

Je guettais pour savoir si Caroline ne se réveillait pas, mais je n'entendais rien. Un chien a aboyé au loin.

Au bout d'un moment, j'ai senti Harrold se lever, je l'ai entendu remonter son jean. Il s'est écarté de moi, mais je n'ai pas ouvert les yeux. Quelque chose de métallique a résonné sur la table. Et puis il m'a semblé qu'il ouvrait la porte, et qu'il partait.

Je suis restée immobile, à écouter. Je réfléchissais. Il n'avait pas pris son pardessus. Ce qui voulait dire qu'il allait revenir. Ça ne servait à rien de bondir, d'attraper Caroline et d'essayer de fuir. Je ne pourrais pas franchir la porte.

J'ai fait bien attention de rester dans la même position sur le sol, malgré la pose pénible dans laquelle je me trouvais — mon jean baissé au-dessous du genou — avec l'impression d'avoir un projecteur braqué sur moi.

La porte s'est ouverte, et il est rentré. Je sentais son regard sur moi. Je l'ai entendu aller jusqu'au canapé et s'asseoir. J'ai entendu un bruit de liquide dans une bouteille, je l'ai entendu avaler une gorgée.

Etait-il préoccupé parce que je n'étais pas encore revenue à moi ? Rien ne l'indiquait en tout cas. Il aurait pu se pencher sur mon corps, remonter mon jean, me parler, me donner une gifle, mais non, rien. Il ne faisait que boire, à intervalles presque réguliers d'une ou deux minutes entre chaque rasade. Je savais que c'était du whisky. Je le sentais, et puis il n'aurait jamais bu du gin sec, comme il était capable de boire le whisky.

Combien de temps suis-je restée ainsi ? Vingt minutes, trois quarts d'heure ? Par moments je me disais qu'il attendait que je remue, que je fasse le moindre mouvement, pour se jeter sur moi. Mais je me faisais des idées. Il était juste en train de s'enivrer à mort.

Finalement, j'ai entendu le bruit que j'attendais. Faible d'abord, puis plus lourd, plus profond. Il ronflait.

J'ai bougé un pied, puis une main. J'ai serré les dents pour me donner du courage, et j'ai roulé sur le côté en m'écartant de lui. Le ronflement a continué.

Je me suis redressée, j'ai tourné la tête et j'ai enfin osé le regarder. Il avait la bouche ouverte, la tête appuyée de travers contre le dossier du canapé, la bouteille sur les genoux. Il y avait un peu de whisky renversé sur sa cuisse.

J'ai remis mon jean et remonté la fermeture Eclair. Je me suis levée. Combien de temps avais-je devant moi ? Une minute ? Une heure ?

Je me suis dit : Si je vais chercher Caroline, que je me précipite dans la voiture et que je pars avec elle, il nous retrouvera.

Et puis je me suis dit : Si je cours jusqu'à la maison aux bardeaux bleus pour appeler la police, ils vont venir et constater que le mari est venu récupérer sa femme et son enfant.

Et je me suis encore dit : Si je leur explique qu'il m'a violée, ils ne voudront rien entendre. Pour eux, un mari ne peut pas violer sa femme.

Je suis allée jusqu'au tiroir aux couverts, je l'ai ouvert en faisant le moins de bruit possible. J'en ai sorti un grand couteau de cuisine à manche de bois noir que j'ai tenu dans ma main en le soupesant. Je l'ai caché dans mon dos et je me suis dirigée vers Harrold. Il était allongé sur le canapé et il ronflait toujours. J'ai ramené le couteau devant moi en le tenant à cinquante centimètres de sa poitrine. Je me disais : *Vas-y, allez, vas-y,* mais ma main ne bougeait pas. Au lieu d'agir, je me demandais si le couteau passerait au travers du pull et de la chemise. Et si, quand j'arriverais à la peau, j'aurais la force de le lui enfoncer dans le corps.

J'ai regardé le couteau dans ma main. Ça m'a paru grotesque.

Finalement, ce n'était pas tant une question de force que de courage physique. Je n'avais pas le courage de porter ce coup. Peut-être que si Harrold s'était réveillé et précipité sur moi, et si je n'avais pas lâché pied, je lui aurais enfoncé le couteau dans le corps, mais faute de cela, je ne le pouvais pas. J'ai baissé le bras. J'ai battu en retraite dans la cuisine et j'ai remis le couteau dans le tiroir sans faire de bruit.

Je me suis pris la tête dans les mains. *Quoi faire,* alors ?

J'ai relevé la tête.

J'avais trouvé.

Comme j'étais en chaussures, je progressais lentement et maladroitement sur les galets lisses et ronds de la plage, et plusieurs fois je me suis rattrapée juste à temps pour ne pas tomber. J'avais mis mon manteau, mais je sentais l'air froid me mordre les mains comme de la glace dure, et traverser la toile de mon jean. Mais je ne sentais pas le froid sous mon manteau ; j'essayais de courir, et cela me réchauffait.

J'ai laissé la rive sud de la pointe pour gagner la plage de sable. Comme je courais, les talons de mes chaussures enfonçaient dans le sable et de temps en temps y restaient plantés. La marée était basse, je le devinais à l'odeur, mais il faisait tellement sombre que je ne voyais pas où s'arrêtait la mer. Une couche de nuages s'était figée devant la lune. Je me dirigeais plus par intuition qu'à vue d'œil. Je me penchais un peu en avant, les genoux légèrement écartés, les bras tendus devant moi, au cas où je me heurterais brusquement à un canot, à un rocher ou à un gros morceau de bois échoué.

Le sable devenait plus mou, plus pâteux, plus mouillé, aspirait mes chaussures et faisait un bruit de succion quand je les décollais. J'ai cru que je m'étais trop approchée de la basse mer, que le sable dur était à ma droite. Je progressais avec une lenteur absurde ; j'avais l'impression que j'essayais de courir dans de la mélasse, dans cette chose poisseuse qui hante les cauchemars d'enfance. J'ai pensé à Caroline quand ma chaussure s'est encore une fois décollée de cette gadoue avec un claquement. Et si elle se réveillait et se mettait à pleurer ? Est-ce que ça n'allait pas réveiller Harrold ? Et, si elle réveillait Harrold, il était peut-être capable de l'emmener, de partir avec elle dans sa voiture. J'ai continué à avancer plus frénétiquement encore.

J'ai tourné sur ma droite, en direction de la partie de la plage où le sol était plus ferme, m'attendant à sentir le sol s'élever lentement vers les dunes. Mais tout paraissait complètement plat autour de moi. J'ai cessé d'avancer, ne sachant plus où j'étais. Respirant à fond, j'ai essayé de réfléchir posément. Je ne voyais rien, pas même une vague forme qui aurait pu être l'atelier. Au-dessus de moi, la masse de nuages se déplaçait lentement devant la lune. Si seulement elle se déchirait, me disais-je, la lune m'éclairerait assez pour que je voie mon chemin.

J'ai fait un pas en avant, puis un autre. J'avais l'impression de m'être sérieusement trompée ; au lieu d'être plus ferme, le sol devenait plus bourbeux. J'ai fait marche arrière, et j'ai changé de cap. C'était un peu mieux, mais ma boussole intérieure était folle : ce n'était sûrement pas la bonne direction. Revenant sur mes pas, j'ai regagné l'endroit d'où je croyais avoir commencé à faire ma manœuvre. La lune s'est montrée à ce moment précis pendant une ou deux secondes seulement, mais j'ai pu voir nettement l'extrémité de la pointe, le canot, le bateau. Avec assurance, j'ai fait un pas en avant.

Le sol s'est dérobé sous moi comme une trappe sur une scène de théâtre. Ma jambe a disparu jusqu'au genou. Je suis tombée sur le sable comme si quelqu'un m'avait tirée par le pied. Quand j'ai tendu les mains pour arrêter ma chute, j'ai plongé les bras dans une cuve de glu.

C'est l'impression que j'ai eue dans le noir — une cuve de glu grumeleuse ; ça en avait la consistance. Je ne pouvais pas ressortir les bras. Je ne pouvais pas tirer car je n'avais aucune prise. Cette cuve de glu semblait n'avoir pas de fond. Mon pied s'enfonçait, et mes bras ne trouvaient pas de prise.

Très vite, et successivement, j'ai pensé : *Pot de miel. Willis. Caroline. Pas possible qu'il m'arrive une chose pareille. Caroline. Seigneur Dieu, Caroline.*

Reste allongée bien à plat, me suis-je dit. Avais-je lu cela quand j'étais enfant dans une histoire où quelqu'un était pris dans des sables mouvants ? J'ai essayé de m'étaler autant que je pouvais et de bouger le moins possible. Il ne s'est rien passé. Je ne m'enfonçais pas. J'ai compris que je m'en sortirais mieux si je ne tirais pas, si je ne me tournais pas. Je sentais la terre ferme sous mon épaule et sous le genou qui était libre. Cela m'a servi d'appui et, aussi doucement que possible, j'ai commencé à rouler de côté et à me sortir de la boue. J'en avais dans les cheveux, dans l'oreille, à l'intérieur de mon col. Tout près de moi, j'ai entendu le bruit d'une vague qui venait mourir sur le sable. J'ai senti un crabe ou une petite chose me passer sur le visage. J'ai grogné et j'ai essayé de le chasser en soufflant. J'ai roulé tout doucement et j'ai commencé à tirer. J'ai réussi à dégager un bras, puis l'autre.

Centimètre par centimètre, je me suis glissée sur le sable ferme. J'ai eu plus de mal à extraire ma jambe que je n'en avais eu à dégager mes bras : j'avais le genou plié et alourdi par la boue. Si j'appelais au secours, la seule personne qui risquait de m'entendre était Harrold.

Et puis je me suis mise à grelotter. Le sol boueux était froid et tout imprégné d'eau de mer glacée. L'eau avait déjà transpercé le lainage de mon manteau, mon pull. Je me disais : Si je reste ici plus longtemps, je vais mourir de froid, et c'est impossible que je meure, car je ne peux pas abandonner Caroline.

L'effort m'a fait grincer des dents et pousser un grognement audible. Et puis j'ai dit tout fort : *Putain de merde*, et je ne me souciais pas de savoir si Harrold m'entendrait.

J'ai dégagé ma jambe.

J'ai continué à rouler en m'éloignant du pot de miel. Je pleurais, et mes larmes se mêlaient à la boue qui me couvrait le visage.

Le paquet de nuages a glissé plus loin. Dans la clarté lunaire, j'ai vu mon chemin. Je me suis redressée en faisant un faux pas en avant. Et puis je me suis mise à courir jusqu'au canot.

Après cela, par comparaison, le reste n'était plus rien. J'ai poussé le canot à la mer, je suis montée dedans. Je me suis mise à plat ventre à l'avant, et j'ai pagayé avec la paume de mes mains par-dessus bord. L'eau m'a semblé plus froide que de la glace.

J'ai attaché le canot aux amarres, je me suis glissée à l'avant du langoustier, je me suis laissée tomber dans le poste de pilotage. J'ai ouvert la porte de la cabine. L'idée ne m'est venue qu'à ce moment-là qu'elle aurait pu être fermée à clef. J'en ai eu le souffle coupé. J'aurais très bien pu faire tout ce parcours d'horreur où j'avais failli m'enliser pour trouver la porte verrouillée. Mais non.

Sur l'instant, cela m'a encouragée, comme si la facilité avec laquelle cette porte s'ouvrait était un signe que j'avais raison de faire ce que je faisais.

J'ai repéré l'emplacement du placard en tâtant avec mes mains, et j'ai fouillé dans le noir pour trouver le petit objet que j'étais venue chercher.

Quand je suis rentrée au cottage, Harrold était dans la même position que lorsque j'étais partie. Ce que j'aurais dû faire, ce qu'il aurait fallu que je fasse, c'est aller droit vers lui et tirer.

Au lieu de cela, je me suis assise à la table de la cuisine avec le revolver à la main. Mes mains tremblaient si fort que j'avais peur que le coup ne parte sur moi. J'ai posé le revolver sur la table. Je ne pouvais pas empêcher ce tremblement. Brusquement j'ai été prise de nausée, je me suis vite levée et j'ai vomi dans l'évier en essayant d'étouffer le bruit de mon haut-le-cœur. Je me suis essuyé la bouche, et j'ai vu mon reflet dans la vitre au-dessus de l'évier. Mon visage, mon manteau, mes cheveux étaient noirs de boue. On aurait dit que j'avais un masque, que je n'étais pas vraiment moi-même. Je sentais la marée basse.

Je suis retournée vers la table, je me suis assise. Je trouvais très étonnant que Harrold ne soit pas revenu à lui au moment où j'avais vomi.

J'ai essayé de m'empêcher de trembler en respirant profondément. A nouveau j'ai senti monter la nausée, mais j'ai résisté. J'attendais que ce tremblement cesse. Je me disais : Tant qu'il existe, je ne peux pas vivre.

J'ai empoigné le revolver, je l'ai soupesé. Sous l'effet du poids, ou du métal froid, ma main a cessé de trembler. Je me suis levée, je me suis dirigée vers Harrold qui était affalé contre le canapé. Je n'entendais que mes oreilles qui tintaient très fort. J'ai levé le bras pour viser. Je me demandais s'il valait mieux viser le cœur ou la tête.

Derrière moi, j'ai entendu un cri rauque, étouffé, et puis un murmure suffoqué, à moins que ce ne soit dans l'autre sens. Je me suis retournée pour voir. C'était Jack, en ciré jaune et en bottes. Il était venu à l'heure habituelle. Notre dernier matin ensemble. J'étais là avec le revolver à la main. Il m'a regardée, il a regardé Harrold, il m'a regardée à nouveau. J'ai dû lui apparaître comme un monstre marin, une créature bourbeuse sortie de l'océan tenant inexplicablement à la main un objet étrange.

Mais il a vite compris. Il s'est avancé dans la pièce.

« Qu'est-ce que... ?»

Sur le canapé, Harrold a bougé.

Je me suis dit : S'il existe, je ne peux pas vivre.

Je visais son cœur. La main de Jack n'était qu'à quelques centimètres de mon bras. J'ai tiré. Harrold a plongé en avant en portant la main à l'épaule.

294

Jack a poussé un cri et s'est tourné vers Harrold. Harrold a ouvert les yeux, il a regardé, il a compris, sans comprendre.

« Maureen... ! s'est-il écrié.

— Je ne m'appelle pas Maureen », ai-je dit en secouant la tête.

J'ai tiré à nouveau.

Ou peut-être que j'ai tiré d'abord, et dit que je ne m'appelais pas Maureen seulement après.

J'ai baissé le bras.

Je suis restée là, paralysée, clouée sur place.

Et puis, au-dessus de moi et tout autour de moi j'ai entendu un bruit étrange. Un bruit qui a commencé tout doucement, et qui ensuite a pris de l'ampleur. J'ai regardé du côté de la porte de Caroline, mais ce n'était pas de là que venait le bruit.

J'ai regardé le canapé, mais le bruit ne venait pas de là non plus. Harrold était tombé à genoux, et j'étais sûre qu'il était mort.

J'ai regardé Jack, comme s'il pouvait me dire d'où venait ce bruit, mais il n'avait pas l'air de savoir. Je voyais bien que ça ne venait pas de lui. Il me regardait, il prononçait mon nom. Il était en ciré jaune. Il avait le visage buriné, des rides profondes de chaque côté de la bouche, et il prononçait mon nom. Je me souviens qu'il tendait les mains en avant, paumes en l'air, comme s'il apportait quelque chose qu'il voulait me montrer.

Le bruit est devenu une mélopée funèbre.

J'ai regardé par la fenêtre du côté de l'extrémité de la pointe. J'ai vu le langoustier vert et blanc danser sur l'eau. Juste au-dessus de l'horizon apparaissait la brume de l'aube.

C'est alors que j'ai repensé à cette femme derrière la cloison, dans la salle de travail et d'accouchement de l'hôpital.

Le bruit est devenu un hurlement.

Je crois que c'est à ce moment-là que Caroline s'est mise à pleurer.

15 janvier - été 1971

EVERETT SHEDD

Quand j'suis arrivé là, Seigneur, c'était triste à voir. J'espère que plus jamais je reverrai quelque chose d'aussi pénible, sincèrement.

Mary était par terre, et elle tenait cet homme dans ses bras. Jack berçait la petite en la promenant dans la salle de séjour. Il y avait du sang partout — sur le canapé, par terre, sur le mur derrière le canapé. Mary Amesbury en avait partout.

Mary, c'était pas croyable. Elle avait son manteau sur elle, et ses chaussures, et elle était couverte de boue — la boue de la marée basse, vous savez. Elle en avait sur la figure et dans les cheveux, partout. Et avec le sang en plus... vous voyez à peu près.

Elle fermait les yeux, Mary. Elle tenait cet homme dans ses bras — maintenant bien sûr, j'sais que c'était son mari, Harrold English, mais à ce moment-là je savais pas, j'ai pas compris tout de suite — et elle faisait un drôle de bruit en se balançant d'avant en arrière, et la première impression qu'on avait dans cette pièce c'était la tristesse de tout ça, et pas l'horreur, comme si quelque chose de très profond et de très douloureux était venu se mettre là au milieu.

Je suis ressorti pour aller à la voiture appeler

Machias et demander une voiture et une ambulance — j'avais bien vu que c'était plus qu'un cadavre qui était là à l'intérieur, mais tout de même. Et puis je suis retourné dans la maison.

Jack, lui, il était blanc comme un linge. Mais il lâchait pas la p'tite et il essayait de la calmer, et il regardait Mary, et alors je lui ai dit : *Jack, qu'est-ce qui s'est passé ?*

J'crois bien qu'il attendait que je lui pose la question. Il s'est éclairci la voix et il s'est arrêté près de l'évier. Il a la voix grave, vous savez, un peu rauque, et alors il s'est mis à parler lentement, comme s'il réfléchissait tout en parlant. Il a dit qu'il était arrivé vers cinq heures moins le quart. Il a pas dit *pourquoi* il était venu, et j'ai fait comme si ça allait de soi qu'il descendait à son bateau tout simplement, mais je crois qu'il savait bien que j'avais compris que c'était pas tout à fait vrai. Bref, il m'a dit qu'il avait vu la voiture, et puis de la lumière dans la maison, alors que tout aurait dû être éteint, et qu'il avait cru voir cet homme se lever du canapé et frapper Mary à la tête. Alors il était monté voir ce qui se passait, et, le temps d'arriver à la véranda derrière la maison, l'homme avait poussé Mary contre la table et il la battait. A ce que dit Jack, l'homme avait l'air de vouloir tuer Mary, alors Jack avait ouvert la porte et c'est à ce moment-là qu'il y avait eu le coup de feu.

Un coup de feu ? que j'ai dit.

Oui, un seul, qu'il m'a dit, et je crois qu'il a tout de suite compris qu'il avait eu tort de dire ça, parce que même moi je voyais bien qu'y en avait eu deux.

A qui était ce revolver ? que j'ai demandé.

Jack avait le bébé dans les bras, remarquez bien, et j'crois que ma question l'a pris de court, mais au bout d'une seconde il a dit sans hésitation que c'était le sien, qu'il l'avait donné à Mary Amesbury pour sa sécurité, il y avait une semaine à peu près, une nuit où elle avait peur et où elle croyait avoir entendu un rôdeur.

Alors, sans bouger de l'endroit où elle tenait cet homme — enfin, son mari — dans ses bras, Mary a dit : *Non, Jack.*

Jack, il l'a regardée, et puis il m'a regardé, et puis il s'est détourné.

Alors Mary s'est levée et elle est venue s'asseoir à la table. Et comme j'vous ai dit, elle était dans un état épouvantable, et je m'demandais c'qui avait pu lui arriver pour être couverte de boue comme ça, et alors elle s'est mise à parler.

Ça, c'est ce qu'elle a raconté ce matin-là, et elle s'y est toujours tenue par la suite.

Elle a dit que son mari était arrivé vers deux heures et demie ou trois heures du matin, et qu'il avait bu. Qu'il l'avait violée et que, pendant ce temps-là, il l'avait frappée et qu'elle avait perdu conscience. Et avant cela, il l'avait attaquée avec une fourchette.

Une fourchette ? que j'ai dit.

Et elle m'a dit : *Une fourchette, oui.*

Après le viol, il s'était endormi, ou il était tombé ivre mort, et elle était sortie pour aller chercher le revolver dans le bateau de Jack, dans la cabine ; elle était revenue et elle avait tiré sur son mari pendant qu'il dormait. Une fois à l'épaule et une fois dans la poitrine. Et alors Jack était entré par la porte quand il avait entendu les coups, mais à ce moment-là Harrold était déjà mort.

Alors Jack a voulu parler : *Ça n'est pas...*

Mais Mary lui a coupé la parole pour me dire : *C'est comme ça que ça s'est passé*, et elle s'est levée pour aller vers Jack. Ils sont restés là une minute à se regarder, juste à se regarder, et je peux vous dire que j'étais plutôt gêné d'être là avec eux, et de pas pouvoir faire autrement que d'assister à un truc aussi dur entre eux, et puis elle a embrassé Jack sur la bouche avec l'enfant entre eux deux, et puis elle lui a pris le bébé et elle est retournée s'asseoir à la table.

Et je m'suis dit en moi-même : Si elle raconte cette histoire-là quand la police de Machias va arriver, ils ne sont pas près de se revoir.

L'ennui c'est que Mary a été son propre ennemi, son pire ennemi. C'est pas qu'elle était fière de ce qu'elle avait fait, ou qu'elle était contente de l'avoir fait. Non, pas du tout. C'est plutôt que c'était la chose la plus *importante* qu'elle avait faite de sa vie, et qu'elle avait pas l'intention de pas dire la vérité.

Alors on était là tous les trois — enfin tous les cinq pour être exact — et le soleil se levait, et j'ai dit à Mary : *Pourquoi ?*

Elle a réfléchi un peu, et elle m'a répondu : *Parce que je ne pouvais pas faire autrement.*

Et voilà.

Ils ont voulu la mettre à la prison du comté, vous savez, mais ils ont pas pu la garder là, parce que c'est pas possible de laisser une détenue dans un endroit pareil un certain temps, alors ils se sont arrangés avec l'Etat, et maintenant, Mary, elle est au centre de redressement du Maine, à South Windham, c'est là qu'on envoie les femmes.

Mais depuis ce jour-là j'ai eu le temps de retourner tout ça dans ma tête, et maintenant voilà ce que j'en pense. Je crois que Jack était dans la maison avec elle quand elle a tiré sur Harrold English, mais ça, il ne pouvait pas le dire. Pas pour ne pas se compromettre. Non, non, notre Jack n'est pas comme ça. Mais parce qu'il a compris tout de suite que Mary ne pouvait jouer que sur la légitime défense, et ça peut pas être un cas de légitime défense s'il est juste là à côté d'elle. Je ne sais pas exactement comment ça s'est passé — peut-être qu'il a essayé de lui prendre le revolver des mains. Et Mary, elle, elle voulait pas dire qu'il était là pour pas le compromettre. Un peu comme dans *Le Cadeau des rois mages*. Vous avez lu ça ?

D'O'. Henry. Le genre qui me plaît, une histoire formidable, vous savez. Enfin, c'était pas exactement pareil, mais le même genre de sentiments, vous me suivez ?

En tout cas, pendant le procès, les jurés savaient pas trop à quoi s'en tenir. L'avocat de la défense, Sam Cotton, un gars de la région, de Beals Island, son argument, c'était que Mary avait tiré sur son mari pendant qu'il dormait, d'accord — c'étaient les faits retenus, et pourtant Mary disait bien qu'il s'était réveillé au moment où elle avait pointé le revolver sur lui —, mais que malgré ça, c'était un cas de légitime défense parce qu'elle était sûre que, ce jour-là ou cette nuit-là, il *finirait* par la tuer.

Compliqué.

C'est le « il finirait » qui faisait problème, pas vrai ?

L'avocat de l'accusation, Pickering, lui, il a prétendu que Mary aurait eu le temps d'appeler la police — c'est-à-dire moi — et de faire arrêter Harrold English pour agression. Mais voilà, Mary, au lieu de *monter* chez les LeBlanc pour téléphoner, elle était *descendue* à la pointe pour aller chercher le revolver dans le bateau de Jack, et elle était revenue tuer son mari de sang-froid.

Mary, elle, elle revenait toujours sur le fait que son mari l'avait violée et assommée, mais le problème c'est que dans le Maine, aux yeux de la loi, un mari ne peut pas violer sa femme, et c'est peut-être bien comme ça partout d'ailleurs, alors l'accusation a liquidé ça en deux temps trois mouvements — et pour ce qui est d'avoir été assommée, la chose a été liquidée à peu près de la même façon.

Et puis il y a eu la fourchette.

Encore un truc malencontreux. Enfin quoi, une *fourchette*. On peut pas faire beaucoup de mal à quelqu'un avec une fourchette. Alors l'argument de la fourchette, Pickering l'a expédié comme de rien.

Il a même réussi à faire rire les jurés avec ça, si je me souviens bien.

Alors vous voyez, Mary Amesbury, elle a bien mal servi sa cause, pas vrai ? Et Julia, et Muriel, et moi, on a eu beau témoigner et leur dire que le jour où elle était arrivée chez nous elle avait vraiment l'air d'avoir été méchamment battue, ça a pas suffi, vous voyez. Surtout que Willis Beale, lui, il est venu déclarer que Mary elle-même lui avait dit que les marques qu'elle avait, ça venait d'un accident de voiture, et alors on a rappelé Julia, et elle a été bien obligée de dire que Mary lui avait raconté la même chose — ça, ça lui a fait beaucoup de tort — d'autant que Sam Cotton a pas pu trouver un seul témoin à New York pour dire qu'il avait jamais soupçonné que quelque chose clochait entre Harrold English et sa femme, ou qu'il avait jamais vu des traces de coups sur Mary.

Alors voilà. Et je pense que les jurés ont été complètement dépassés — le jury a pas réussi à prendre une décision, pas vrai ? Partagé en deux camps, ou à peu près, d'après ce que je comprends.

Après le procès, vous savez, le juge a remercié les jurés pour leurs services et il les a congédiés, et aussitôt Sam Cotton, il a demandé un non-lieu, mais Pickering s'est levé aussi sec pour dire qu'il y aurait un second procès et il a demandé qu'on fixe une date.

Et alors il y a dix jours à peu près, Sam, il a dû apprendre que le juge désigné était Joe Geary, et tout le monde à Machias sait que Geary a un faible pour les femmes. Il leur donne des peines légères, vous voyez. Alors Sam, il décide de faire renoncer Mary à son droit à un procès avec jury — je pense qu'il s'est dit qu'elle s'en tirerait mieux avec Geary —, alors toute l'affaire est entre les mains de Geary, avec ce nouveau procès en septembre. C'était dans les journaux.

Alors c'est comme ça.
Maintenant c'est entre les mains de Geary, voilà.

La boue ? C'était à cause d'un pot de miel. C'est des trucs méchants, par endroits, dans les laisses de mer. Ça peut vous aspirer, et ça fiche une sacrée trouille, j'vous l'dis. Comme des sables mouvants. C'est là-dedans que Mary est tombée en essayant d'aller jusqu'au bateau de Jack.

L'enfant ? Julia Strout a demandé à la prendre. Elle l'a toujours.

Eh ben, j'vais vous dire tout de suite c'qui s'est passé cette nuit-là d'après moi. Ce gars-là, ce Harrold English, il a juste fait c'que n'importe quel gars aurait fait ; il est venu chercher sa femme et sa gosse pour les ramener à la maison, et il a surpris Jack et Mary au lit, en flagrant délit, si vous voyez c'que j'veux dire. Et il y a eu une scène entre eux trois, et Jack était là avec son revolver, et y en a un des deux qu'a descendu ce pauv'mec, voilà c'que j'crois.

Le mobile du crime, il est bien là, si c'est ça que vous cherchez.

Mary cache quelque chose en c'qui concerne Jack. Même Everett, il en est persuadé. Il me l'a pas dit lui-même, mais c'est un bruit qui court.

Vers la fin, j'crois qu'ils s'en fichaient qu'on sache ce qui se passait. Demandez à LeBlanc. Il vous dira qu'il était là à cinq heures et demie du matin le jour où le bébé est tombé malade. C'est Jack qu'est allé chez LeBlanc pour téléphoner. Et moi-même, j'ai vu Jack faire des allers-retours chez Mary toute la journée, comme s'ils se connaissaient bien depuis longtemps. Je l'ai vu de l'atelier. Il l'embrassait pas en public, mais ça trompait personne.

Ils avaient peut-être un projet. Qui sait ? J'veux dire, qu'est-ce qu'ils allaient faire quand Jack aurait rentré son bateau ? Comment est-ce qu'il irait la voir tous les jours ? Ça vous est venu à l'idée, ça ?

Au procès, il a bien fallu qu'je dise que les marques qu'elle avait, elle m'avait dit que c'était à cause d'un accident de voiture. J'étais sous serment. J'sais qu'y a des gens qui comprennent pas ça, mais pour moi, quand on est sous serment, faut prendre ça au sérieux.

J'sais pas comment on a su où elle était. Je m'rappelle ce type de New York, il est venu à la coop nous interroger. C'est possible que j'ai dit, quand il a demandé s'i'y avait quelqu'un de nouveau au village, qu'y avait une jeune femme avec un bébé, mais j'aurais pas été dire où elle habitait ou quoi. Si Mary voulait pas qu'on sache où elle était, c'était son affaire, non ?

Je m'demande vraiment c'que va donner le verdict du juge Geary. Elle va sans doute s'en tirer, on sait bien qu'il a un faible pour les femmes.

Oui, j'ai été appelée à témoigner pendant le procès. J'ai témoigné sur l'état dans lequel était Mary Amesbury quand elle est arrivée à Saint-Hilaire. Alors j'ai été obligée de déclarer qu'elle m'avait dit que ses contusions étaient dues à un accident de voiture. Mais je me suis empressée d'ajouter, avant que l'avocat ne m'interrompe, que je ne l'avais pas crue.

Personnellement, je n'aurais pas pu faire ce qu'a fait Mary Amesbury. Je ne crois pas. Je ne pense pas que j'aurais pu tuer un homme d'un coup de revolver, mais qui sait à quoi on peut être amené ? Ils prétendent qu'elle a tué cet homme, son mari, de sang-froid, je sais. Elle aurait pu appeler Jack ou Everett au secours. Elle aurait pu agir de bien d'autres façons sans doute. Mais qui osera dire qu'un acte passionnel, un acte d'exaspération si vous préférez, ne peut se concevoir qu'en un laps de temps limité à une ou deux minutes, pas plus ? Qui dira qu'un acte passionnel ne peut pas durer le temps d'aller jusqu'au bateau chercher le revolver et de revenir tuer l'homme qui vous persécutait et qui, à coup sûr, continuerait à vous persécuter ? Qui finirait peut-être par vous tuer. Qui dira qu'un acte passionnel ne pourrait durer des semaines et des mois dans un cas pareil ?

Alors je ne peux pas vous dire ce qu'il va en être pour Mary en septembre. On dit qu'elle s'en sortira peut-être, et je ne demande qu'à y croire.

Mais quand je pense à ce drame affreux là-bas à la pointe, je suis bouleversée. Bouleversée à cause de Mary et de Jack, et à cause de Rebecca, et à présent je me fais surtout du souci pour Emily et pour ce petit bébé dont je m'occupe pour l'instant. Mon grand souci maintenant c'est Emily et le bébé.

Ecoutez. Vous entendez ? Eh bien, c'est le bébé. Ça me fait toujours un drôle d'effet. C'est étrange d'entendre un bébé dans cette maison après tant d'années. Mais j'en suis bien heureuse. Mon mari et moi, on n'a jamais eu d'enfants, et je l'ai toujours regretté.

C'est moi qui garde la petite jusqu'à ce que Mary soit relâchée.

Vous voulez la voir ? J'ai vu la photo du père... Elle lui ressemble.

L'ARTICLE

MEURTRE À FLAT POINT BAR

par Helen Scofield

Sam Cotton semblait préoccupé. Il avait l'air d'avoir beaucoup trop chaud avec son beau complet bleu et ses chaussures noires bien cirées, qu'il abîmait dans le sable. A Flat Point Bar, en cet après-midi de septembre, il faisait une chaleur exceptionnelle pour la saison et, dans ce village de Saint-Hilaire, sur la côte du Maine, à une centaine de kilomètres au nord de Bar Harbor, on disait que la température allait monter jusqu'à trente degrés avant la fin de la journée.

Cotton a passé un doigt entre son cou et le col de sa chemise, et il a épongé son crâne chauve avec son mouchoir. Il se rendait tout au bout de la barre, que l'on appelle aussi la « pointe », pour voir de plus près un langoustier vert et blanc qui dansait sur l'eau du chenal. Quand il a eu fini d'examiner le bateau, il est revenu à l'autre extrémité de cette petite péninsule qui s'avance dans l'Atlantique, et il est resté un moment à côté de sa voiture, en contre-bas d'un modeste cottage blanc qui domine la pointe et la mer. Cotton s'est contenté de faire signe à un pêcheur qui revenait vers la côte en canot, mais il n'a pas prononcé une seule parole et il n'a parlé à personne. En comptant le temps passé à regarder le bateau et la petite maison, et à réfléchir, son tour complet a duré une vingtaine de minutes. Ce tour, il le fait chaque jour.

Sam Cotton, l'avocat de la défense, cinquante-sept ans, est avocat au criminel dans l'est du Maine depuis bientôt trente ans. Mais la présente affaire, à la cour de justice de Machias, est sans doute la défense la plus compliquée dont il ait jamais été chargé. C'est en tout cas la plus notoire. Ici, les gens en parlent comme de l'« abominable affaire dans le cottage de Julia », ou de la « terrible histoire de la Amesbury », ou encore du « meurtre à la pointe ». Sam Cotton doit prouver que sa cliente, une jeune femme de vingt-six ans, n'est pas coupable du meurtre de son mari, en janvier dernier, dans le petit cottage blanc que Cotton a passé tant de temps à observer. Or maintenant, le temps est compté. C'est la semaine prochaine, à la clôture du second procès de cette femme, connue à la fois sous le nom de Maureen English et de Mary Amesbury, que le juge Joseph Geary doit rendre son verdict.

Tels que Cotton les présente, les faits sont les suivants :

Après avoir subi chez elle, pendant deux ans, les violences d'un mari détraqué et alcoolique, qui, entre autres, l'a violée et agressée physiquement à plusieurs reprises, même pendant qu'elle était enceinte, Maureen English a quitté son domicile new-yorkais le 3 décembre dernier, avec sa fille Caroline, un tout jeune bébé, parcourant 750 kilomètres en voiture pour venir se réfugier dans le petit village de pêcheurs de Saint-Hilaire. Sous le faux nom de Mary Amesbury, elle y a loué le cottage blanc de Flat Point Bar, et s'est installée dans une vie tranquille, consacrant l'essentiel de ses activités à s'occuper de sa fille de six mois, et s'efforçant de recouvrer la santé, à la fois physique et affective.

Dans les premières heures du matin, le 15 janvier, alors qu'elle se cachait depuis six semaines, Mary

Amesbury a été surprise et effrayée par la soudaine apparition de son mari dans sa chambre. Harrold English, âgé de trente et un ans, brillant journaliste de notre magazine, était venu dans le Maine pour une confrontation avec sa femme. Il avait obtenu ses coordonnées par un médecin du dispensaire régional que Mary Amesbury était allée consulter.

A un moment au cours de ces premières heures du matin, English a agressé sa femme avec un instrument pointu, il l'a violée, et il l'a frappée si violemment à la tête qu'elle a perdu connaissance.

Certaine que sa vie était en danger, Mary Amesbury a attendu que son mari tombe ivre mort pour se rendre à l'extrémité de la pointe. Elle a alors traversé une petite étendue d'eau pour aller chercher un revolver qu'elle savait se trouver dans un bateau, un langoustier vert et blanc amarré dans le chenal. Elle est revenue au cottage, et, craignant que son mari ne la tue quand il reviendrait à lui, elle a tiré sur lui deux fois — un coup à l'épaule et l'autre dans la poitrine

Cotton prétend qu'elle était en situation de légitime défense. Mary Amesbury aussi. « Je ne pouvais pas faire autrement, dit-elle. Je n'avais pas le choix. »

En juin dernier, le jury n'a pas pu parvenir à une décision dans cette affaire, et le procès s'est terminé avec un jury sans majorité. Sept jurés ont voté pour l'acquittement, et cinq ont voté coupable. Cotton a aussitôt demandé un non-lieu, mais l'avocat de l'accusation, D.W. Pickering, a demandé qu'on fixe une date pour un nouveau procès en septembre. Au début de juillet, par décision-surprise, Cotton a annoncé que sa cliente allait renoncer à son droit à un procès avec jury. Cotton n'a pas fait de commentaires sur sa stratégie, mais si l'on en croit l'entourage de l'avocat de la défense, l'explication réside sans doute dans la réputation du juge Geary, bien connu pour sa clémence envers les femmes.

Au cours des deux procès, Cotton a comparé sa cliente à une Hester Prynne de notre temps, à l'héroïne de *La Lettre écarlate* de Nathaniel Hawthorne. Toutes deux sont des victimes, a dit Cotton, des figures romantiques, vivant tranquillement leur exil dans un cottage près de la mer, et protégeant farouchement leur enfant. Ces deux femmes sont des parias, vouées, par amour, à porter sur la poitrine une lettre écarlate, le « A » d'« adultère », se retournant, dans le cas de Mary Amesbury, en « V », pour « violentée ».

Quand c'est Mary Amesbury qui raconte sa propre histoire, cependant, elle apparaît comme un personnage plus complexe qu'une simple « victime ». Et cette histoire se trouve parfois soulever plus de questions qu'elle n'apporte de réponses satisfaisantes.

Pour empêcher son mari de la retrouver, Maureen English a pris le nom de Mary Amesbury quand elle est arrivée à Saint-Hilaire le 3 décembre. Au cours des deux procès, elle a refusé de répondre aux questions lorsqu'on s'adressait à elle sous le nom de Maureen English. L'avocat de l'accusation a résolu le problème en l'appelant « Mme English / Mary Amesbury ». Cotton, lui, a évité adroitement de prononcer l'un ou l'autre nom en s'adressant à sa cliente à la barre.

Sept semaines durant, l'été passé, j'ai mené une série d'entretiens avec Mme English, alors qu'elle attendait son second procès. Malgré la tension et la peur qu'elle ressentait manifestement, Mme English n'a généralement pas été chiche de ses paroles. Parfois aussi elle était triste, et quelquefois pleine de colère, mais elle s'est toujours montrée ouverte, semblant même à certains moments contredire les déclarations qu'elle avait faites au tribunal. J'ai mené personnellement un de ces entretiens. Les autres se sont faits par courrier.

Comme il n'y a pas de lieu de détention approprié

à Machias pour des prisonnières à long terme, Mme English a été déférée au centre de redressement du Maine, à South Windham. Dans le parloir de cet établissement, elle paraissait plus que ses vingt-six ans. Elle avait la peau diaphane, ridée autour des yeux et au front. Ses cheveux roux, un des traits les plus frappants de sa beauté, avaient été coupés court, et elle avait une fine mèche grise au-dessus de l'œil gauche. Elle se tenait très raide et crispée dans son sweat-shirt gris et son pantalon de détenue. En parlant — c'était un tic nerveux —, elle tortillait une mèche de cheveux avec ses doigts. Ceux qui ont connu Maureen English il y a moins d'un an la trouvent extraordinairement changée.

J'avais rencontré Mme English une seule fois avant cet entretien à la prison — c'était à une réception dans les bureaux de notre magazine à Manhattan. Elle-même y avait travaillé, mais c'était avant que je n'y entre. A cette réception, elle portait une robe de velours noir, et elle semblait rayonner de bonheur en présentant Caroline, son bébé, à ses anciens collègues. Ce soir-là, elle m'est apparue comme une femme heureuse, matériellement, et en ménage, ne demandant pas mieux que de cesser de travailler pendant quelques années pour fonder une famille. Harrold, son mari, se tenait presque constamment au côté de sa femme, et lui entourait l'épaule d'un bras apparemment amoureux et protecteur. L'idée qu'il pût battre sa femme dans l'intimité était inconcevable.

Au cours de ce récit de son histoire, Mme English a parlé longuement de son enfance et de son éducation. Fille illégitime d'un soldat et d'une secrétaire appartenant à une famille d'immigrants irlandais du South Side de Chicago, elle a passé presque toute son enfance à la garde d'une voisine pendant que sa mère travaillait pour subvenir à leurs besoins. La mère et la fille habitaient une petite maison blanche à New Athens, dans la banlieue de Chicago, à une trentaine de kilomètres au sud de la grande ville. Mme English, semble-t-il, était proche de sa laborieuse mère, et respectait ses valeurs : « Ma mère me disait souvent que, dans la vie, il vous arrivait des choses qu'il fallait apprendre à accepter, dit Mme English, mais j'ai aussi bien vite compris que ni ma mère ni moi ne serions heureuses si je ne faisais pas ce que je voulais faire, si je ne me donnais pas ce qui lui avait été refusé — une vie stable avec un mari et des enfants. »

Etudiante douée, Mme English a été admise à l'université de Chicago en 1962. Elle a fait des études littéraires, et elle a fini par devenir rédactrice du journal de l'université. Beauté rousse, mince, au teint clair et aux grands yeux noisette, Mme English est finalement venue à New York. En juin 1967, elle a été engagée comme reporter à notre magazine. Elle a fait la connaissance de Harrold English dès le premier jour.

Les collègues se souviennent de Maureen English comme de quelqu'un qui faisait bien son travail, et qui a vite appris le métier. On l'aimait bien, mais elle était plutôt solitaire. Harrold English mis à part, elle n'a pas noué d'amitiés véritables et durables au magazine. Pourtant, elle a réussi à passer à la politique intérieure en un temps quasiment record.

« Elle était rapide, dit un ancien rédacteur en chef qui suivait son travail de près. Vous lui donniez un dossier, et elle vous avait expédié son article avant la fin de la journée. »

Malgré leur différence de milieu, Maureen et Harrold semblent avoir été immédiatement attirés l'un vers l'autre. Harrold venait d'une riche famille d'industriels du textile de Rhode Island, et il avait fait ses études à Yale. Grand, charpenté, les yeux noirs, il plaisait à ses collègues féminines grâce à son physique séduisant et à ses succès de journaliste. Avant de venir à New York, il avait été reporter au *Boston Globe*. Il s'est distingué comme reporter à l'intérieur et à l'étranger et, en 1966, il a été lauréat du prix de la Une pour sa série sur les émeutes de Watts. « C'est quelqu'un qui nous a fait des papiers formidables, dit Jeffrey Kaplan, rédacteur en chef pendant presque tout le temps où Harrold était en fonctions. C'était un excellent reporter. Il s'accrochait vraiment pour obtenir l'information. Sa façon d'écrire était nette, directe. C'était un homme extrêmement intelligent. »

Ils ont commencé à sortir ensemble presque tout de suite, et on les considérait comme un couple « parfait », journalistes pleins d'avenir l'un comme l'autre, très amoureux l'un et l'autre. D'après Maureen, Harrold la couvrait de cadeaux, la guidait dans son travail de reportage, et faisait beaucoup pour sa carrière.

« Je l'aimais, dit-elle. Même le jour où je l'ai quitté, je l'aimais. »

Les gens qui travaillaient avec eux affirment qu'ils n'ont jamais soupçonné le moindre désaccord dans le couple qui, presque immédiatement, est allé vivre dans l'appartement de Harrold, dans l'Upper West Side. « Comment aurait-on pu croire à une telle discorde entre Maureen et Harrold ? s'étonne Kaplan. Même à présent, j'ai peine à y croire. C'est le genre de choses dont on entend parler de temps en temps, mais il s'agit toujours d'une pauvre femme avec six enfants et un mari alcoolique. Jamais, vous m'entendez, jamais on ne voit ça chez des gens comme Harrold et Maureen. »

C'est pourtant très exactement d'alcool et de violence qu'a été faite sa vie avec son mari, affirme Mme English. Les violences ont commencé avant même leur mariage, dit-elle, un soir où la fureur de Harrold s'est déchaînée contre elle parce qu'elle refusait de faire l'amour. Il avait beaucoup bu, dit-elle. Finalement, un schéma s'est établi : l'excès de boisson déclenchait souvent de violents changements d'humeur chez son mari. Ce soir-là, il l'a agressée dans la cuisine, dit-elle, et puis il l'a « violée ».

Par la suite, dit Mme English, il est arrivé à maintes reprises que Harrold la force à faire l'amour et l'agresse ensuite physiquement, la frappant à des endroits où la marque des coups ne se verrait pas.

« Il croyait, je suppose, que si les marques de coup ne se voyaient pas, c'est qu'il ne m'avait jamais rien fait », dit Mme English.

Elle dit aussi que son mari l'a violée et battue pendant qu'elle était enceinte. « Je ne sais pas pourquoi ma grossesse le rendait si furieux, dit-elle. Peut-être avait-il l'impression que je faisais quelque chose dont le contrôle lui échappait, il n'avait jamais l'air aussi heureux que lorsqu'il me tenait en son pouvoir. »

Mais, étrangement, Mme English parle aussi de sa « complicité » avec lui, et fait allusion à des jeux sexuels sadomasochistes qui auraient pris une tournure plus violente qu'elle ne l'aurait cru. « Je donnais dans son jeu », dit-elle, et elle mentionne des « menottes de soie » attachées aux barreaux du lit dès leur toute première nuit ensemble. A un moment, après une soirée de brutalité sexuelle qu'elle considère ensuite comme un « viol », Mme English en vient à se demander : « Ce qui s'était passé ce soir-là était-il si différent de ce qui s'était passé les autres fois ? »

A d'autres moments de son récit, elle laisse entendre qu'elle avait un « rôle passif » dans le déroulement de ce drame secrètement violent qu'était sa vie avec son mari.

Dans ses interviews, Mme English se révèle être une passionnée. Sous les dehors de réserve, de satisfaction, d'acharnement au travail qu'elle offrait à ses collègues, on découvre une femme qui n'hésite pas à employer des mots tels que « avide », « perdue », ou « brûlante » pour parler d'elle-même dans sa relation avec son mari. « J'étais une toupie qu'on aurait fait tourner et qu'on aurait abandonnée », dit-elle à propos de leur première soirée. Elle se décrit aussi comme étant sous l'influence de « fièvres érotiques », « ensorcelée », ayant contracté un « pacte secret » avec son mari. Par exemple, elle décrit en détail une nuit d'amour peu commune, mais rien n'indique qu'elle n'ait pas trouvé la chose à son goût. Au contraire, elle laisse entendre qu'elle y a pris du plaisir. Ces révélations laissent penser que quelque chose dans sa nature passionnée aurait contribué au caractère étrange de la relation entre ces deux êtres.

Cette ambiguïté concernant la nature de la violence dans le ménage English est cruciale pour juger du meurtre, tant sur le plan moral que sur celui de la loi.

Un des témoins au procès, Willis Beale, qui est pêcheur de langouste et, malgré ses vingt-sept ans seulement, une sorte de vieux loup de mer, considère ce problème de l'ambivalence de cette violence d'un autre point de vue. « Je veux pas dire qu'elle racontait des mensonges ou quoi, mais enfin on a jamais su que ce qu'elle a bien voulu en dire, non ? » déclare Beale, qui semble avoir mis son point d'honneur à offrir ses services à Mme English pendant qu'elle était à Saint-Hilaire — montant la voir chaque jour au cottage depuis l'atelier de Flat Point Bar où il réparait ses casiers à homards, pour voir si elle allait bien. « Dans presque tous les ménages, y a forcément des petits accrochages à un moment ou à un autre. Rien de grave. Juste des petits trucs. On danse pas le tango tout seul, pas vrai ? Je dis seulement qu'on peut être sûr de rien. »

La gravité relative des querelles domestiques entre Harrold et Maureen English soulève des problèmes éthiques troublants — surtout dans la mesure où cela jette quelque peu le doute sur le mobile du meurtre tel qu'elle le présente —, mais, pour le tribunal, les déclarations de Mme English concernant la violence et l'alcoolisme dans son foyer présentent une difficulté encore plus sérieuse : personne n'a été capable de fournir la moindre preuve à l'appui de ses déclarations.

Quoi qu'en ait dit Mme English au cours des deux procès, et dans ses interviews, rien n'est venu confirmer ces scènes de violence entre mari et femme. Mme English nous dit maintenant qu'à trois occasions au moins elle a perdu connaissance sous les coups de son mari et qu'il l'a frappée à maintes reprises pendant leur vie commune, mais pourtant nous n'avons pas de preuve qu'elle en ait parlé à quiconque au moment où cela s'est produit.

A cette réception au magazine à laquelle ils assistaient ensemble, personne dans l'assistance n'a perçu le moindre signe de mésentente entre eux. Il est bien possible que les marques de coup aient été cachées, mais il n'y en avait aucune trace visible sur Mme English. Elle est partie tôt, disant à ses anciens collègues qu'elle devait aller coucher le bébé. Maintenant elle déclare que c'est son mari qui lui a intimé l'ordre de partir parce qu'il l'avait vue parler avec un autre homme, et que lorsqu'il est rentré après la fête il l'a battue cruellement. C'est cette fois-là qu'elle a été poussée à s'enfuir. « Je priais pour qu'il meure », a-t-elle dit.

Alors, si elle était dans une situation aussi infernale qu'elle le prétend maintenant, pourquoi n'est-elle pas allée à la police ? Une question du même ordre a été posée aux deux procès par l'avocat de l'accusation, Pickering : « Si ces allégations de violence sont vraies, pourquoi Maureen English n'a-t-elle pas quitté son mari plus tôt, quand il a commencé à la maltraiter ? »

Lorsqu'elle est arrivée à Saint-Hilaire, Mme English a dit aux gens du village que ses contusions étaient dues à un accident de voiture. Elle a aussi faussement déclaré qu'elle venait de Syracuse — faits que plusieurs habitants de Saint-Hilaire ont été obligés de confirmer au cours des deux procès. Elle a refusé d'aller à la police, même après avoir finalement confié à plusieurs personnes qu'elle était victime de mauvais traitements.

Les accusations de Mme English portant sur le fait que son mari buvait énormément pendant leur vie commune ont également été mises en question. L'ancien rédacteur en chef du magazine, Kaplan, dément cette affirmation : « Harrold n'était pas un alcoolique, dit Kaplan. Il ne buvait ni plus ni moins que nous tous. Un Martini au déjeuner, peut-être deux, si l'occasion se présentait. Mais c'est tout. »

Quelle que soit la réalité des faits dans les rapports entre Harrold English et sa femme, on a effectivement la preuve que des désaccords sont survenus peu de temps après leur mariage. D'après Mme English, les voyages exigés par le métier qu'elle exerçait excitaient la jalousie de Harrold. Comme la plupart des reporters, Mme English était obligée de se déplacer dans tout le pays accompagnée de reporters hommes et de photographes. Elle avait toujours une chambre seule, mais elle reconnaît qu'il régnait généralement un esprit de camaraderie entre les membres de l'équipe et que ses collègues venaient souvent la voir dans sa chambre d'hôtel. Son mari, dit-elle, trouvait cette familiarité intolérable et, une fois, il l'a battue violemment à son retour de voyage. Elle a alors été contrainte de mentir à ses supérieurs, de leur dire qu'elle souffrait du mal des transports et qu'elle ne pourrait plus se déplacer ni en avion ni en voiture. On a donc cessé de lui confier des reportages et elle a dû se contenter de faire du rewriting pour les autres, changement qui a effectivement compromis une carrière prometteuse.

Mme English dit qu'elle a été amenée à rechercher l'aide d'un psychiatre, et qu'à un moment elle a songé au suicide. Il est possible aussi que sa grossesse ait accru son désespoir. Elle a cessé de travailler au magazine très tôt quand elle a été enceinte, et après cela elle ne quittait presque plus son appartement. A une occasion, elle s'est enfuie chez sa mère.

Il est possible aussi que l'alcool l'ait encore tirée un peu plus vers le bas. Son mari et elle, dit-elle, faisaient des excès de boisson pendant toute cette période. « Nous buvions, et c'était comme une noyade », explique Mme English. Ils buvaient dans des bars, et puis chez eux. Curieusement, dans le Maine, Mme English a continué à boire. De son propre aveu, il y avait toujours de la bière dans le réfrigérateur à Flat Point Bar, et elle offrait souvent un verre à Willis Beale quand il venait la voir.

Même après son arrivée à Saint-Hilaire, Mme English semble avoir eu une santé psychique fragile. A un moment, dit-elle, elle a commencé à avoir des hallucinations, à entendre son mari dans la maison bien avant qu'il ne l'ait effectivement retrouvée. Elle s'est également évanouie de peur, semble-t-il, pendant une célébration au village — devant le feu de joie de la Saint-Sylvestre sur le pré communal.

Il ne fait aucun doute que Mme English était dans un état de tension extrême pendant son séjour à Saint-Hilaire. Elle avait quitté l'appartement de New York avec son bébé et elle avait fait 750 kilomètres pour atteindre un village inconnu. Quand elle est arrivée, la température était descendue à moins trente. Sa santé et celle de son enfant étaient fragiles. Elle vivait sur l'argent qu'elle avait pris dans le portefeuille de Harrold la nuit où elle était partie. Elle ne travaillait plus depuis près d'un an et n'avait guère de perspectives d'emploi dans le Maine. Elle vivait là sous un faux nom, elle mentait sur sa vie passée et elle avait des versions différentes selon les gens. Elle essayait de démarrer une vie nouvelle, celle de Mary Amesbury.

Le magasin d'Everett Shedd est depuis toujours le cœur du petit village de pêche de Saint-Hilaire, mais il n'a jamais été aussi animé que ces derniers temps. Chaque jour, quand « c'est fini là-bas à Machias », les habitants se rassemblent dans la boutique, où s'entassent de l'épicerie, des articles divers, du matériel de pêche et de la bière fraîche, pour discuter de l'affaire. Ils se demandent qui a eu l'avantage ce jour-là pendant la séance, et ils font leurs commentaires sur la façon dont « Mary Amesbury » s'est comportée à la barre.

Au premier abord, Saint-Hilaire apparaît comme un village typique de la côte de Nouvelle-Angleterre — charmant, pittoresque, somnolent —, avec son clocher blanc, son pré communal, ses vieilles maisons coloniales, et l'activité du port qui suit le rythme des marées. Mais si l'on y regarde de plus près, la vie à Saint-Hilaire n'est pas toujours aussi simple qu'il y paraît. D'après Shedd, qui a un œil de verre, un fort accent régional, et qui, en plus d'être commerçant, est aussi le seul représentant de la force publique pour le village, Saint-Hilaire a connu des jours meilleurs.

« Il y a cent cinquante ans, on était très fort ici pour la construction navale, dit-il, mais maintenant l'activité économique est en crise. La plupart des maisons sont abandonnées. Les jeunes, quand ils sortent de l'école, ils perdent courage et ils s'en vont ailleurs. »

L'économie de ce village, comme de tant d'autres le long de cette côte, repose essentiellement sur la pêche à la langouste, aux palourdes et aux moules. A l'intérieur des terres, quelques habitants vivent chichement grâce à la culture des airelles, mais on sent planer sur toute la région une atmosphère de crise. Les maisons, malgré leur charme, ne respirent pas la prospérité. De petites caravanes roses ou bleu-vert, dont beaucoup sont rouillées par le temps, gâchent le paysage. C'est un village, dit Shedd, où les femmes sont souvent déprimées pendant les mois d'hiver, où l'isolement a parfois conduit à des unions consanguines (d'après Shedd, il y a une femme qui a trois seins ; d'autres ont les dents de devant écartées, ce qui semble être une caractéristique familiale), où les hommes se noient en tombant de leur langoustier, où le chômage et l'alcoolisme sont très répandus. C'est un village d'entreprises manquées et d'espérances déçues.

« Lisez les brochures pour touristes, dit Shedd. Saint-Hilaire a toujours le plus petit paragraphe. D'ailleurs, ici, y a rien. »

C'est dans ce village désolé et glacial qu'est arrivée Mme English le soir du 3 décembre. Elle a passé une nuit au Gateway Motel un peu au nord du village, et puis elle a loué à Flat Point Bar un cottage appartenant à Julia Strout, une veuve qui est un personnage important de la communauté. Mme English s'est alors installée, selon ses propres dires, dans une existence paisible à la Hester Prynne. Comme l'héroïne de Hawthorne, elle s'est même mise aux travaux d'aiguille. « J'aimais bien le cottage, et la vie que j'y menais, dit-elle. Je lisais, je tricotais, je m'occupais de mon bébé, je me promenais à pied. C'était une vie simple, une bonne vie. »

De fait, ces paisibles activités domestiques auraient pu la servir davantage devant la cour, sans l'existence d'un détail fâcheux qui, pour certains observateurs, ne s'accorde pas avec la prétendue simplicité de sa vie.

Un mois à peine après son arrivée à Saint-Hilaire, Mme English a pris un amant — un pêcheur du lieu, qui a une femme et deux enfants. Il s'agit de

Jack Strout, quarante-trois ans (un cousin du mari de Julia Strout), qui était présent le matin où Mme English a tiré sur Harrold English.

« La veille de Noël, j'ai bien vu qu'il y avait déjà quelque chose entre Jack Strout et Mary, dit Beale. Et je peux vous dire que c'est pas Jack qui a fait le premier pas. Avant de rencontrer Mary, il a toujours été fidèle à sa femme. J'aime bien Mary, mais il faut bien dire, quand on y repense, qu'elle a été un peu vite en besogne. »

Strout est pêcheur de langouste, grand, maigre, les cheveux châtain clair et bouclés. Sa fille de quinze ans, Emily, est encore à la maison, et son fils, John, âgé de dix-neuf ans, est étudiant de deuxième année à Northeastern University. Strout a fait des études à l'University du Maine et il espérait devenir professeur dans l'enseignement supérieur. Mais après sa deuxième année d'étude, son père s'est cassé les deux bras dans un accident de pêche, et le jeune Jack est revenu chez lui pour reprendre le langoustier de son père. Strout a refusé d'être interviewé pour cet article, mais apparemment c'est un homme fort respecté à Saint-Hilaire. Depuis des années, son langoustier vert et blanc est amarré à Flat Point Bar.

Selon Mme English, elle a rencontré Strout à la pointe un soir, en se promenant. Ils sont devenus amants peu de temps après. Au cours de ses interviews, elle décrit leur liaison en détail. Strout venait la trouver dans son lit à l'aube et lui faisait l'amour tous les matins avant de sortir en mer sur son bateau. Elle dit que c'était une relation très « naturelle », qu'ils avaient besoin l'un de l'autre.

Tous deux semblent avoir observé une certaine discrétion au début, mais Beale, qui était souvent à la pointe pour réparer ses casiers, se souvient de les avoir vus ensemble.

« Je les ai vus revenir sur le bateau de Jack un

dimanche, dit-il, et je les voyais à la porte du cottage, l'air d'être très "copains". »

La discrétion s'imposait, car la femme de Strout, Rebecca, était pratiquement frappée d'incapacité par une dépression qui a commencé, semble-t-il, peu de temps après la naissance de son premier enfant. Strout craignait la réaction de sa femme si sa liaison se savait.

Malgré cela, le lundi qui a précédé le meurtre, Strout a accompagné Mme English au dispensaire de Machias quand le bébé a eu une soudaine poussée de fièvre à plus de quarante. Après cette consultation, le médecin du dispensaire a téléphoné au pédiatre de l'enfant, qui a ensuite informé Harrold English du lieu où se trouvait sa femme. C'est ce lundi-là aussi que Beale a vu Strout à la porte de Mme English au grand jour, se comportant en vrai « copain ».

Selon Mme English, Strout et elle savaient que leurs rendez-vous quotidiens avant l'aube tiraient à leur fin, car bientôt il serait obligé de ramener son bateau à terre, et il n'aurait alors plus de raison de partir de chez lui avant le lever du jour. Cette perspective les remplissait tous les deux d'angoisse pour l'avenir. Dans ses interviews, Mme English précise qu'elle savait que la dernière fois où Strout pourrait encore venir au cottage serait le vendredi 15 janvier au matin — le matin où elle a tiré sur son mari.

Outre le fait qu'elle met en question la personnalité de Mme English, cette liaison est d'une importance cruciale, car l'avocat de la défense, Pickering, soutient que c'est cela, et non la légitime défense, qui est le véritable mobile du meurtre de Harrold English.

D.W. Pickering, trente-deux ans, diplômé de la faculté de droit de Columbia, qui est venu de Portland il y a deux ans pour exercer dans le comté de Washington, présente un extraordinaire contraste avec son adversaire et son aîné Sam Cotton. Pickering qui, grâce à sa taille (1,94 mètre), à sa voix tonitruante et à son goût du spectaculaire, s'est à tout le moins acquis, au cours du procès, la supériorité d'un bon acteur, Pickering s'est montré très à l'aise et imperturbable, d'abord devant le jury, et maintenant devant le juge Geary. Contrairement à Cotton, qui parfois se met à transpirer dans la salle d'audience et parle avec un léger mais sensible bégaiement, Pickering semble prendre un plaisir indéniable au déroulement de ce procès. Et plus particulièrement peut-être avec l'histoire de la fourchette.

D'après Mme English, aux premières heures du matin de ce vendredi 15 janvier, son mari l'a agressée avec un instrument pointu. Lors d'un contre-interrogatoire pendant le premier procès, il s'est avéré que cet objet était une fourchette avec laquelle Harrold se préparait à manger un gratin de macaroni qu'il avait trouvé dans le réfrigérateur.

« Vous voulez dire que vous craigniez que votre mari ne vous tue avec une fourchette ? » a demandé Pickering à l'accusée. Il y avait dans sa voix, sans aucun doute possible, une note d'incrédulité.

« Oui, a répondu Mme English, de sa manière tranquille et directe.

— Cette même fourchette avec laquelle il venait de manger le macaroni au fromage ? » a demandé l'accusation. Le ton de sa voix était encore plus sceptique.

« Il n'avait pas encore commencé à manger », a-t-elle répliqué.

Un grand rire a déferlé dans la salle.

Chaque partie a alors appelé des experts à la barre pour témoigner du fait qu'une fourchette pouvait ou ne pouvait pas tuer une femme, mais l'incrédulité amusée de Pickering a vicié les témoignages, leur donnant un relent de futilité et minimisant les intentions de Harrold.

Pickering s'est montré tout aussi incrédule quand il s'est agi du meurtre lui-même. Comme il l'a fait remarquer au cours des deux procès, si Mme English craignait véritablement pour sa vie, elle avait tout à fait le temps, son mari s'étant endormi, de monter chez ses voisins au bout du chemin, à quelque deux cents mètres de là, pour téléphoner soit à Everett Shedd soit à la police de Machias.

Au lieu de quoi elle a entrepris cette expédition nocturne extrêmement compliquée jusqu'à l'extrémité de la pointe, s'embarquant sur un canot pour atteindre le langoustier de Strout où, un jour, elle avait vu un revolver. Pendant le trajet, elle s'est trouvée en difficulté sur le sable mouillé de la marée basse, et elle est tombée dans une de ces poches de sable mouvant dont il convient de se méfier et que les gens du lieu appellent des « pots de miel ».

Quand elle est revenue au cottage, dit-elle, son mari dormait toujours. Il s'est réveillé juste avant que la balle ne l'atteigne à l'épaule. C'est alors qu'elle a tiré une seconde fois. Strout, a-t-elle déclaré devant la cour, est entré dans la maison après que les deux coups avaient été tirés.

Lorsqu'il s'est résumé, lors du premier procès, Pickering a déclaré : « La première balle tirée par Maureen English avait manifestement blessé Harold English, et l'avait même peut-être rendu totalement invalide. Si sa seule intention avait été de se défendre, elle avait d'ores et déjà atteint son but. Mais elle a tiré une seconde fois. Ce qu'elle voulait, c'était tuer son mari. »

Il ne s'agit donc pas d'un cas de légitime défense, soutient Pickering, mais d'un meurtre avec préméditation. Mme English était amoureuse de Strout, et comme son mari, qui avait fait 750 kilomètres pour venir la rechercher, n'était certainement pas prêt à accepter la séparation ou le divorce, il lui a semblé qu'elle n'avait pas d'autre alternative que de se débarrasser de lui, purement et simplement. D'où ce laborieux périple jusqu'au langoustier plutôt que le recours aux voisins. D'où ces coups de feu tirés, dit Pickering, « de sang-froid ».

Mme English et Strout ont tous deux déclaré sous serment qu'ils étaient « amis », et Strout a reconnu être allé au cottage le matin du 15 janvier dans l'intention de « rendre visite » à Mme English. Quand Pickering a demandé à la prévenue si cette « amitié » impliquait une relation sexuelle, elle a simplement répondu que Strout et elle avaient « une relation ».

Tous deux ont déclaré que Strout était entré dans la maison quelques secondes après qu'elle avait tiré sur son mari.

Par écrit, Mme English a fait des aveux sensiblement plus révélateurs. Elle indique que Strout est entré dans la maison quelques secondes *avant* qu'elle ne tire deux balles sur son mari. Même en tenant compte de la confusion du moment, il semble manifeste, si l'on en croit les déclarations de Mme English dans ses entretiens, que Strout ait été physiquement présent dans le cottage au moment où elle a tiré sur son mari. « J'ai entendu un bruit. C'était Jack. Il a avancé dans la pièce. J'ai visé Harrold au cœur avec le revolver. J'ai tiré. »

Shedd, qui est arrivé peu après, pense qu'ils ont nié publiquement que Strout était dans la maison au moment où elle a tiré afin de se protéger mutuellement : « Si Jack avait dit qu'il était présent au moment où Mary a tiré sur son mari, ça ne pouvait plus être un cas de légitime défense. Et Mary a changé le moment où Jack est apparu pour ne pas le compromettre. »

Mais alors, si Strout est entré dans la maison avant que Mme English ne tire, *pourquoi a-t-elle tué son mari ?* La présence de Strout dans la pièce n'était-elle pas une sécurité suffisante ? Ou avait-elle, comme le prétend Pickering, une autre raison, dépassant celle de la légitime défense, pour vouloir la mort de son mari ?

Mme English soutient que son mobile a été la légitime défense, et elle ne sait dire que ceci : « Harold vivant, ma vie ne m'appartenait pas. »

Bien que Pickering ait prétendu dès le début que le mobile du crime était cette liaison amoureuse, il s'est montré nettement moins dur avec Strout, au moment de la comparution de celui-ci, que l'assistance ne s'y attendait. Par exemple, à aucun des deux procès il n'a demandé à Strout s'il avait eu avec Mme English des relations sexuelles. Cette façon dont Pickering a traité Strout a fait l'objet de nombreuses conjectures parmi les clients de l'épicerie Shedd. Certains pensent que l'avocat de l'accusation n'a pas voulu harceler Strout de questions concernant cette liaison, alors que les propos tenus par Mme English sur leur « relation » en disaient assez long. D'autres prétendent que, dans la région, on a peut-être hésité à accabler un homme déjà torturé par la culpabilité et le chagrin, et que le fait de harceler Strout n'aurait été apprécié ni des jurés ni du juge.

Car l'aspect le plus triste de cette histoire est peut-être la mort de l'épouse de Strout, Rebecca, moins de douze heures après le meurtre.

Il semble qu'en rentrant chez lui, le 15 janvier au matin, Strout ait informé sa femme du meurtre de Flat Point Bar. Il n'a jamais dit s'il lui avait aussi parlé de sa liaison avec Mme English. Mais plus tard dans la journée, pendant qu'Everett Shedd emmenait Strout au commissariat de police de Machias pour faire une déposition, Rebecca s'est rendue à la pointe avec la camionnette noire Chevrolet de son mari.

Mme Strout était une grande femme mince de quarante-trois ans qui avait été reine de beauté de son lycée dans sa jeunesse. Mais ces dernières années, à cause de son état de dépression chronique, on la voyait rarement en public.

Le jour où elle est allée à Flat Point Bar, elle portait un long manteau bleu marine, un foulard bleu et une paire de bottes de caoutchouc noires. Apparemment, elle a pris le canot de son mari pour atteindre le langoustier, qui porte son propre nom, et elle est montée à bord. Après quoi elle s'est jetée par-dessus bord dans l'océan Atlantique.

Ses poches et ses bottes étaient pleines de galets de la plage. L'autopsie a révélé qu'elle était morte noyée aussitôt.

Au village, on l'a cherchée toute la nuit, et on n'a trouvé le corps que le lendemain matin. Le corps de Mme Strout s'était échoué sur les laisses de marée basse de Flat Point Bar — ô ironie ! —, juste au-dessous du petit cottage blanc où la maîtresse de son mari avait commis son meurtre la veille.

« Quand je pense à Rebecca, ça me fait tellement de peine », dit Julia Strout. Mme Strout a demandé et obtenu la garde de la petite fille des English, Caroline.

« C'est pour les enfants que je me fais du souci maintenant, ajoute-t-elle. Les enfants de Rebecca, John et Emily, et puis ce petit bébé... Quelle tragédie ! »

Tout au long des deux procès, Cotton a gardé son habituelle douceur. Le père de Cotton était pêcheur au large de Beales Island — une île reliée par une digue à Jonesport, juste au sud de Saint-Hilaire — et c'est là que vit l'avocat avec sa femme et trois enfants. Figure familière dans cette région, il a défendu des pêcheurs des environs qui n'ont pas raté leur coup en tirant à vue sur des braconniers. Le bruit court qu'il pourrait être nommé juge cette année, ce qui rend la présente affaire particulièrement importante pour lui.

Cotton a deux avantages, le premier étant que, si le premier procès de Mme English s'est terminé par un jury sans majorité, le résultat du vote final penchait en sa faveur. Un des jurés, une Indienne américaine de Petit Manan, semble avoir exprimé le sentiment de ceux qui avaient voté pour l'acquittement en déclarant, le 23 juin : « C'était impossible de ne pas croire cette femme. » Si la présence de Mme English à la barre l'a parfois desservie, à certains moments elle a incontestablement suscité la sympathie de l'auditoire.

Le second avantage de Cotton est cette tendance précédemment mentionnée du juge Joseph Geary à être particulièrement clément envers les femmes. Bien que jusqu'à présent Geary n'ait fait preuve d'aucun favoritisme envers Mme English, le bruit qui court chez Shedd c'est qu'avec le juge Geary « Mary est en bonnes mains ».

Cotton est néanmoins fort embarrassé par plusieurs points essentiels de l'affaire, le plus sérieux étant le point fondamental de la défense elle-même. Comme Harrold English dormait quand Mme English a tiré sur lui, elle ne peut pas prétendre que sa vie était en danger dans l'immédiat. Elle a en revanche déclaré qu'elle pensait que son mari *finirait* par la tuer ce jour ou cette nuit-là. Fait plus épineux encore : Mme English elle-même dit bien que, si son mari avait exercé sur elle une violence physique, il n'avait pas expressément formulé la menace de la tuer ce matin-là. Elle *pensait* seulement qu'il allait la brutaliser dangereusement, ou peut-être carrément la tuer, à un moment quelconque ce jour-là.

Les allégations de mauvais traitements elles-mêmes ont posé un problème à Cotton. Comme nous l'avons mentionné précédemment, il n'a pas réussi à trouver un seul témoin pour certifier que Harrold English battait sa femme. Mais il a fait venir à la barre plusieurs habitants de Saint-Hilaire

— Shedd, Julia Strout, Muriel Noyes, la patronne du motel où la prévenue a passé sa première nuit dans le Maine — pour déclarer que, lorsque Mme English était arrivée à Saint-Hilaire le 3 décembre, elle avait le visage couvert de contusions et la lèvre fendue et enflée — témoignages qui ont été quelque peu affaiblis par la suite, quand Beale et Mme Strout ont déclaré que Mme English elle-même leur avait dit que ces contusions étaient dues à un accident de voiture.

Enfin, Cotton lui-même paraît déconcerté par la liaison entre sa cliente et Jack Strout. Au tribunal, il a essayé sans grande conviction d'éluder la question, mais en vain. Cotton se refuse à tout commentaire sur sa stratégie pendant les deux procès, mais dans l'entourage de l'avocat de la défense, on avance l'idée qu'il n'était pas disposé à faire venir Mme English à la barre, à cause du tort que pourrait lui causer la divulgation de cette liaison. C'est seulement faute de pouvoir trouver des témoins des mauvais traitements que lui infligeait son mari qu'il a été contraint de la laisser raconter sa propre histoire, la livrant ainsi à Pickering et à son habile contre-interrogatoire. La fin tragique de Rebecca Strout est encore venue compliquer l'affaire, en permettant de penser que cette liaison, outre qu'elle pouvait être le mobile du meurtre de Harrold English, avait peut-être aussi entraîné directement la mort de la femme de Jack Strout.

Cotton est sans doute plus conscient que quiconque de la complexité de cette affaire. Au cours d'une brève interview téléphonique, il s'est contenté de dire que « c'est une affaire extrêmement grave » et que le cas de sa cliente sert d'affaire test pour toutes les femmes.

L'avocat de la défense doit se demander s'il n'a pas pris un risque trop grand en conseillant à Mme English de renoncer à son droit à un procès avec jury, et si sa présence à la barre n'a pas fait à celle-ci plus de tort que de bien. Que la tactique de Cotton réussisse ou non, pour bien des gens, ce sont des questions beaucoup plus vastes qui sont en jeu. Et même après que le juge Geary aura rendu son verdict la semaine prochaine, un grand nombre d'entre elles subsisteront :

• Qu'est-ce qui constitue exactement un cas de violence domestique entre mari et femme ? Dans l'intimité de la chambre à coucher, où la « normalité » est un concept difficile à circonscrire, où se fait le départ entre le jeu sexuel et le comportement violent ?

• Mme English a-t-elle effectivement encouragé, même passivement, ces sombres tendances sadomasochistes sur lesquelles elle prétend avoir fermé les yeux ? A-t-elle été une victime innocente ou une complice involontaire ?

• Si le mobile de Mme English a été la légitime défense, comme elle l'a dit, pourquoi a-t-elle tiré *après* que Strout était entré dans la pièce ?

• Et finalement, son mobile dépassait-il de loin la simple autodéfense ? A-t-elle vraiment tiré par simple désir de survivre ? Etait-ce la conséquence d'une instabilité mentale ? Ou est-ce à cause de sa liaison amoureuse avec un autre homme ?

Cotton a regagné sa Pontiac bleue. Il a posé la main sur la portière de sa voiture, mais avant de monter il a levé les yeux vers le cottage, inhabité depuis que Mme English en a été emmenée le 15 janvier au matin. Entourée à présent de cinéraires maritimes, l'humble maison se dresse, modeste et solitaire, sur son petit promontoire. D'un côté, échoué sur le sable, il y a un langoustier battu par les intempéries, abandonné depuis des années. La mer était exceptionnellement calme, mais des mouettes tournoyaient autour du toit et des mansardes. Cotton a longuement regardé le cottage une dernière fois, comme s'il allait lui livrer les réponses à ses questions.

Mais les réponses que cherchait Cotton, Mme English, ou « Mary Amesbury », est désormais la seule à pouvoir les fournir.

C'est peut-être à Willis Beale que revient le mot de la fin : « Avant que Mary Amesbury vienne ici, c'était un coin bien tranquille. Et puis elle arrive, et c'est comme si on était pris dans un ouragan. J'suis pas en train de dire qu'elle cherchait le scandale. Mais ça revient au même, pas vrai ?

« Quand elle est partie d'ici, on s'est retrouvés avec un meurtre, un suicide, et trois enfants qui ont plus de mère.

« C'est tout de même pas rien d'être responsable de tout ça, non ? »

La nuit était tombée quand je suis retournée sur le campus. J'avais à peu près évalué le temps qu'il faudrait à Caroline pour lire les notes et le texte des enregistrements. Maintenant il fallait que je me prête à une confrontation.

Les couloirs étaient plus calmes que tout à l'heure. Je ne me suis pas annoncée par téléphone. J'ai simplement frappé à la porte.

Elle a aussitôt répondu « Entrez ».

Elle était debout près de l'unique fenêtre, et elle tenait à la main une petite poupée faite avec des bouts de tissu. Elle m'a regardée droit dans les yeux quand je suis entrée. J'ai vu tout de suite qu'elle était ébranlée, mais elle n'a pas évité mon regard. Les notes et les textes étaient posés bien en ordre sur son bureau.

« Vous avez fini de lire », ai-je dit.

Elle a hoché la tête.

« Ça va ? » ai-je demandé.

Elle a fait signe que oui.

« Ça n'est pas tellement l'article qui m'a choquée, a-t-elle dit en posant la poupée sur le rebord de la fenêtre. Je m'étais doutée de ce qu'il contenait. C'est la façon dont ma mère s'exprime qui m'a émue. C'est comme ça qu'elle parlait, vous le saviez ? »

Je n'avais pas connu sa mère suffisamment pour pouvoir répondre à cette question.

« Vous avez dîné ? ai-je demandé, en faisant un geste du côté de la porte. On pourrait aller prendre quelque chose dans un café, ou ailleurs. »

Elle a tout de suite secoué la tête. « Non, a-t-elle dit, je n'ai pas faim. »

Je me suis rapprochée du milieu de la pièce. J'étais mal à l'aise avec mon manteau et mon écharpe. Je ne voulais pas rester longtemps — en fait j'avais envie que cet entretien se termine le plus vite possible —, mais il valait mieux que je m'asseye, me semblait-il. Alors c'est ce que j'ai fait, utilisant encore une fois l'unique chaise de la chambre.

Elle-même n'a pas fait un mouvement pour venir s'asseoir, elle s'est appuyée au rebord de la fenêtre.

« Je ne suis pas sûre de comprendre pourquoi elle vous a écrit tout ça. Pourquoi vous a-t-elle raconté tout ça ? Pourquoi a-t-elle démenti ce qu'elle avait déclaré dans la salle d'audience ? »

J'ai changé de position, et j'ai ôté mon écharpe. Il faisait chaud dans la chambre — ce que je n'avais pas remarqué plus tôt dans la journée.

« Je me suis souvent posé cette question, lui ai-je dit. Je ne sais pas très bien pour quelles raisons votre mère m'a envoyé ces documents, à moi. Je pense qu'au début elle a essayé de se plier au système de l'entretien, mais à sa façon, la seule qui lui fût possible. Ensuite c'est devenu une sorte de catharsis qui lui a peut-être apporté un certain soulagement. Alors elle a donné tous les détails, comme si elle écrivait un mémoire. Je crois qu'elle voulait raconter son histoire une fois pour toutes, pour elle-même. Et comme elle le faisait pour elle-même, il fallait bien qu'elle dise la vérité.

— La vérité ? Mais vous avez refusé d'y voir la vérité ! C'est odieux ce que vous avez fait ! » a-t-elle hurlé. Elle s'est redressée d'un mouvement vif en défaisant brutalement sa queue de cheval. « Odieux ! Comment avez-vous pu lui faire ça ? »

J'ai détourné la tête, regardant le mur. Eh oui,

voulais-je lui dire, à elle, la fille, je savais bien que sa mère avait dit la vérité. En dépit de ce que j'avais fait.

« Je vous demande pardon, ai-je dit. Je sais que ça ne change pas grand-chose, mais je vous demande vraiment pardon. »

Elle a secoué la tête violemment, comme pour repousser mes excuses. Ses cheveux sont retombés autour de son visage.

« Pourquoi ? a-t-elle demandé en agitant les mains. Pourquoi avez-vous fait ça ? »

J'ai pris ma respiration. La réponse n'était pas simple.

« C'est une question compliquée. »

J'ai marqué un temps d'arrêt en essayant de trouver la réponse.

« La véritable raison, je crois, c'est l'ambition. C'est impardonnable, je sais, mais c'est la vérité. Je cherchais à faire la couverture avec mon article, et j'espérais un contrat pour un livre. Je savais que, pour obtenir un contrat d'édition, il fallait que je laisse au lecteur des questions sans réponse, que je donne l'impression d'un véritable casse-tête. Il fallait aussi que je laisse croire que les notes de votre mère en disaient plus long, contenaient des choses que je pourrais révéler ultérieurement. »

Elle a baissé les yeux. Elle serrait les lèvres.

« Mais il faut que vous sachiez qu'il y a aussi d'autres raisons. Ce n'est pas pour me disculper. Mais il faut que vous sachiez. »

Elle n'a pas réagi, alors j'ai continué.

« Mon article est différent de l'histoire que votre mère raconte dans ses notes, c'est vrai. Mais quand j'ai écrit l'article, mon intention n'était pas de lui faire du mal sciemment. Il me semblait, à ce moment-là, que la vérité de l'histoire résidait dans sa complexité — avec différentes voix, différents points de vue. »

Il faisait maintenant extrêmement chaud dans la chambre, alors j'ai retiré mon manteau.

« Et puis il y a autre chose. Il y a le processus en soi. Ça n'est pas facile à expliquer, mais quand on écrit un article, il faut trier et choisir. Il faut reformuler les propos des gens, sélectionner certaines citations et en écarter d'autres, peut-être même modifier ce qui a été dit pour faire apparaître le sens plus clairement. Et en faisant cela, il est quasi inévitable d'infléchir l'histoire dans un sens ou dans l'autre... »

Dehors, dans le couloir, j'entendais parler des étudiantes.

« Autre chose encore, ai-je poursuivi. L'article était un produit de son temps. On ne pourrait plus écrire ça aujourd'hui. A l'époque, on ne savait pas grand-chose sur la violence dans les foyers. En fait, on n'en savait *rien*. En 1971, on ne réfléchissait pas à ce problème des femmes battues. Bien des gens considéraient même que ce n'était pas si terrible que ça... »

J'étais tentée d'ajouter que la vérité était parfois fonction de l'époque à laquelle on la disait, mais il ne me semblait pas que cette proposition serait d'un grand réconfort pour la jeune fille que j'avais devant moi.

« Elle a passé douze ans en prison ! m'a crié Caroline de l'autre bout de la chambre. Toute mon enfance ! »

J'ai renversé la tête en arrière, j'ai regardé le plafond.

« Je sais. »

Mon article avait eu beaucoup plus de retentissement que prévu. Les agences de presse s'en étaient saisies, on en avait parlé à la télévision. Le juge Geary, en rendant son verdict, avait déclaré ne pas s'être laissé influencer par certains reportages des médias. Mais je m'étais posé la question. On n'oblige pas les juges à s'isoler pendant le procès, car on suppose que leur professionnalisme les rend insensibles à la publicité. Pourtant, il ne me semblait pas qu'il était resté insensible en déclarant Maureen English coupable de meurtre au premier degré, ce qui l'avait alors obligé à la condamner à la prison à vie, avec une possibilité de liberté conditionnelle au bout de vingt ans. Au fond, il lui avait jeté le livre à la figure.

Aujourd'hui, me disais-je, elle s'en serait tirée avec cinq ans pour homicide involontaire, ou peut-être même pas.

Quand l'article était sorti, j'avais craint que Pickering ne m'assigne à comparaître avec mes notes. Mais non. Geary ayant déclaré Maureen English coupable de meurtre au premier degré, à quoi bon ?

Le gouverneur du Maine avait commué la peine de Maureen English au bout de douze ans d'internement. Je savais que Julia Strout, avec l'appui de divers groupes féministes, avait fait pression pour obtenir cette commutation de peine. J'avais même songé à me joindre à elle, mais je ne l'avais pas fait.

Quand j'ai regardé la jeune fille en face de moi, j'ai vu qu'elle venait de pleurer. Elle a sorti un Kleenex de sa poche pour se moucher. Je me suis aussi aperçu soudain qu'elle avait déjà pleuré avant.

« Elle n'était pas complice, n'est-ce pas ? a demandé Caroline d'une petite voix au bout d'un moment.

— Non, ai-je répondu aussi sincèrement que possible. Mais à l'époque, je n'en savais rien. Dans ses notes, votre mère se décrit souvent comme telle, mais en 1971, je ne savais pas ce que je sais maintenant, que la plupart des femmes battues ont ce sentiment de complicité que ressentait votre mère. A ce moment-là, j'ignorais ce que j'ai appris depuis, que ce sentiment de culpabilité et de complicité fait partie du processus destructeur dont souffre la victime. »

Je me suis tue un instant.

« De quoi votre mère est-elle morte ? ai-je demandé, changeant de sujet. Ça n'était pas précisé dans l'annonce nécrologique. »

Caroline ne m'a pas répondu tout de suite. Elle s'est avancée vers le lit et elle s'y est assise.

« D'une pneumonie, a-t-elle dit enfin. Elle en avait déjà souffert en prison, périodiquement, et elle y était sujette. On la surveillait toujours, Jack et moi... » Elle s'est tue.

Son visage s'est figé, comme si elle allait se remettre à pleurer, mais elle s'est ressaisie.

« Je suis désolée », ai-je dit.

Il y a eu un long silence.

Je me suis éclairci la voix. « J'ai été heureuse d'apprendre, par l'annonce, que Jack et vous lui aviez survécu. Je veux dire d'apprendre qu'elle avait finalement épousé Jack, et qu'elle avait pu trouver un peu de bonheur. »

Caroline a hoché la tête tristement. « Ils ont été heureux, a-t-elle dit.

— Excusez-moi de vous demander cela, c'est par simple curiosité, je me demandais ce qu'étaient devenues certaines personnes. »

Elle a levé les yeux vers moi, le regard quelque peu dans le vague.

« Qui donc ?

— Eh bien, ai-je répondu maladroitement, Julia, pour commencer. »

Elle m'a répondu, mais elle paraissait penser à autre chose.

« J'ai vécu avec Julia jusqu'à l'âge de douze ans. Ma grand-mère avait demandé à me garder, mais ma mère me voulait près d'elle dans le Maine. Et puis, quand ma mère est sortie de prison, on est allés vivre chez Jack tous les trois. Ça a été... ça a été dur pour moi au début. J'adorais Julia. Pendant longtemps, je l'ai prise pour ma mère... A ce moment-là, Emily avait quitté la maison. Elle est ingénieur à Portland.

— Et vous ? Vous avez l'intention d'écrire, comme vos parents ? »

Elle a hoché la tête lentement.

« Non, non, je ne crois pas. Pour l'instant, je pense à des études d'architecture.

— Jack est toujours pêcheur ? ai-je demandé.

— Evidemment, a-t-elle dit comme si ma question était idiote.

— Ah bon. Et Willis ?

— On m'a appris à vous haïr », a-t-elle dit. Ses yeux noirs étaient soudain pleins de rage, presque menaçants ; mais c'était plutôt de l'émotion que de la fureur.

Je m'étais attendue à ce genre de réaction, mais malgré cela j'ai senti le feu me monter aux joues. J'ai fait un petit geste de la main. Je ne savais plus comment j'avais prévu d'y répondre.

« Enfin, ça n'est pas exactement qu'on m'ait appris à vous haïr, mais c'était sous-entendu. »

J'ai fait un signe de tête. Que pouvais-je faire d'autre ?

« Je n'étais pas fière de moi, ai-je dit. Et je me sens mal, encore maintenant. C'est pour cela que je suis ici. »

Elle a détourné son regard.

« Pourquoi faites-vous ça ? » a-t-elle demandé.

J'ai réfléchi un instant. N'avais-je pas déjà répondu à cette question ?

Elle a vu sur mon visage que je ne saisissais pas.

« Je veux dire, pourquoi écrivez-vous sur la violence, sur les crimes ? »

Je me suis mise à regarder mes mains en faisant tourner un bracelet d'or autour de mon poignet. C'était une question que je m'étais souvent posée au fil des années — parfois avec une certaine inquiétude, parfois avec complaisance. Pourquoi étais-je si attirée par les histoires de meurtre, de viol et de suicide ? C'était, me semblait-il, une question qui touchait au cœur même de mon existence, de mon travail.

Comment pouvais-je expliquer à cette jeune fille mon attirance pour un acte contre nature qui s'accomplit tout naturellement ? Lui dire ma fascination pour la violence et la passion cachées sous le vernis de l'ordre et de la réserve ? Pouvais-je lui avouer que c'était précisément l'excès, cette complaisance à permettre — ou à commettre — l'excès, qui m'avait tellement attirée dans l'histoire de sa mère ? Pouvais-je avouer à cette enfant que mes mains tremblaient quand les paquets de notes de sa mère arrivaient sur mon bureau ?

« Ce qui m'intéresse, ce sont les extrêmes auxquels on peut en venir », ai-je dit.

Cette réponse m'a paru suffisante.

« Quand j'ai appris la mort de votre mère dans le *Times* la semaine dernière, j'ai passé tout l'après-midi à marcher dans les rues. Le souvenir de votre mère a ravivé en moi toutes sortes de questions importantes, des questions que j'essayais d'écarter depuis des années. Et quand je suis rentrée chez moi, j'ai fouillé dans mes dossiers pour retrouver tout ceci et tout relire. Ça n'est pas du tout la même chose de lire des documents dans la fièvre de l'ambition et puis vingt ans plus tard... Lorsque j'ai eu fini de relire, j'ai eu le sentiment que cela vous revenait. »

Elle a secoué la tête lentement.

« Il y a eu un livre », ai-je dit.

Elle a hoché la tête. « Je sais. Je ne l'ai jamais lu.

— J'en ai un exemplaire pour vous si vous le voulez, ai-je dit en me penchant pour chercher dans mon porte-documents. Mais en fait, ça n'est pas autre chose que l'article en plus long, ce sont les mêmes thèmes et ainsi de suite. »

Mais en me relevant, j'ai vu qu'elle secouait encore la tête.

« Non, je n'en veux pas », a-t-elle dit.

J'ai rangé le livre dans ma serviette.

« Pour tout dire, j'ai gagné beaucoup d'argent grâce à l'histoire de votre mère. »

Cessant de parler, j'ai piqué du nez.

« Elle vous a fait confiance. Malgré ses réserves, malgré tout ce qu'elle savait de la façon dont ça se passe. »

C'était une accusation que je ne pouvais pas récuser. J'ai remis mon manteau sur mes genoux n'importe comment.

« Le titre de votre livre...

— *Etrange passion*.

— Vous l'avez tiré d'un poème de Wordsworth. On l'a étudié l'année dernière. Je connaissais le titre, par Jack ou par Julia, et j'ai été surprise de le retrouver en classe.

— Mais Wordsworth ne prend pas le mot "passion" dans son sens moderne. Il l'entend au sens de souffrance », ai-je commencé. Un mélange de gravité et de souffrance dans son regard m'a arrêtée net.

« Ecoutez, c'est un peu délicat, ai-je dit en me penchant pour attraper mon sac. Mais c'est vrai que j'ai gagné beaucoup d'argent avec l'histoire de votre mère. Le succès du livre m'a permis d'écrire d'autres livres, qui eux aussi ont eu du succès. Au cours de toutes ces années, j'ai voulu la faire bénéficier un peu de cet argent, mais chaque fois que j'ai envoyé un chèque l'enveloppe m'a été retournée non décachetée. Voici un chèque qui vous aidera à payer vos études. J'espère que vous n'allez pas le refuser simplement par principe. Je pense qu'une part de l'argent du livre aurait dû revenir à votre mère. »

Je n'espérais pas qu'elle prendrait le chèque. Je me sentais idiote en le lui tendant. Je me voyais comme elle devait me voir — une femme d'un certain âge, qui venait la soudoyer. Elle est restée debout devant son bureau un long moment, plus longtemps qu'il ne fallait pour m'humilier. Alors j'ai été stupéfaite quand elle a pris le chèque et l'a mis dans sa poche.

Stupéfaite, et aussi immensément soulagée.

« Je saurai quoi faire de cet argent, a-t-elle dit simplement. L'argent hérité de mon père est épuisé. Jack n'est pas très riche, et je n'aime pas demander. »

Elle ne m'a pas remerciée. Cet argent, elle avait compris et elle considérait que c'était celui de sa mère, et par conséquent le sien.

« Eh bien maintenant je vais m'en aller », ai-je dit en me levant et en enfilant mon manteau.

Qu'elle ait accepté le chèque, c'était une récompense inattendue. J'étais absoute.

« Il faut juste que je vous pose une dernière question, a-t-elle dit.

— Bien sûr », ai-je rétorqué, avec peut-être un peu trop de désinvolture.

Je pensais déjà à trouver un endroit pour dîner, puis à retourner au motel où, pendant qu'elle lisait, j'avais retenu une chambre plus tôt dans la journée. Et puis le lendemain, je pourrais rentrer chez moi et me remettre au travail.

« Croyez-vous que ma mère ait dit la vérité ? » m'a-t-elle demandé.

Je me suis arrêtée en plein mouvement, mon manteau à moitié enfilé. Caroline m'avait tourné le dos et regardait par la fenêtre. Mais il faisait nuit noire au-dehors, et tout ce que l'on voyait, c'était le reflet un peu déformé de la jeune femme et de moi-même dans cette vitre.

« Que voulez-vous dire ? » J'étais troublée. « Vous me demandez si votre mère a dit la vérité dans ses notes ?

— Oui, a-t-elle répondu en se retournant vers moi. Vous ne croyez pas qu'elle a un peu arrangé son histoire, changé une citation ici et là, exagéré ou transformé certaines choses pour se conforter ? »

La question était comme un abîme entre nous

deux. Un abîme dans lequel l'histoire et celle qui la raconte se reproduisaient à l'infini en s'amenuisant comme des images qui se réfléchissent dans deux miroirs.

Qui saurait jamais où avait commencé l'histoire ? me disais-je. Et où était la vérité dans une histoire telle que celle de Mary Amesbury ?

Et puis je me suis demandé si Caroline pensait à son père. Si elle avait envie de le voir sous un jour plus favorable.

« Je ne sais pas », ai-je répondu.

Dehors, l'heure a sonné. Au clocher du campus, probablement. J'ai compté onze coups.

J'ai eu l'impression qu'elle haussait les épaules : ma réponse ne la satisfaisait pas. J'ai fini de mettre mon manteau.

« Je serai au Holiday Inn si vous avez d'autres questions. Je ne partirai guère avant neuf heures demain matin. Et vous pouvez toujours me joindre chez moi. Mon adresse et mon numéro de téléphone sont sur le chèque.

— Je n'aurai pas d'autres questions.

— Eh bien alors, au revoir. »

J'ai fait demi-tour pour partir.

J'avais la main sur la porte.

« N'oubliez pas cela », a-t-elle dit dans mon dos.

En me retournant, j'ai vu qu'elle tenait la liasse de notes.

« Non, ai-je dit en secouant la tête, c'est pour vous. Je les avais apportées pour vous. »

J'étais consciente d'avoir eu un mouvement de recul. A ma grande confusion, j'avais tendu les mains en avant comme pour la repousser.

Elle a fait un pas vers moi. « Ça n'est pas à moi, c'est à vous. »

J'ai secoué la tête encore une fois, mais elle m'a mis la pile de feuillets dactylographiés dans les mains, d'un geste irrévocable.

« Julia est morte il y a un an, a-t-elle dit. Et Everett a toujours son épicerie.

J'ai arpenté le long couloir jusqu'à l'escalier. Derrière certaines portes, j'entendais des voix et de la musique. Dehors, sur les marches de pierre à l'entrée du pavillon, j'ai vu qu'il s'était remis à neiger, alors j'ai essayé, avec ma main libre, de tirer mon écharpe sur ma tête. Ce faisant, j'ai à moitié lâché la pile de feuillets que je tenais avec mon bras. Ils sont dégringolés en éventail sur les marches mouillées.

A cet instant, j'ai peut-être repensé à ce que mon père me disait autrefois : que l'histoire était là avant même qu'on ait entendu parler de quoi que ce soit, et que le travail du journaliste consistait simplement à lui trouver une forme ; mais quand j'ai posé mon porte-documents pour essayer de ramasser les pages déjà détrempées, je me suis aperçu qu'elles s'étaient complètement mélangées en tombant.

Il n'y avait aucun espoir, dans le noir, de les remettre en ordre.

Composition réalisée par JOUVE

IMPRIMÉ EN FRANCE PAR BRODARD ET TAUPIN
Usine de La Flèche (Sarthe)
LIBRAIRIE GÉNÉRALE FRANÇAISE - 43, quai de Grenelle - 75015 Paris.

ISBN : 2 - 253 - 14338 - 3 ◈ 31/4338/5